第三届青未了散文奖获奖作品选集

黄昏抵达辽阔大地

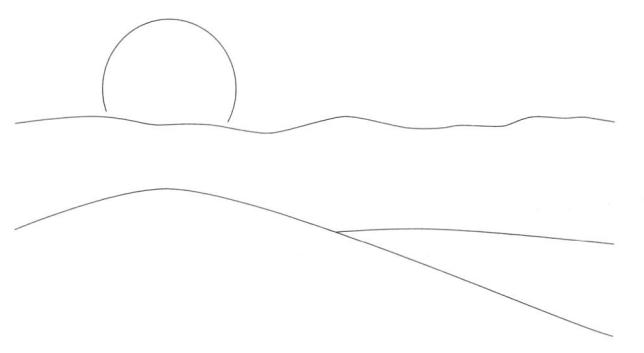

廖鲁川 主编

山东友谊出版社·济南

图书在版编目（CIP）数据

黄昏抵达辽阔大地：第三届青未了散文奖获奖作品选集 / 廖鲁川主编 . -- 济南：山东友谊出版社，2024.10. -- ISBN 978-7-5516-3270-6

Ⅰ．I267

中国国家版本馆 CIP 数据核字第 20246Y9S73 号

黄昏抵达辽阔大地 第三届青未了散文奖获奖作品选集
HUANGHUN DIDA LIAOKUO DADI
DI-SAN JIE QINGWEILIAO SANWEN JIANG HUOJIANG ZUOPIN XUANJI

责任编辑：王德超
装帧设计：刘洪强

主管单位：山东出版传媒股份有限公司
出版发行：山东友谊出版社
　　　　　地址：济南市英雄山路 189 号　邮政编码：250002
　　　　　电话：出版管理部（0531）82098756
　　　　　　　　发行综合部（0531）82705187
　　　　　网址：http://www.sdyouyi.com.cn
印　　刷：济南乾丰云印刷科技有限公司

开本：880 mm×1230 mm　1/32
印张：10　　　　　　　字数：220 千字
版次：2024 年 10 月第 1 版　印次：2024 年 10 月第 1 次印刷
定价：66.00 元

《黄昏抵达辽阔大地》编委会

◎ 主　　编：廖鲁川
◎ 编委会成员：王光营　曹竹青
　　　　　　　秦　娟　周　静

序

文学书写永远温暖且光芒万丈

◎ 李掖平

当青未了散文奖成为重要的文化名片的时候,它所代表的不仅仅是写作者对文学的热爱、对生命的呵护、对美的追求,更说明了一个深刻的道理,那就是当世界万物之间互为参照、互为转化的大和谐之美,当一帧帧美丽的图景、一寸寸美好的时光,被文字定格成一篇篇优美的散文的时候,我们切实感受到,生命被温暖所包围、被幸福所簇拥。处身在这样一个高光的时代,也许只有文学才能够真正地将生命中细小的美好无限放大,让它成为一种力量,甚至成为中华民族精气神最坚实的支撑。

在此次散文奖评选活动中,每一位评委都特别地认真、严谨。这次评奖完全是匿名的,所有参评作品发到我们手中的时候,大家都不知道这是谁写的。当时就有很多评委说,这样才最公正。因为只有这样,获奖作品才能理直气壮而又名实相符地被凝定在光荣纪念碑的坐标系上。

在这三篇获得一等奖的散文中，我个人最喜欢的是《黄昏抵达辽阔大地》。它以第一人称的视角描绘了大草原上一个叫西苏木的美丽小镇，那里居住着女主角凤霞一家人，他们家既有热气腾腾、攒足了劲过日子的精气神，又充满了与自然环境相依相护、和万物和谐共处的亲和力。

这篇散文也描写了人性的孤独。当采风者"我"在孤独的草原上孤独地仰望满天繁星的时候，当"我"发现那只叫朗塔的小狗在孤独地奔跑、孤独地依从着每个人向它送去的眼风和呼唤的时候，我知道，这种孤独感是一个文学写作者从内心深处生发出的。在浩渺天地间，个体生命的微不足道，带来了这种自珍、自爱、真诚、虔诚的卑微感与敬畏感。

散文是一种心灵自由漫步所获得的生命感受，它既离不了地气和烟火，但又绝非世俗的鸡毛蒜皮，而是丝丝缕缕打散在生命缝隙间，值得我们捡拾和珍惜的温情与明亮。所以，当那只叫朗塔的小狗亲切地望着凤霞家的每一个人，甚至包括"我"这个外来的闯入者的时候；当凤霞意气飞扬地召集所有的人坐上摩托，朝着目的地出发的那一刻，我知道，这些弥漫在日常生活情境里的烟火、地气、心劲，汇集成了撸起袖子加油干、全心全意向理想奔去的中华民族蓬勃强旺的精气神。

那篇光听名字就让我们眼前一亮的散文——《在刀子和玫瑰间行走》。刀子，让我们想起林黛玉《葬花词》里的"一年三百六十日，风刀霜剑严相逼";而玫瑰,你可以认为它表征着爱情,也可以认为它象征着个体生命的高光时刻。当人既承受着"刀子"的割裂与痛感,又乐享着"玫瑰"带来的浪漫和温馨的时候,生命的遭遇和经历才是美满的,这才是生命观的完整构成。当作者用温润而细密的文字剖析着生命被"刀子"撕扯的痛苦感,又分享着被"玫瑰"引领的欢乐的时候,散文达成了外部世界和内心隐秘角落有机缝合的一种情境。

还有那篇写得特别朴实真切的《吟唱的扁担》,开篇第一句就抓住了我:"故乡扁担的吟唱,是从黎明一个个温暖的肩膀上开始的,他们是一年四季里最美妙的歌谣。"开门见山,直截了当。扁担欢乐的歌唱,不仅抵御了艰难岁月的荒寒,更捍卫了大写的"人"立在大地之上的高傲和坚强。扁担的弹性是韧性的隐喻,而扁担的负重则是生命必胜、理想必胜信念的宣告。重要的是,在这篇《吟唱的扁担》里,没有那种过分的拔高,它刻摹的只是一条条普通的扁担,却担起了中华民族的历史,挑出了无限美好的未来。

一些获得二等奖的作品同样使我们受到心灵的震撼。有一篇作品叫作《孤岛》,它用心灵幻境的四季轮回,写了时光对生命的打磨,也写了生命对时光的缝合。所有的隐痛与快乐,都不再是一己私欲的表述,而成为一种我与他人我与世界的有效连接。只有当自我连通遥远的未来和无穷的外部事件的时候,散文的哲思才能真正击中读者的心灵,所有的虚和实、幻和真、美和欲望之间的博弈与协和,才来得格外真切和深切。

《生命的圆环》同样令我印象深刻，它写得也很有意思。海水对灵魂的滋养，"我"对春夏秋冬的感受和体验，似乎每一次季节的交替，都隐喻着无限的可能，让人觉得原来轮回之间的蜕变和新生，真的时时刻刻发生在我们身边，可以被文字记录下来，并雕刻成一种深切的生命体验。

那篇《母亲和菜地》，它描写了从乡村来到城市的母亲，因为舍不下乡土田园而自己种菜的经历。当大地包容的品格和悲悯的情怀，通过青菜被子女吃到嘴里、被亲朋接进手中所验证和彰显的时候，我知道这片母亲的菜地真正地活了起来，它不只活在纸面的文字里，而是活在每一个对故乡、田园与亲人，保有思恋、思念和思忆之情的人的心中。

还有那"碗"让我们都觉得下次到蓬莱一定要去亲口尝一尝的《蓬莱小面》。它通过塑造一位烹制蓬莱小面的师傅刻画工匠精神，也描写了那碗热乎乎的面给所有游子的温暖，以及大地对每个生命的呵护。那篇《时间的慈悲》，它写的是身患重病的"我"在女医师的看护与母亲的呵护下，重拾生命信念的过程。母亲熬药的场景，被作者用各种角度的光亮，打得通体闪烁着璀璨的光芒。我知道那不是简单的一曲母爱的赞歌，而是对人性中最高贵的温暖与亲情的浓缩。我觉得，这些散文之所以能够在获奖行列，每一篇都有足够的理由。

当我们的视野覆盖如此广泛的领域，我们知道时光的流转是自由穿行在季节之间的，而文学的温情和明亮，也是穿行在我们日常生活情境的每个角落里的。我负责任地代表每一位评委告诉所有的参赛者和获奖者，请你们相信，我们对作品的审视和点评，都是只从坚守文学审美的尺度，只从文本出发的。因为只有这样评出来的奖项，才让我们神清心安，也让我们心中像眼睛一样珍贵的文学的尊严和荣光得到最纯正的维护。这种尊严和荣光，属于每一个写作者，属于每一个热爱文学的人。

每个人的肉体生命都极为有限，每个人的即席演说都会成为过眼烟云，但用文字定格下来的每一帧美丽的图景、每一寸温暖的光阴、每一缕发自生命的痛感和快感、每一份催人奋进的力量，却可以成为永恒。也许作者的名字会被时间遗忘，但文学书写散发出的光亮将像每天升起的太阳一样，永远温暖且光芒万丈。

❥ 李掖平

山东师范大学新闻与传媒学院教授、博士生导师，第十三届全国政协委员，中国作家协会全国委员会委员，曾任山东省作家协会副主席和《山东文学》《百家评论》主编。先后担任第八届、第九届、第十届茅盾文学奖评委，第六届、第七届鲁迅文学奖评委。担任青未了散文奖专家评审。

目录

壹 时代生活

黄昏抵达辽阔大地 _ 安宁　　　　　　003

时间的慈悲 _ 钟倩　　　　　　　　　018

母亲去云南 _ 陈振林　　　　　　　　025

灯·光 _ 段恒　　　　　　　　　　　032

生活在树上 _ 刘太义　　　　　　　　040

小市井，大民生 _ 段曙光　　　　　　047

不知何处是他乡 _ 李红伟　　　　　　053

一位女公证员的工作札记 _ 孙秉伟　　063

红火苗，蓝火苗 _ 赵廷河　　　　　　080

母亲的故事 _ 肖刚　　　　　　　　　085

贰 文化走笔

在刀子和玫瑰间行走 _ 牟民　　　　　101

雪赋 _ 胡竹峰　　　　　　　　　　115

孤岛 _ 祝舒晴　　　　　　　　　　124

时间在正阳路没有离开 _ 于蓉　　　133

等一条鱼赴约 _ 王新雷　　　　　　142

生命的圆环 _ 韦庆龙　　　　　　　155

灵魂和海相遇 _ 王梦灵　　　　　　162

长在月亮里的小镇 _ 徐光惠　　　　176

老四是条狗 _ 孟宪兵　　　　　　　180

一条被遗忘了名字的河 _ 安世音　　186

叁 齐鲁风情

吟唱的扁担 _ 魏忠友	197
树桩上空的纸鸢 _ 董玉军	205
莒地黄酒味悠长 _ 冯爱霞	212
蓬莱小面 _ 陈文念	223
大地,从我的身边流淌而过 _ 崔洪国	239
烟火济南 _ 殷艳丽	249
行走在岁月深处的麦子 _ 钟光武	255
乡事 _ 朱卫军	261
那片海 _ 宋亮	276
父亲的年味 _ 白祖民	283
地瓜是热的 _ 满长杰	288
代后记	295

壹 时代生活

黄昏抵达辽阔大地

◆ 安 宁

一

一出机舱门,就被呼伦贝尔清冷的气流裹挟,全身忍不住打了一个寒战,牙齿也冻得瑟瑟发抖,嘴里似乎有两队人马在大动干戈,人有从酷暑瞬间穿越到深秋的恍惚。

刚刚下过雨,天空蓄满厚重的乌云,大地静寂辽阔,湿冷的雨珠沾满每一根草茎。于是,整个呼伦贝尔草原便沉甸甸的,大片大片的绿意摇摇晃晃,仿佛要从湿漉漉的草尖上坠落下来。

弟弟贺什格图开车接我回去的路上,顺便绕了一圈,带我参观一下西苏木。我惊讶地发现,不过短短的两三年,我已经有些不认识这个草原小镇了。它如此陌生,得益于补贴政策,家家户户全都拆除了旧房,原地建了新房,而且所有的房子几乎一模一样。阿妈说,她每次出门回来,常常找不到自己的家在哪儿。如果没有导航,我当然也无法找到。

贺什格图家的格局，也发生了很大的改变。原来的房子变成了牛圈，此时牛正寄养在水草丰美的夏牧场，母鸡们便暂时得了天下，在牛圈里面吃喝拉撒，好不快活。但它们大概活不过雪花纷飞的10月，就会被弟媳凤霞毫不客气地全部宰杀，放入冰柜，供全家在长达半年的漫长冬季里享用。

黄昏慢慢降临细雨弥漫的草原。10岁的朗塔毛发斑白，已经老得跟阿爸一样，走路缓慢，摇摇晃晃。它的眼睛大约也有些看不清了，总是很用力地透过额前长长的毛发，从缝隙的光亮里分辨来人。蚊子围着它嗡嗡地飞来飞去，它懒到动也不动。好像，趴在地上的它，已经一只脚踏进了坟墓，它留恋人间，可渐渐腐朽的身体，没有力气给予人间更多的热情。

"朗塔真可怜啊！"女儿阿尔姗娜和她的小姐姐查斯娜，同时朝我发出这样的感慨。

因为孩子们总是吵嚷，房间又不够，没有让我可以安静写作的独立空间，凤霞便带我去对面新搬来的邻居家，看看他们那里是否有合适的地方。

西苏木小镇上虽然人口日渐减少，却有一些海拉尔区的居民，在此地买房，夏天时搬来度假。伊敏河岸边就有一家。黄昏时经过，看到开满野花的阔大院子里，停着几辆汽车，还有一座花纹精美的蒙古包，坐落在院子的正中央。隔着栅栏，听到房间里有女人在唱长调，窗户上映着举杯喝酒的朦胧的人影。

不过凤霞家对面这个新邻居，却是地道的本地人。女人在医院上班，属于事业单位职工，每个月可以领到4000元的工资。因为有文化，又喜欢读书看报，她很早就听人说过我是作家，还知道10年来我一直在坚持记录西苏木小镇的故事。因为我陆续刊发的作品里，有对人生悲欢和一些家长里短的真实记录，又恰好被家族里的人看到，导致凤霞家和亲戚间生出过一些不愉快。尽管时间让这些起伏的烦恼最终恢复平静，但当女人提及我写的故事在本地引发过的影响时，我敏感地捕捉到凤霞眼睛里有一丝躲闪；而且她始终不接女人的话题，我便知道凤霞依然心存芥蒂。为了避免尴尬，我赶紧拿别的话头岔开。大约怕被我写入作品，女人见我拿出手机拍她家可爱的小羊羔，迅速地躲开我的镜头，并笑着说："别拍我啊。"

女人家院子里拴着一只黑色的小狗，看见我们进来，它紧张地转来转去，发出低沉奇怪的叫声。那声音在清冷的雨天里，听上去有些苍凉，仿佛来自荒野丛林的呼唤。

"你们家的狗好像不喜欢被拴着。"我对带我去看房间的男人说。

"它不是狗，是一只母狼生下的，只不过它的父亲是一只狗。"男人淡淡地说。

我吓了一跳，这才明白那悲怆的吼声是狼的嚎叫。我快步离去，不想惊扰这只将被驯化成家犬的狼。

我没有看中邻居家只有一张低矮行军床的狭小房间，我宁肯选择睡在凤霞家的沙发上。阿妈很快做出了调整，让贺什格图睡沙发。原本，我还想找旅店去住，但凤霞骑摩托车载我绕着西苏木兜了一圈，才发现这个愿望无法实现。随着镇上的人慢慢迁往城市，旅店早已倒闭，就连理发店和澡堂也关闭了。这也意味着，这段时间如果我想洗澡，要么在房间里自己用水盆打水擦洗，要么打车半个小时，去巴彦托海的澡堂。

忽然忆起 10 年前刚刚抵达草原的时候,我在院子里搭建的简陋太阳能"浴室"中,一边洗澡,一边看一只肥胖的田鼠,从窸窣作响的塑料帘子外大摇大摆地穿过。

想到这里,我忍不住笑起来。

二

这两年草原大旱,伊敏河河面变窄,昔日浩浩荡荡的大河,而今只剩了狭长的一道。只有在更远一些的地方,才能看到它依然向前流淌的闪亮开阔的河面。

这个有些陌生的草原小镇,让我莫名的惆怅。这惆怅像伊敏河瘦削的水面,只有河水蒸发后现出的枯寂的河底,提示着已经融入我生命的那些丰沛时光曾经怎样真实地存在过。

孩子们全然不管我的哀愁,草原上的一草一木,不管是怒放的,还是枯萎的,都让她们欢乐。于是流速变缓的伊敏河,依然是孩子们的天堂。

"大娘,我好像听到摩托车的声音!"

午后,正带孩子们在河边尽情玩耍的时候,查斯娜忽然朝我喊。

阿尔姗娜则扭过脸,侧耳倾听着越来越近的摩托车的发动机声。

"看,朗塔!"阿尔姗娜眼尖,指着一个小小的飞奔的黑点,朝我喊道。

紧接着,我又在朗塔的后面,看到风驰电掣的摩托车,上面坐着一个红衣女人,那是凤霞。这几年,她胖了至少有30斤,加上草原上常年风吹日晒,她的皮肤变得更黑了,而且粗糙得像一层砂纸。所以虽然她比我年轻了六七岁,看上去却比我老很多,以至于她努力躲闪着我的镜头,不想让我拍照。前两天,她刚刚结束剪羊毛的工作,脸上还有些许的疲惫。凤霞是剪羊毛的高手,徒手就能抓住一头大羊,将其快速摁倒在地,干净利索麻利地剪完羊毛。差不多她一天可以剪50头羊,挣到大约250块钱。

"坐摩托车一起走吧!"凤霞朝我们大声喊。

阿尔姗娜最喜欢坐摩托车了,她立刻开心回应:"妈妈,我要坐摩托!"

"那你们三个人先回吧,我走回去。"

"一起走啊,完全可以坐得下的。"凤霞自信满满地笑道。

"能行吗?"

"绝对没问题!"凤霞说着,就将阿尔姗娜抱到自己胸前,查斯娜则爬到凤霞身后,我呢,便坐在最后面。于是,油门一踩,四个人便在草原小路上颠簸着飞奔开来。

朗塔也兴奋地奔跑起来,又时不时地扑向摩托车,并用这种亲密又危险的方式,表达它对我们的热爱。

阿尔姗娜和查斯娜也被朗塔鼓动着,一路开心地尖叫着,大呼小叫。仿佛我们的摩托是一艘飞驰的舰艇,在海面上乘风破浪,披荆斩棘。

草原清寂的黄昏,被四个女人的笑声重重地撞开,又在身后温柔地合拢。

三

院子里的鸡时不时地就被凤霞捉来杀上一只,所以它们吃得欢实,跑起来也虎虎生风,就怕一不小心被凤霞的菜刀,带离这片处处都是飞虫和蝴蝶的生机勃勃的庭院。院子里的草都长疯了。我迷恋隐在高高的草丛里撒尿的感觉,好像自己变身为一只野生的狐狸,柔软清凉的草尖轻轻抚过我的肌肤,发出窸窸窣窣的声响。我仰头看着天空,感觉自己正化作成千上万的野草中的一株,化作自然的一个部分,与天空、大地、云朵、风和草原,融为一体。

在这样的庭院里,朗塔的孤独跟草丛一样深。只要有人在庭院里走动,它就会悄无声息地过去,寸步不离地跟着,仿佛它是一个刚刚出生的婴儿,每一个家人都是它存活于世的依赖。

"朗塔啊,去睡一会儿不行吗?老是跟着人走来走去,你不累啊?"阿妈总是这样自言自语地劝慰朗塔。

可是朗塔并不听。它温顺柔和的眼睛里,始终散发着对家人百分之百的依赖和信任。似乎这个庭院,是它生命的全部。即便我已许久没有来过,它依然记得我的气息,在我刚刚踏进庭院的那一刻,它就欢快地跑上来迎接我,好像我只是出了一趟远门。今天午后,阿妈才发现朗塔的左前腿上,被昨天的大黄狗咬出一道长长的伤口,伤口周围的毛发脱落了大半,露出鲜红色的肉。但朗塔没有发出一丝的呻吟,以至于所有人都忽略了它的伤痛。它只是卧在门口的阴凉儿里,用舌头不停地舔舐着伤口,以此减轻它永远都无法向我们言说的疼痛。

"朗塔真可怜啊！"在院子里走来走去的阿妈，不停地絮叨着这句话。似乎这样，她就能帮朗塔尽快地好起来。

阿爸也很可怜。小脑萎缩的他，已经快要走不动了，即便拄着拐杖，也只能虫子一样向前蠕动。可他还是尽可能地劳动，去菜地里锄草。朗塔总是过去陪伴着他，一言不发地卧在草丛里，听阿爸一边干活，一边跟它絮叨。除了不会说话，我看不出朗塔跟人有什么区别，家里每个人说的话，发出的指令，它都能准确地接收到，并给出回应。

"朗塔，进来！"阿妈这样唤它，于是在大道上闲走的它，便会快跑几步，从阿妈敞开的铁门缝隙里钻进去。

"朗塔，别过来！"阿爸这样冲它说。于是它便乖乖地停住脚步，忧伤地注视着远方。

"朗塔，出去！"我一边打扫卫生，一边对钻进房间的它喊。于是它便扭头走出房间，停在门口，温顺地卧在地上。

据说10岁的狗，相当于六七十岁的老人。这样说来，朗塔已是暮年。可它依然像年轻时一样尽忠职守，甚至我睡前出门看一眼天上的繁星，它也会立刻警觉地起身，寸步不离地跟着我。

正午，阿妈搬一个马扎，坐在门口的柳树下抬头看天。阿尔姗娜和查斯娜在天南海北地聊天。朗塔呢，就卧在树下的阴凉儿里眯眼小憩。

天空上满是轻盈漂亮的云朵，有的像一座山峰，有的像一条游龙，有的像一匹骏马，有的像一只鹰隼。于是那里便仿佛另外一个人间，无数自由的生命在其中飞翔。它们空灵饱满，风一样在天地间游荡。一切都是轻的，柔软的，寂静的。阳光遍洒草尖，微风吹过，大地便闪烁着动荡迷人的光泽。两个孩子沉浸在她们自己的世界里。鸟儿啁啾鸣叫，草茎在空中起舞，牛偶尔发出哞哞的叫声。世界似乎只剩了我们这一个庭院，它远离尘世，犹如一粒琥珀，在草原的正午，散发幽静之光。

"如果在这里待一辈子多好！"我对坐在马扎上的阿妈感叹。

"是啊，你老了来吧，每天都跟神仙一样，真舒服啊！"阿妈也这样感叹。

我对凤霞说，永远不要跟风把自家房子卖掉，这将是一笔宝贵的财富。那些用一二十万就将庭院整个卖掉的人，他们搬去了海拉尔，住进了楼房，靠打工为生，总有一天会后悔的。

"是啊，我不喜欢楼房，我还是喜欢有院子的家。我们的院子又大，还靠着伊敏河，以后查斯娜读书走出去了，我们老了，还是在这里住。"凤霞注视着窗外拖拉机上一小片跳跃的阳光，无比神往地憧憬着未来。

四

在树木稀少的草原上，温度一上30摄氏度，又没有风，就会酷热难当。以至于午睡后，我觉得身体憋闷，喘息困难。还好有雪糕，可以缓解这难熬的酷暑。于是我和查斯娜、阿尔姗娜一人抱着一支雪糕，以"葛优瘫"的慵懒姿势，半躺在沙发上吃。吃完之后，才觉得世界又恢复了一丝清凉，于是搬个马扎，坐在门口，看着杂草丛生的庭院发呆。

院子里大约有50多种野草，年复一年地生长。我能叫上名字的，不过七八种，其余的跟我素昧平生，仿佛我们生活在不同的星球，一生都不会产生关联。阿尔姗娜和查斯娜也对形形色色的野草产生了浓厚的兴趣，不断地唤我用手机软件识别。可惜软件并不是万能的，有些完全识别不了，有些也只能提供相近的信息。于是我只好对两个试图扎入野草世界的孩子举手投降，我真的不知道这些无法清除的野草，到底有怎样的名字，又是谁将它们带到这里，子子孙孙，繁衍不息。或许是一阵风，或许是一只鸟，或许，它们原本就是这片土地的主人。

我们在草丛中游走的空当，凤霞则将视线锁定在一只有着墨绿色油亮尾羽的公鸡身上。她决定杀了它，让孩子们晚饭时饱餐一顿。杀鸡这事，家里的男人们都有些憷，对凤霞来说却是小菜一碟。凤霞轻松地抓住鸡的翅膀，再把鸡头掰到一侧，提刀在鸡脖子上轻轻一划，将鲜血控净，鸡在地上挣扎着扑腾两下，便很快解脱了人间苦痛，停止了呼吸。站在一旁观看的查斯娜，每次都双手合十，闭上眼睛说："鸡好可怜啊，我给它祈祷一下吧。"

凤霞大笑说："吃的时候没有人比你更欢了。"

"妈妈妈妈，快给我生一个小弟弟吧！我要每天带着他玩，我的同学都有弟弟妹妹啊！"查斯娜常常对凤霞说。

凤霞已经流掉了两个孩子。第一次在查斯娜之前，没有胎心，医生建议流掉。第二次，是被一条马路上横冲过来的大狗惊吓小产。

在草原上，如果不是迫不得已，女人们一般不会做人流手术。但凡怀孕，人们就认为那是上天的恩赐。蒙医医院里很少做人流手术，因为那有违他们对生命的态度。不管这个生命来自哪儿，他都是无罪的，需要爱与呵护的。犹如草原上每一株卑微的野草，都是大地的孩子。

凤霞还年轻,她在计划着再生一个孩子。她对孩子的爱,是发自肺腑的。她比我更娴熟地给查斯娜和阿尔姗娜扎各式各样的辫子,为孩子们变着花样做好吃的,每晚带她们去广场上溜达,或者找邻居家的孩子们玩。她还隔三岔五地让贺什格图开车拉着她们去采蘑菇,或者到风景好的地方玩耍。睡前又给她们讲故事,教她们学习。

相比起来,每天忙于写作的我,对阿尔姗娜的关心之少,真是让我自己都觉得愧疚。因为童年时父母关爱的匮乏,我对孩子始终缺乏耐心,以至于一次我去海拉尔办事,临行前跟阿尔姗娜告别,告诉她我很快就会回来,她在墙角玩泥巴,头也没有抬。但我看得出,阿尔姗娜其实有些难过,在哭着要求跟我一起走却被拒绝后,她选择了冷漠回应我的离去。而当凤霞骑摩托车送我去大道上拦顺风车时,查斯娜明明知道妈妈很快就会回来,却飞奔出去,一直深情地注视着摩托车开出去很远,还傻傻地站在那里不肯返回。

五

每天都会有几只乌鸦,站在电线杆上呱呱地叫着,那寂寥的声音,在空旷中传得很远。我站在院子里,抬头看着它们,很想知道它们在说些什么。可是,他们并不理会我的注视,只是不停息地叫着,用不吉的声响,提示着尘世间的危机四伏。

于是我也不理它们,决定带阿尔姗娜和朗塔出门,沿着西苏木的大道,做一次短暂的旅行。旅途中,我们见到一枚花朵一样炸裂开来的牛粪,大得犹如脸盆,大约是从一头健壮高大的成年奶牛身上坠落下来的。芍药正在人家院子里生机勃勃地绽放,蒲公英遍地流淌,它们总是面临随时被一个孩子无意中采下并吹走的飘零命运。"哈拉盖"浑身有刺,避免了被人为伤害的意外,于是便在人家篱笆下,兀自旺盛地生长着,时不时就有无名的野花,穿过哈拉盖散乱的茎叶,忽然间闪现。

于是阿尔姗娜便喊:"妈妈,看,哈拉盖开花了!"

我们还看到一朵孤独的牛粪,在路边风干掉了,可是它的身体里,却长出两朵优雅的小花。也不知道它们的种子,是经过牛肠千折百转的过滤,重新有幸回到这个世界,还是被某只鸟儿衔着,无意中掉落在新鲜的牛粪里,于是便借着风雨,汲取着牛粪中的精华,并有了此刻迎风招展的勃勃生机。我们蹲下身去,好奇地注视着这两朵奇特的小花,仿佛它们是可爱的乌龟,或者羞涩的蜗牛,在路边忽然间停下脚步,张望着寂静无声的草原。

朗塔明显老了。家人从未专门喂过它吃的,总是将剩饭随手一倒,它便混在鸡群里争抢那点可怜的食物。大多数时候,它选择去河边寻找青蛙食用,有时也去邻居家蹭吃蹭喝。甚至,今天它还可怜到跟牛羊一样改吃素食,趴在地上,百无聊赖地嚼了一些青草。所以它跟着我们跑了一程,尚未到海峰商店,便疲惫地停下脚步,任凭我们怎么呼唤,也不肯向前。于是我们丢下朗塔继续向前,无意中回头,发现它已经转身朝家的方向走去。它的背影暮气沉沉,仿佛一个迈向死亡的老者,让人心疼。

六

在凤霞家的菜园里走上一圈，见豆角已爬上木架，开始结果。葱列队成行，剑戟般直指苍天。香菜老得厉害，已经高及人腰，且全都开满白色的花朵。苦菊匍匐在地，叶子散乱不羁。一场大雨导致人一天无法光临菜园，柳蒿芽、茄子、黄瓜、青椒们便都朝疯里长，朝老里奔，好像童年刚刚过去，就一步跨进了老年，人都来不及看到它们青春勃发的样子。只有土豆和西红柿，还在慢腾腾地开花。卜留克的果实埋在土壤里，却已能看出脚下的泥土，犹如怀胎数月的腹部，高高地隆起。玉米还没有授粉，尚在拔节之中。六月才开垦出来的菜园，此刻正是最好的时候。

镇上依然在此处居住的一些人家的院子里，隔着栅栏看上一眼，菜园里也是生机勃发的样子。女人们只需在菜园里走上一圈，就能有满满的收获。朗塔也爱热闹，看见我和凤霞沿菜垄走着，它也悄无声息地跟在后面。有时它也会停下来，抬头看一眼硕果累累的夏天。

黄昏的时候，牛羊回家，我见到阿妈口中的"光棍"恩和。他跟贺什格图同龄，35岁，但还没有娶上老婆，每天只跟牛羊马匹为伴。这是一个长得很帅的小伙子，举止中还有一种风流倜傥的潇洒。可惜，镇上几乎没有年轻的女孩，她们要么嫁到城市，要么外出打工，因此他连对象都找不到。他的父亲早已去世，母亲去了姐姐家看孩子，于是，他便一个人守着偌大的院子独自生活。他自己对婚姻大事并不着急，但外人提起来，总是不免替他叹息，不知那个属于他的女人，何时会来到这片草原。

睡前出门,发现满天都是繁星。它们微弱神秘的光,正努力地穿透无边的黑夜,洒在苍茫的草原上。我对这数以万计的星星一无所知,不知它们来自何处,又最终划向哪里。它们也无需我的知晓,犹如天空与大地,是宇宙中永恒般的存在。

日间那些人生的烦恼,在这静谧的草原小镇,化作起伏的波浪,轻轻触碰着梦的礁石。躺在床上,不过片刻,我便将它们丢弃,沉入梦的汪洋。

七

正午,安纱窗修理煤气灶油烟机的男人,照例开着汽车,用高音喇叭循环播放着吆喝声,绕着小镇慢慢穿行。

在广袤的草原上,从一个牧区到另一个牧区,离了汽车是不行的。所以卖蔬菜水果的商贩,也是开着卡车前来。我怀疑配钥匙的人,如果想要寻找一点额外的商机,也要开着汽车,来小镇慢慢转上几圈。不过,钥匙在草原上没有用武之地。所有的大门,都只是铁栅栏做成,随手就可以拉开门闩。而房间呢,晚上睡觉也是不用上锁的。尤其大雪封门的冬天,西苏木小镇上几乎没有几户人家,安静得好像另外一个星球。而人,则是这个星球上居住的神仙。

神仙是不怕孤独的,所以凤霞一家三口,也不怕孤独。他们反而喜欢这样无人打扰的安静生活。以至于凤霞每次回乌兰浩特的娘家,住在邻居间只隔一堵墙的院子里,听到早晨鸡鸭牛羊和人沸腾的声响,常常很不适应,总是希望快一点回到草原的家。

而那些住在更远的、只有一两户人家的"嘎查"里的人们,在城市里的游客看来,活得更为荒凉。尽管那里的人们,从未这样觉得。

想想,如果有一个可以种植蔬菜瓜果和粮食的庭院,人其实无需跟外界发生太多的关联,便可以在无人关注也无人打扰的安静中,自由地度过一生。

凌晨4点出门,抬头见夜空上一弯细如美人眉黛的上弦月,正闪烁着清幽冷寂的光。

此时,大地尚未苏醒,万物都在沉睡之中。天际被幽蓝的光线温柔地包裹着,草原犹如子宫中甜蜜酣睡的婴儿。就连睡眠清浅的朗塔,也沉溺在梦中。它的呼吸轻柔,温热的身体在模糊圆润的光线中,轻微地起伏。空气湿漉漉的,草尖上沾满了露水。偶尔,会听到水珠在脚下滑落,发出细微的声响。人语,狗吠,牛叫,虫鸣,全都隐匿在某个神秘的洞穴里。

世界了无声息。

仿佛宇宙混沌未开,一切生死与来去,都从未在这片草原上发生。

❣ 安宁

80后作家,山东泰安人。在《人民文学》《十月》等发表400余万字,已出版作品26部,代表作有《迁徙记》《寂静人间》《草原十年》等。荣获华语青年作家奖、茅盾新人奖提名奖、冰心散文奖、丁玲文学奖、叶圣陶教师文学奖、三毛散文奖、内蒙古索龙嘎文学奖、广西文学奖、山东文学奖、草原文学奖等多种奖项。现为内蒙古大学副教授，中国作家协会第十届全国委员会委员，内蒙古作家协会副主席，一级作家。

♥ 本文荣获本届大赛一等奖，作者壹点号：当代散文

山东师范大学教授、山东省写作学会会长韩品玉代表组委会致颁奖词：

《黄昏抵达辽阔大地》

露垂敕勒川，随性天罡风，一幅幅草原水墨画，徐徐铺展开来。

草原探亲，探视了整个茫茫草原和宇宙洪荒，不过，千万不能宿夜，否则，日间的一切苦乐喜忧，便因了这草原小镇，而触碰到梦的砾石。

时间的慈悲

❦ 钟倩

女中医师

20多年过去了,我依然记得那年夏天,第一次见到女中医师的场景。

这家中药店是老字号,出了省中医的大门,右拐,直走,沿着马路牙子,抬头就能望见古铜色的牌匾,被阳光浅浅地镀了一层金,婆娑树影打在上面,平添几分阅历。是的,中药店的阅历就是所有病患阅历的总和,把生老病死看个遍,把陈年往事滤干净,用晨曦和夕阳文火煎成一剂汤药,或曰"中年"。

中医是生命的中年,守正,平和,又不失活力。那位女中医师,是我的精神启蒙。她身着白大褂,头发黑亮,绾在后面,形成一个高髻,精干,利落,给人以拒人千里的气场。一溜长长的柜台,从这头到那头,就像从河这边到河那边,靠一味味地道药材摆渡众生,延续生命。她动作娴熟,低头看方,转身面壁,拉开抽屉抓药,再回过身来,提起金色的秤,快速称重,嘴里默念两句,自言自语,又像与那些特立独行的伙计耳语。不一会儿，柜台上的药材依次排开，等待她的检阅或确认。她手持药方，目光如炬，扫一眼，再扫一眼，很快就核对完毕，然后驾轻就熟地包起来，双手向内合拢，拇指按压，纸包瞬间出了棱角，竖起来压紧，从旁边拽出勒绳，打十字扣，几下翻转，便大功告成。整个过程，她一气呵成，没有停顿，没有犹疑，仿佛胸腔里憋着一股气流，与站在纸上的药材共情，在它们出走之前，与它们进行最后的话别。"修合无人见，存心有天知"，醒目的店训，早已被人们倒背如流，墙上挂着的老式挂钟的"咔哒"声，好像告诫人们，只有在安静的环境里，才能垂听到药材里隐藏的启示。

女中医师的存在，摁住了我体内的躁动。从医院里带着方子出来包中药的病患，大都没法用医保报销，脸上神情凝重，写满不为人知的艰辛。经常地，药店里的连椅上坐满了人，黑压压一片，互不相识，却因抓药这件事被拴在同一条绳索上，心也挨挨挤挤涌向一起。我站在一旁等候，肿痛的双膝支撑不住因激素药发酵的臃肿身躯，不得不来回倒换姿势，以减少关节的负重，像个滑稽的小丑。是她吸引了我，让我暂时忘掉时间，忘记早晨抽血时被小偷摸走200块钱的气愤，忘记与父母在诊室外激烈争吵的悔意，忘记大小关节里大喊大叫的疼痛。她吸引我的到底是什么，我也说不清楚，就像住院时我对10号病房那个来自胜利油田的男孩产生的好感，说不上为什么见到他，就心里"嗵嗵"乱跳一气。

轮到我时，她把目光慷慨地抛洒过来，不知是对我一身肥大晃荡的校服产生怜惜，还是对我的病情了解一二。实际上，她过手的方子里有她的眼界，也是她的价值观，早已把人世间的痛苦根源看穿，只不过习惯了缄口不语，把生死的秘密封存在红唇之间，乃是她的职业素养，好像禅语，不能说，不能说，一说就错。所以，她的眼睛也是嘴巴，她的双手也是嘴巴，甚至她光亮的大脑门也是嘴巴，用来收集和储存各种各样的痛苦，每天完成一次更新和替换，往复循环，从不厌倦。

她的目光蓦地变得柔和起来，一只手交给我包好的中药，另一只手递给我两个过滤网。送两个过滤网不是特殊照顾，而是我的方子大，药材多，且有毒性的多，每次开出方来，我都端详半天，像是句读一篇散文，寻找生疏的词语。附子、雷公藤、猫爪草、猫眼草，都进驻过我的体内，发生某种神奇作用，我也喝过全蝎、蜈蚣、制川乌、制草乌，闭着眼睛大口吞咽，除了苦还有无尽的恐惧。第一次去包中药时，就像刚入门的弟子，我们一脸懵懂。女中医师交代道，雷公藤要单独煎，还有一味药是蜈蚣，需要现加工。说罢拿出一个类似蒜臼的金色器皿，抓药、称重、捣碎，上上下下反复捶打，蜈蚣瞬间化为淡褐色的粉末，她掀起白纸包好，说回家用汤药送服。父母的目光与我的目光相遇，灼烫，空气里燃烧着某种物质，散发出比中药味还要浓郁的气息，那是对未知的恐惧。

"诸药所在，皆为境界。"吃中药，注定是一种虔敬的仪式，从抓药、包药到煎药、服药，每个环节都像是与天地间对话，容不得半点亵渎和轻视。父亲专门跑到馆驿街，买回煎中药的砂锅，一大一小两只，小砂锅煎有毒的药材，半小时后倒入大砂锅，再文火混煎，那两个过滤网都派上了用场。母亲一手端药锅，一手执过滤网，卡在碗沿上，缓缓滤掉杂质。深褐色的浓稠药汤把碗壁挂上一层颜色，此刻，我想到了"五味杂陈"这个词,又联想到"良药苦口利于病"这句谚语。苦,是药的本质,亦是活着的通途。只有苦到极致,把生命这杯苦酿仰脖而尽,才能苦尽甘来,获得人间清醒。煎中药与包中药异曲同工,都是寻找一条通往救赎的道路:后者是中和人生之苦,按方索骥,药如棋子,无非是摆好棋谱,不增不减,不偏不倚,最后交付病患去完成最后一步。前者呢,也是如此,需要掌握火候,掌握时间,最关键的是不能煳锅,一煳即毁,必须倒掉,没有任何挽救的余地。中药的秘密,全部蕴在时间里,分毫不差,淬炼心志。

女中医师本身也是一味中药。她摁住了我体内的挣扎,那只叫青春期的小兽不再咆哮,渐渐匍匐,我开始学会认命。认命不是向病痛缴械投降,而是后退一步,看到内在的失衡。我忍住了想哭的冲动,从医院里出来,手里攥着半信半疑的诊断书,泪水在眼眶里打转,委屈、疼痛、绝望,最终都消弭于时间的柔软,时间的柔软也是时间的慈悲。这位女中医师,让我看到了这一切。

雷公藤的夏天

雷公藤,中草药,为卫矛科植物雷公藤的根、叶及花。性味苦,大毒,杀虫、消炎、解毒,祛风除湿效果佳。又名黄藤根、南蛇根、水莽草、断肠草、三棱花、红紫根等。"雷公藤",太正襟危坐,太疾言厉色,我反而喜欢那些别名,水莽草、三棱花,透露几分孩子气,就像乡下人唤孩童的小名,每一种植物也是一个乳臭未干的孩子。这让我想起西班牙诗人阿莱克桑德雷·梅洛的《我是命运》:"我想活着,活着好像强韧的藤蔓／好像北风或雪,好像警醒的炭／好像一个尚未出生的孩子的未来／好像情人相遇在被月亮忽视的时候。"是藤注定要向上攀缘,雷公藤属攀缘藤本,喜在背阴多湿的山坡、山谷、溪边灌木林、次生杂木林中,卑贱,隐蔽,却药力大。记得老中医写药方的时候,她扶了扶眼镜架,叮嘱道,"毒性大,要熬两和。"又补充道,"以毒攻毒,不用担心。"喝了半月后,效果不大,双膝肿痛如初,像是有积水,她又给加了剂量,从 5 克加到 7 克,渐渐起了效果。

后来读医书,上面说"治外感如将,贵在猛峻;治内伤如相,贵在圆通。"用药如用兵,知己知彼,方能取胜。刚得病时,元气强壮,当以猛剂峻剂急去病灶;到了中期,元气渐衰,正邪宜兼筹并顾,多以宽猛相济之药缓急得直;当病到了末路,元气已亏,唯宜养正为先,当正气自足,邪气自然祛除。中医的道,就藏在这用药的分寸之间,何尝不是一个人与灵魂的自我相认呢?

煎中药也是颇有讲究的,先煎、后煎、包煎、磨汁、冲服等,医生都有嘱咐。熬药的同时,父母的心也跟着煎熬。父亲光着脊梁,肩膀上搭条旧毛巾,从储藏室里搬出蜂窝煤炉子,用废报纸引火点着,再把炉子搬到楼上自家厨房里。厨房朝南,太阳贴着玻璃释放火力,好像要把整个厨房点着,把我体内的 206 块骨头点着,把父母剩余的耐心点着,似乎这样才能事半功倍。凌晨 5 点,母亲起床,睁开眼第一件事是泡中药,拆包、倒入锅内,先给大药锅添水,再给小药锅添水,用饭碗量着,一次性加够水,最后用从未用过的新筷子小心拨弄药材,使其浸泡均匀。待早饭过后,她手持蒲扇,提开炉门,开始煎药,顺手把厨房的门关上。

像朱自清记录父亲的背影一样，透过厨房的窗户，我多次记录母亲的背影，索性把这一组长镜头拉近，看得逼真：母亲蹲在炉前，一边手摇蒲扇，一边错开锅盖，不一会儿，"噗嘟噗嘟"开锅了，她拿铅笔在本子上记下时间。很快，后背衣裳湿了半截，如水洗般，转身拿粗瓷碗的瞬间，我注意到，汗水在她的脸上四处乱爬，密密麻麻，脸颊、眼角、发梢都挂着细密的汗珠，像是哭过的模样。第一锅到点了，她把小药锅端下，换上大药锅。小药锅里熬的是雷公藤，她过滤好后，缓缓倒入大药锅，一起混煎，最大化减少毒性。她哪里知道，火焰向上，把药材的精髓炸裂出来，只为痛苦过后的回甘。她的心，也一同跟着煎熬，滚沸，扩张，再煎熬，再扩张，扩张至能够把世界上所有疼痛包裹过来，才肯罢休。厨房，变成了大火炉，热气层层缭绕，她静静地守着，静静地滤药，静静地站成一条大河，与人生一样宽阔的河。黑褐色的药汁缓缓流进碗里，她的眉头锁成一条线，恍若甘愿一个人把这万斛苦水承担，不想让女儿受半点罪。直到她的后背全部湿透，白晃晃的，有些臃肿，有些陌生。

这世界对顽韧的生命和十足的耐心，从来都是无可奈何。最初的时候，每次喝汤药，我都特别抗拒。母亲站在一旁望着，递给我砸成方块的冰糖，亮晶晶的，像手里掂着的一些小星星。我端起粗瓷碗，仰脖，大口大口猛灌，依然是赌气般的倔强，心里默念：雷公施法，病魔走开。顷刻，好像不远处真的响起一个雷声雷气的声音，直叫人敬畏、信任又沉迷。待10服、20服中药过后，我的疼痛得到很大的缓解，夜里能够安然入眠了，脸上的笑容也多了起来。

那个夏天，100多服中药，浩浩荡荡经过我的肠胃，浩浩荡荡经过我的思想，抵达病灶深处，迎来涅槃重生，我止不住地热泪长流，哭得像个孩子。那种叫雷公藤的植物，原来盛着苍天的泪。

雷公藤的夏天，是父母的最后赌注。

❣ 钟倩

笔名雪樱，山东济南人，85后作家，中国作家协会会员，山东作家协会签约作家，系济南市作家协会理事、济南市政协委员、济南市青联委员、天桥区作家协会副主席。已出版《含泪的绽放》《泉畔的眺望》《金蔷薇与四叶草》《千佛山：遥望齐州九点烟》等书。至今发表550余万字，作品见于《人民文学》《人民日报》《山东文学》《香港文学》《散文》《飞天》等。荣获《人民文学》全球华人文学征文一等奖、首届青未了散文奖一等奖、第六届"万松浦文学新人奖"、第四届"泉城文艺奖"、第二届"沂蒙精神文学奖"、首届"张纯如文学奖"、第二届"吴伯箫散文奖"、首届"秋瑾杯散文奖"、首届"见义勇为杯文学奖"等。被评为2021年、2022年泉城实力作家。

❤ 本文荣获本届大赛二等奖，作者壹点号：雪樱的百草园

母亲的菜地

● 唐黎标

一

几年前,楼下不远的棚户区被拆,高耸的绿铁皮包围着废墟,一直空着。后来孩子入园读书,母亲多了闲暇,决定拓宽活动区域,去废墟上种菜。

空地早被人瓜分完。母亲从碎石渣里清理出厨房大的一块"领地"。她的逻辑是,这样的地盘引起纷争的概率低,不惹麻烦。其实不然,生菜苗刚长出两枚叶子时,就有人连踩带拔毁去一半。问母亲是否生气,她的淡定令我惊讶,完全不像那个在乡下誓死捍卫过自己土地的坚定之人。她曾在废墟上见到一位老太太,对方主动承认了毁菜之事,至于原因,我猜是来路不明的人让她感到不安。

此后她俩相安无事。死里逃生的另外一半生菜,慢慢长大。母亲隔三岔五用小刀切几棵带回来,根部冒着乳白的汁,像是一路在流着眼泪。

迁移生活是无形的刀，她缓慢地切割着母亲。母亲不说什么，我也能在日常生活里发现蛛丝马迹。从老家奔赴而来，想到遥远的归期，母亲有些无力。白天，她窝在家里，时光泌出漫长的丝，将她束缚。有时她从卧室踱到客厅，又从客厅挪到阳台，像在寻找什么，默默地。她感兴趣的电视节目是省台的玩水冲关，偶尔换到新闻频道，她便对我说："电视里讲的，听不懂。"她简洁的言辞后跟着长长的叹息。我给她买的智能手机，她不会使用，最后闲置在书架上。有时，她会打开门，随后又将其关闭，她知道，就算出门了，也无地可去。

世上有很多门，但属于母亲的并不多。栅栏被人抠裂，朝外翻卷的绿铁皮被风一吹就发出脆响。那里有一孔洞，是种菜人佝腰进出的门。一同出入的还有水壶、锄头、弯刀、铲子。和耕种有关的这些工具，被母亲隐藏在家里的各个角落：锄头横放在她的折叠床下，铲子放在鞋架的最底层，弯刀立在冰箱与墙之间的缝隙中，水壶放在花架上。母亲在城市生活中习得绝佳的藏匿本领，这些背后，是她一同隐藏着的心事与身份。

如果这些工具会表达情感，它们跟母亲一道出门时，一定会像孩子那样开心到尖叫。它们回归土地，不，并不是我在乡下看到的那些松软的黑土，具体点说，那是碎石、断砖及大块混凝土堆叠成的废墟，一把锄头在断壁残垣里爬行，母亲的脸上挂着汗滴。她浑身湿透，开门出现在客厅，好像刚刚经历一场搏斗。她迅速清理农具，把它们放回原处，再找来洁净衣服，沐浴。晚间我们回到家时，似乎什么都未曾发生。

二

我曾去过母亲的菜地。废墟上的零星地块闪烁绿光，空气中残留着三月的寒凉。母亲的小块石渣地卧在断墙之中，种着大蒜、豌豆、生菜，那些细弱的苗，像是一块土地微弱的呼吸。出门前，我不过是想以旁观者的身份去猎奇，然而亲眼所见让我瞬间改变态度，觉得自己应留一些庄严给母亲所为之事。不计劳苦的垦荒，随时被毁坏的可能，她似乎都忽略不计，像蛾子扑火，只顾眼前。这非理性行为的背后，一定有让她觉得万般值得的东西。

母亲第一次割生菜回来，把它们竖着靠在墙边。我问她还有吗，她说，还有20多棵。第二次，她摘回豌豆和生菜，对比超市价格，给菜称重，最后得出结论：买种子的本钱已经收回。我记得，她使用的是我们家一贯低调不张扬的口气，平静中还带着终有回报的自豪。

母亲的算计，听起来格外世俗。但我并不嫌弃这些，相反，我会给她诸多赞美。在乡下，母亲的农活粗放豪迈，她早出晚归，经常忘记时间，汗流浃背而又不知疲倦。在城里，母亲对这里的生活缺少掌控感，必须在日常事务中学会平衡，精准到每个时刻。她每天安排好何时去买菜、何时做午饭、何时接孙子、何时去菜地，还学会给餐具消毒，使用公筷，小声说话。她也必须习得界限感，她要学的东西太多。因此，种地这样的事情，好像也变得精致起来。她把尿液装进塑料瓶，用废油桶装清水，用旧童车推着去给蔬菜施肥。我感到一阵惶恐，上前盘问她是如何积攒小便的。她并不觉得自己的行为有什么不妥，一五一十交代给我听：她鼓励孩子将小便尿在痰盂里，再灌瓶。虽说她的操作没给屋子带来尿臊味，但我心里依然存留着些许排斥。种地带来的激情，已然摧毁了某些界限。母亲对我的提醒不以为然，言语中有我行我素的坚决。我终于明白：在那小块地的面前，她几近忘我，泥土，让她忘乎所以。

母亲一生未进学堂，她经历过饥饿、大集体，25岁时嫁给我父亲。我一直相信，如果有机会读书，她一定会有不同的人生。从前，母亲会用自己的人生故事教育我们，后来又试图用那些故事教导我正在念高中的侄女。女孩缺乏耐心，三言两语便可让奶奶闭嘴不再说话。母亲故事的主题是：凡事都要做好，争取第一。母亲人生中鲜有机会展示自我，从而赢得可以吹嘘一生的价值感。

是土地，是劳动，成就了她。

这故事已过去半个世纪了。

年轻的男男女女在劳作间隙，讨论哪些女孩动作麻利，是插秧快手。有人力推郑家冲的某姑娘，有人不赞同，认为国珍更快些。国珍是我母亲，那年她20岁。有人提议来个插秧比赛。母亲虽性格内敛，但并不怕事，比就比。比赛颇为正式，制定标准、计时、测量间距、清点秧棵数量，男人们各有分工。上午结束，母亲赢得很轻松。有人不服气，坚持下午再比。

母亲第一次向我描述故事的具体细节时，我大概20多岁。我像侄女一样，不以为意，觉得不过是些老掉牙的陈旧往事。30岁时，我才认真地问母亲：那后来呢？母亲用10年时间等来我这谨慎而又真诚的追问。当时，我正开车行驶在杭徽高速上，母亲坐后排。从后视镜里，我瞥见她衰老的脸庞。

"后来,是这样的。"她低声又略带兴奋地说,"我上午赢得轻松,基本没使劲。下午又要比,我稍微使出一点力气。还是我赢。"

那一次,她声名大噪。

又过几年,母亲着重点评了对手。她认为那姑娘看起来麻利,实际上无效动作太多,手与秧苗的距离过远,腰与田地距离大,把时间耗在了肢体动作上。她的说辞像在分析短跑比赛,每一个细小动作,每一次呼吸都很重要。母亲无师自通的领悟,让我窥探到她的倔强和聪颖。半个世纪后,我依旧在假设:如果曾念过书,她一定不再是我的母亲,一定不再害怕出门,也一定不会感叹看不懂电视。尽管这样,在后来的生活中,她依旧能熟练地心算日常买卖的价格,依旧能在缝纫机上裁缝出我们儿时穿的各类衣服。

三

劳动节假期,我们各有打算。我要工作,孩子想去玩沙,母亲准备去浇菜。她最后说:"我改天去浇菜吧,先带孩子玩。"晚间,孩子因小事朝奶奶发火,向奶奶大喊:"以后,我一定开挖掘机把你老家的房子和土地全部挖掉,翻个底朝天。"那天在菜地,他害怕四处蠕动的毛虫,讨厌稀软的泥巴,站在一块石头上,大声呼叫:"爸爸,快来抱我。"这些稚气而无礼的言辞与举止,未尝就不具有隐喻性:终有一天,那里的房子、小院、田野,会跟我们失去关联,我们的生命旅程中，不再会有田野与土地的任何痕迹。

一条硬质小路穿过废墟，左边是一块菜地，右边也是一块菜地。我站在小径上，看分站两边的孩子和母亲。孩子皱起眉头，紧紧盯着我，希望我能把他从浓绿的草丛间抱起来。母亲正弯腰埋头，把小便用清水稀释，再一点点滴入菜窝，液体瞬间消失，仿佛被土地一口吞了下去。毛虫从废墟上的荨麻溜到菜苗上，为贸然的行动付出了生命代价。母亲毫不手软，小铁铲在她手中轻轻一绕，便将那些虫子腰斩。母亲表示：明天还得来逮虫。

母亲垦出的土地，像拼图中的一小片，被层层包围，似乎随时可能被吞没。她在荒草中种南瓜，秧子绿油油的。前一天，母亲还得意于自己的精心培育，第二天苗子便无踪影，大抵已被其他人偷去种到自己的地盘上。即使是在被绿色铁皮包围的废墟上，也存在隐秘的纷争。"跛跛儿"，这是母亲私下对另外一位妇女的称呼。这腿脚不太灵便的人，平日在小区做垃圾分类，从早忙到晚，缺乏闲暇去种地。她在那些土质略微松软而平整的地盘上撒下芝麻，或用镰刀将杂草拦腰扫断，就这样占领着大片土地。偶尔，她会分一小块给其他人，抑或向突然的闯入者宣告领地属权。母亲那一半生菜就是她毁掉的。她并没对母亲表现出坚决的驱赶姿态，但是，母亲对她的称呼在我听来并不友善。

孩子从铁皮圆孔钻出来，像顺水而下的一条小鱼。他指着走过来的老人说："那不是胡小功的奶奶吗？"胡小功是他的同学。我跟她打招呼，她用我不甚明白的外地方言回应。说完，她跨过圆孔，缓慢地，笨拙地消失不见。母亲、跛跛儿、胡小功的奶奶，是众多种菜者里的三个，她们像蜗居在春日荨麻叶片下的虫子，在蒿草丛生的废墟上自得其乐。还有更多的人，比如丁家枫的外公、元元的奶奶，他们是废墟上的首批种地人，都来自外地，住在这整体功能颇为完善的小区里，帮着带孙辈。他们此生也许未曾想到会住在洁净明亮的高楼里，把心神分给不同的地方：一面记挂着老家的房子、院落、老伴甚至一条狗，一面在城里过着逼仄但又无法摆脱的生活。夜幕将临时，他们常聚集在楼下"居里咖啡屋"的门口，或站或坐，说话。时间久了，有人忍不住向同伴吐露心声，不幸的婚姻、忤逆的儿女、长病的身体，毫不避讳地都说出来。有时，他们还会把自己种的菜拿来跟大家分享：一把豌豆、两棵生菜或几头蒜，这或许能让彼此产生回到乡下的短暂错觉。谈起种地经验，他们有抑制不住的热情，聊着聊着，时间就过去了。黑夜漫长，来自菜地的那点荣光——用汗水省出的几块买菜钱，好像可以帮他们驱散寂寥与不安。偶尔，附近传来挖掘机的轰鸣，他们还会仔细甄别，听那声响是否来自废墟。

❣ 唐黎标

1965 年生，浙江淳安人，自由撰稿人。作品散见于《知音》《中华魂》《故事会》《上海故事》《北京文学》《上海文学》等杂志，多次被《读者》《青年文摘》转载。

❤ 本文荣获本届大赛二等奖，作者壹点号：当代散文

灯·光

● 段 恒

我出生在农村，在没有电的年代，家家都是用煤油灯的。从我记事开始，我见到的家里的第一个煤油灯，是父亲用一个玻璃瓶做的，通过瓶盖装个铁皮套管，里边穿上一条棉条灯芯。煤油灯的灯火只有豆苗大小，照明的范围只有几尺开外，两间的小土屋虽然不大，但是昏黄的灯光依然到达不了屋子的各个角落。

老家的农村很静，人们劳累了一天，都早早入睡了。母亲则要在灯下，缝缝补补。母亲心灵手巧，做起事来干净利索，得心应手，一家的缝补，脚上穿的布鞋，都是母亲亲自动手做。纳鞋底儿是个功夫活儿，因为白天还要干活，母亲总是凑晚上的时间纳鞋底儿。在昏暗的煤油灯下，母亲左手拿着褙褙打的鞋底儿，右手娴熟地捏起针线穿过厚厚鞋底，再用戴在中指的顶针顶一下，针线轻巧地穿过鞋底，然后习惯性地用右手将钢针在头发上来回摩擦一下，这样才算是纳出来一个针线脚。几天以后，当一只纳好的鞋底儿展现在面前的时候，那密密麻麻的针线里浸透了母亲多少辛勤的汗水！

我喜欢趴在床头的柜子旁边，看着放在柜子上的那盏油灯，看着母亲的背影随着灯光的摆动在墙壁上轻轻摇曳，还总是要缠着母亲讲故事。母亲没上过学，但是她总是能给我讲许多许多的故事。无论母亲讲什么，我都会听得津津有味，经常是一边听着故事，一边就不知不觉躺在床上睡着了，睡得特别沉实，用母亲后来的话说，我睡觉的时候都在笑……

为了防止屋顶掉泥块、虫子，母亲用拆开的编织袋子缝成片，在房梁的平面扎了一层"顶篷"，相当于现在的吊顶。这样，干净是干净了，就是顶篷成了老鼠的天堂。老鼠一旦在上面做了窝，可就热闹了，尤其是晚上，顶篷上窸窸窣窣，小时候的我特别害怕，一听见就睡不着觉。这时候母亲就点燃油灯，用手拍打几下土墙，顶篷上便没有了动静，然后再哄我入睡。那黑暗中流动的不停往上蹿的小火苗，向我眨着如星星的眼睛，成为我儿时最温暖最难忘的记忆，驱散了我内心的不安。

在我很小的时候，母亲靠加工草袋子维持生活。草袋子，俗称草包，防汛用。母亲先用稻草搓成草绳，然后，用类似于织布机的草包机，把草绳加工成草片，我们叫"打包"，然后再人工缝制成草包。为了能够多挣点钱，母亲每天凌晨四五点钟就要起床开始干活。那时候的我，许多次醒来不见母亲就哭闹，因为父亲在外工作，母亲就给我穿好衣服，一边干活，一边照顾我。

打包机放在厨房，母亲先把我放在打包机旁边能够看得到的地方，在我旁边放一个小凳子，那时候陪伴着我的，就是那盏放在凳子上的油灯。我时常拿着细细的稻草棍儿，戳着油灯的灯芯，稻草棍儿烧着了，我就把稻草棍儿按在板凳上掐灭，时间长了，板凳上全是一个个烫过的黑印子。母亲借着昏黄的灯光,纵向攀扯好一行行草绳,一根根草从两头喂进去,一层层交叉压紧,寂静漆黑的周围只听见此起彼伏的"哐当哐当"的声音,不一会儿一个新的包片在母亲灵巧的手中做出来了。有时候我困了,母亲就把我哄睡后抱到床上,继续到厨房干活,一直干到天亮。

母亲一个人忙不过来,就领着我一块儿去外婆家,让我表姐表哥们帮忙搓绳,一忙就是一天。天黑了,母亲背着我,拖着疲惫的脚步回家。月亮出来了,月光雪一般洒向大地,母亲哼着熟悉的童谣:"月姥娘,两半儿,锅里煮着豆馅馅儿。谁来了,他姑父,带着两眼眵目糊……"我趴在母亲背上,沐浴着柔和的月光,仿佛躺在家里点有油灯的床上。看着温柔的月光,享受着身边的静谧,心里暖极了,和躺在母亲怀里的感觉一样,渐渐地,我不知不觉睡着了,醒来时,已在家中的床上。

我喜欢玩火柴。尤其是喜欢在黑暗中,打开火柴盒,小心翼翼地拿出来一根火柴,对准火柴盒带有红磷的一面轻轻擦一下,"嗤"的一声,带着浓浓的气味儿,火柴燃烧起来。有一次在外婆家玩儿,我钻到芦苇垛里面玩,看着黑漆漆的垛洞,心里有点害怕的我,点燃了一根火柴,垛洞不再漆黑,却一不小心烧着了芦苇花,苇垛着了火,差点烧着了舅家的房子。幸亏发现及时,火被大人们快速扑灭。虽说没有挨揍,但从那以后我再也不敢玩火了。

渐渐地,我和弟弟长大了。父母整天忙着生计,能够面面俱到照顾我兄弟俩的时间也越来越少。每天我和弟弟出去疯玩,往往都要到很晚才回家。父母累了一天,有时候早早就休息了。但是无论我们回家多晚,总能看到家里那盏亮着的油灯,那是一种呼唤,一种期待,每当到了家门口，看到那盏灯，心里顿时感到无比的温暖。

当时的农村还有一种可手提或挂起来，还能防风的油灯，叫马灯。马灯以煤油为灯油，不过油壶是金属制的，容量比较大，灯火外面套了个大玻璃罩子，用于防风。马灯的适应性极强，人们夜里在外面干活或者赶夜路，在没有电的当时，马灯是最佳选择。自从家里有了马灯，母亲起早贪黑地干活，照明就方便多了。马灯和家里的小油灯一样，在那个年代，陪伴着我度过了不计其数的日夜，每当看到那一抹昏黄的灯光，就像到了温馨的港湾，心里无比的踏实。

我老家在湖区，没有耕地，人们都要凭供粮证到粮所买粮食。为了能吃得更宽裕一些，每到麦收的季节，母亲、二大娘和三奶奶娘仨一起，准备好干粮、编织袋子，带着马灯，棹船去外乡拾麦子，一去就是好几天。每每想起来拾麦子这个事情，我的脑海中经常浮现出母亲曾经给我述说的场景：在拾完麦子回家的路上，天黑了，娘仨在漆黑的湖里，就着船头马灯的灯光，驾船飞快往回赶。突然下起了大雨，雨水直往小船里倾倒，小船剧烈摇晃，几近倾覆。娘仨连撑加棹，用瓢不断往外舀水，还要用身体护着马灯不被水浇灭。就在生死之间，船上微弱的灯光，被路过的一艘机船发现，最终娘仨搭载机船才回到了家门口，人虽安然无恙，但被褥、衣服、麦穗全部都泡在了水里。在那个年代，为了生计，她们风餐露宿，要经历多少委屈和苦难，要流多少汗水与泪水！

后来家里换了"罩子灯"，它整个玻璃瓶的下面是一个敦实的底座，向上渐渐变细，再向上有一个可以装煤油的圆圆的凸肚儿，灯座上面是透明玻璃的灯罩，由铜制的爪固定罩子，以便防风。在底座连接处，有一旋转的传动螺杆，可以升降灯芯，调节灯的亮度。罩子灯要比原来的煤油灯亮多了，但是耗油也多了，所以天黑了，只要没有重要的事情，父亲总是要把灯火调到最小。燃烧的灯芯冒着浓浓的黑烟，明显可以闻到燃烧后的煤油气味，燃烧一个晚上，玻璃罩子不但被熏得发黑，第二天鼻孔都是黑的。父亲在家的时候，总是隔三岔五地把灯罩擦洗一遍。父亲擦灯罩很讲究，先用纸反复在罩里抹擦，除去上面的烟尘，再用软布里外擦拭，直到玻璃罩子干净铮亮。天冷的时候，我时常用小手拢在罩子灯的周围，感受灯火的温度。罩子灯虽然能防些风，但拿着它在房里穿梭，还需要特别小心，要一只手端着，一只手拢着灯罩，还是常有被风吹灭的时候。

有几年，老家时兴去湖里抓田螺。那田螺的个头比较大，肉质好，能出口销售，这对渔家来说是一笔可观的收入。田螺经常在夜间爬到水草、芦苇、苲草上觅食，根据其习性，人们往往会在夜间到湖里抓拾。黑漆漆的湖面需要充足的照明，马灯昏暗的灯光不能满足需要，就只好用上纱罩灯。这种灯又称煤气灯，其关键部件是纱罩。纱罩用亚麻或人造丝编成网状，再在硝酸钍、硝酸锶溶液中浸制而成，遇热即发强光。那时候，母亲和弟弟一起，带着纱罩灯，天不黑就要棹着船去湖里抓拾田螺，而我在家做饭。经过一夜的劳作，第二天蒙蒙亮，二人才拖着疲惫的身躯回到家，困得倒头就睡。

父亲从外地调回了镇上的供销社，经常要在家里加班算账。天色晚了，父亲擦干净桌子，放好算盘和厚厚的账本，点亮罩子灯，开始算账。父亲不时把算盘打得噼里啪啦响，在账本上记着、写着，嘴里还自言自语，不知是在念珠算口诀还是念账本。小时候的我总是站在旁边，个头刚刚能够看到桌子上的罩子灯。我好奇地看着父亲一丝不苟的样子，连大气儿也不敢喘。

我和弟弟都要上学了，那时候还没有推行义务教育，上学需要交学费，尽管学费不多，但是对于没有耕地的湖区人家来说，每花一分钱都要精打细算。为了增加收入，父母开始做一些零散活儿，比如给人加工莲子。因为白天还有其他的活儿要做，莲子的加工都得在晚上。成熟的莲子小而滑，外壳还非常硬，要用打磨机打磨外壳，再一个个把莲子外壳横面切开，才能剥出来里面的莲米。夜晚在昏黄的灯光下干活，费时费力费神，往往要忙到半夜，父母的眼睛几乎都疼到睁不开。

村里通电了，煤油灯的时代过去了，电灯代替了曾经令人留恋的煤油灯。随着岁月的流逝，煤油灯淡出了人们的视线，然而出生在那个年代的人们，不会忘记那些有煤油灯陪伴的真情时光。在灯火通明的城市里，我有时仍然会想起家里的那盏煤油灯，那别样的温度，别样的灯光。

小学时，有时候白天我们考完试，晚上会和几个同学相约去学校看成绩。学校离家不远，刚到学校门口，就远远看到老师的办公室亮着灯光，窗户上映着老师伏案的背影。我们轻轻走到办公室门口，老师正在阅试卷。我们被老师喊到屋里，静静地，站在那里，看着老师用红笔进行批改。每次去办公室看到老师伏案工作的身影，我的心里总是充满了崇拜和尊敬。当时流行唱一首歌曲《每当我走过老师窗前》，每次唱起这首歌，我的心中总是满满的感动。正是从这个时候开始，我就暗下决心，将来也要当一名受人尊敬的老师。

初中时，晚上放学熄灯后，我和几个同学总是要晚走一会儿，在昏灯下看书、写作业。我用空墨水瓶、自行车的气嘴自制了一个煤油灯，几个同学头碰头地围在一块儿学习。灯火似暗夜里的眼睛，一闪一闪的，从窗外往里看，教室里影影绰绰。我闻着那习惯了的煤油烟味，享受着那油灯散发出的灯火的温暖，感受着学习带来的乐趣。夏夜，灯火引来许多的飞虫，忍受即使被烧灼的危险也依然勇往直前，这种精神也给了当时的我学习的动力。蚊虫的叮咬，暑气的侵扰都挡不住学习的脚步。已近10点，从学校到家，还要穿行六七里路，我几乎每次回家都要与黑暗、犬吠、虫鸣相伴。曾经胆小的我，逐渐被农村的"散养"磨砺得"随遇而安"。我把犬吠、虫鸣看作自然界的音乐，把夜晚的漆黑当作黎明前的准备。我知道，无论多晚，家里的那盏灯一定在等着我。

高中时，面对如林的强手，只有拼命学习。每次晚自习结束熄灯后，教室内就会亮起一根根蜡烛，虽然人多，但非常静。当时但凡自觉留下来学习的，也都是非常希望借助烛光能够提高自己的。回到宿舍，即使躺在了床上，还要继续点燃蜡烛，再背一会儿书，才敢熄灯睡觉。身在其中的我，并不像初中那样仅靠放学后的一段时间就能取得学习的进步，毕竟高中的大家，都在拼命努力。当时也不知这样努力有没有效果，只是实在不忍心让自己的碌碌无能伤害了为自己操心劳累的家人。

大学毕业后，我也终于如愿成了"孩子王"，虽说经历了许多风吹雨打，我始终恪尽职守，竭力让自己成为父母眼中的"骄傲"。可惜劳碌一生的母亲没享几年福，走了。父亲形影孤单了几年，也去陪母亲了。人走灯灭，已经历些许沧桑的我又一次迷茫了。父母走后的那几年，我经常在梦中与他们相见，涟涟泪水无数次打湿枕头；想起双亲，就会独自发呆，一坐就是半天，目之所及都是回忆，心之所想皆是过往，都满是遗憾……时间耕耘机依旧轰鸣，许多狠着心藏匿的往事，终究挡不住脱缰的思想，夜晚的煎熬让我不断地幻想：如果母亲还在，假设父亲未老……迷茫中，隐约看到父母依旧为我点燃了那盏灯，温暖无比，坚定地承载着曾经的美好时光，一如既往地照亮我前进的路。

❗ 段恒

1976 年生，山东微山县人，《齐鲁晚报》"青未了"副刊签约作家，作品散见于《齐鲁晚报》《济宁文学》《微山湖文学》。

♥ 本文荣获本届大赛二等奖，作者壹点号：当代散文

生活在树上

● 刘太义

  我想，树是属于山野的，至少它属于乡下。

  城里也有树，但树在城里成了失语的弃儿。城市真正的树是高楼大厦，楼在这里是以树的形式存在的望族。城市里的这些"树"每年以"林"的气势蔓延滋生，占据了有限的空间，冲破种种藩篱，猛烈地往周边扩张。楼的森林，如洪流般，一浪高过一浪，使得这些年的城市，像一个发育期的孩子，撑破了去年的衣裳，可劲地生长。楼林在交错纵横恣肆地蔓延后，又把脑袋往高处的天空扒拉，犹如缺氧的鱼儿把头露出水面以便呼吸一些新鲜空气。

  树木在这里反而成了低矮的"小草"，"参天"这个词用在城里的树上并不合适，再高大的树木，在森然耸立的高楼面前，也无法望其项背，它甚至够不到一座普通的大楼的膝盖。树的根部往往被水泥圈得紧紧地，犹如悟空的紧箍儿，由不得它撒泼。不敢往粗了奢望，也不敢往深了扎根，地下已被楼的血脉完全占据——树不过是城市这个庞然大物胳肢窝里一撮不起眼的腋毛。人像扎堆的鸟儿，从四面八方涌向城市这些楼的森林，他们在楼"树"上筑巢，栖息，觅食，奔忙。不断地从一棵"树"飞到另一棵"树"上，不停地为自己寻找合适的巢穴，楼有多高，巢就有多高。

风有时也会吹来，但风吹不透那水泥的"树干"和钢铁的"枝子"，雨也浸不润那些玻璃的"叶子"，风和雨不是这些"树"惺惺相惜的伙伴，为它们输送营养的是马路上的车流。马路是城市的河，车是河里游泳的鱼儿。车流如过江之鲫把人们从这棵"树"上送到那棵"树"上。从远古时代我们的祖先在树上生活开始，到现在拥有高度文明的今天，似乎我们从没有离开过树。人的内心也是一棵树，他们栖息在有形的楼树，却时时刻刻在攀着内心那虚无的高枝儿，纷纷靠向那些粗壮的树干。人们习惯于站在高高的树枝儿上俯视一切。一觉醒来，任步履匆匆，从看得见的树上落下，攀到看不见的树上谋生。

鸟儿反而不会栖息在城里的树上，没见马路旁哪一棵树上有一个稀罕的鸟巢。它们怕每天喷洒杀虫剂的洒药车会药死它们的婴儿，况且城里的树上每一片叶子都被汽车的喇叭声和人的脚步杂沓声包围，鸟儿的歌唱和这些喧嚣不是一首歌的和弦。偶尔见哪一棵闹市的树枝上有一个老鸹窝，也会引来很多惊奇的目光，少男少女们会恍惚着十二分的矫情喊："哎，快来看，树上停着一只，一只什么鸟？吼吼吼，让我觉得心在跳……"鸟巢在城里简直就是另类。城市的树影、花影、鸟影早已被大片楼的森林遮蔽，婉转的鸟鸣早已被机器的轰鸣淹没，人才是城市里真正的鸟，蛰居在楼树的巢里，维持着这片"森林"的生态平衡。

在城里的楼树上做了多年的"鸟人"后，我开始怀念起乡下的树。

树在乡下才是名副其实的树，树就是乡下的主人。从一棵小树苗开始，它们就在乡下的沃土上挺直了身子，一米米长高，一轮轮扩粗，甚至把脚下的土地拱起来，露出筋脉。乡下的树长着长着，就和人分不清了。院里院外的那些年轻的枣树、梧桐、香椿，简直就是家里的老大、老二、老三。那些上了年纪的老榆树、老槐树，它们粗糙的树干，不就是满脸皱纹的祖父祖母吗？那些婆娑妖娆的柳树，它们披散的长发，不就是情窦初开的待嫁村姑吗？那些挺拔刚直的杨树，它们噌噌蹿个子的样式儿，不就是蓄势待发的年轻小伙吗？

树在乡下，是真正意义上的参天，从村头的小山上望下去，看不到屋，屋都被一丛丛的枝叶包裹，连同鸡鸣狗吠也是从那些绿丛中窜出来的。树和人相伴，成长、变老、更迭，人老了，没了，树还在。乡下的人其实在一定意义上来说，是生活在树上。那些树，有的开了花，有的结了果，有的弯了腰，有的铺拉得到处都是同样的树。它们的年轮里，没有给自己留下一点可圈可点的出彩，所记载的，都是乡下一茬一茬人的故事。

乡下的屋只是树的陪衬，屋里的人都是树和屋的孩子。树和屋是恋人，树张开怀抱轻轻拥着老屋，为老屋遮挡炽热的日头，老屋把人揽入怀中遮风挡雨，树呵护着屋，也呵护着人。在乡下，树、屋、人相依为命，谁也离不开谁。屋年轻的时候，树也是情窦初开，它就在屋的眼睛——窗户底下悄悄地偎依着屋生长。屋那时看着树一点点长高长粗，待到树"长发及腰"时，它早已漫过了屋一头，它把根深深地扎入屋的地基下面，于是它们就合二为一了。人不会把树刨掉做家具，因为动了树，屋就会倒塌，这时候屋就成了人筑在树上的巢。人从巢里出来进去，要经过树的身边，那一只只绿色的眼睛悬挂着的晶莹，正是人类生活轨迹的另一种语境。

人在屋里的那点事，树全知道——谁家的娃夜里好哭闹，谁的娘背着老大偷偷往日子过得紧巴的老二手里塞了几块钱，谁家的媳妇不孝顺，谁家的男人打老婆，这些树都掰扯得一清二楚，但它从不把屋里的家长里短往外说，它用阔大的枝叶做出阴凉儿，把兄弟爷们儿的酸甜苦辣包得严严实实。

我是最高的树枝上那一个。因为我时常爬到树上去够一朵槐花，去逮一只结了龟，去掏树枝上鸟窝里那几颗鸟蛋。让奶奶看见，她会叫我把鸟蛋放回去，她说，鸟儿和我们是一家人，鸟儿失去了孩子就像母亲丢失了我，它们会伤心。我在最高的树枝上，下面是兄长遒劲的树枝托举着，树干是父母、姑姑，树根是祖父母。不几年树上就旁出了一枝，那是姑姑要出嫁了。姑姑就在树旁的老屋里和邻村的他交换了信物，她把一方小手绢，一支钢笔，一个包着红皮儿的笔记本送给他，他也把从集市上买来的一面小镜子，一瓶雪花膏送给她。于是我叫"叔"的这个人就成了"姑父"，父亲嘴里的"大兄弟"就变成"妹夫"，奶奶则笑不合嘴地称"他妹夫"。"他妹夫"这只鸟儿从邻村飞过来，领走了姑姑，他们要去那个家里的树上生活，那家树上的一枝远远地朝我们家方向伸着，我们家树上一枝也遥遥地朝他们家迎着，两家的树根就往一条水脉里扎，树上结成连理枝。

中秋的夜晚，我们在树下摆开小桌，炒几个菜，秋收基本完活了，也累了，正好一家人在树下团圆团圆，解解乏。"月姥娘"圆圆的挂在树枝上，大人叫她"姥娘"，我们叫她"月嘎嘎"。"月姥娘"也好，

"月嘎嘎"也好,她时常也生活在树上,和我们是一家人。"月姥娘"里的嫦娥微笑地看着树下这一家人,月亮里的吴刚不知疲倦地抡斧头,任凭他怎么砍,这棵树依然是那么繁茂,一如这热热闹闹的一家人一样生生不息。

不光是人,树连牲畜都要管,它把牛、羊、驴紧紧地拴在跟前,牵挂着它们,不让它们乱跑。树从不记恨驴啥时踢过它一蹄子,牛用肮脏的身子在它树干上蹭痒痒,羊不客气地啃过它一口。驴这个"段子手",高兴了就自言自语,然后被自己引得哼哈哼哈地大笑,树从来也不嫌烦,静静地在那里听。狗被鸡惹乎急了,把鸡追得飞到树上,然后鸡趁狗不注意,嘎嘎嘎地来一个低空俯冲,像战斗片里的敌机呼啸着扫向目瞪口呆的狗,树就是鸡对付狗的航空母舰。树不会因为它们是牲口就外欺它们,它和祖父一样厚待这些动物。因为它们和人是拴在一根麻线上的——牛给人耕地,驴拉庄稼,它们管一家人的口粮;鸡下蛋,羊长肉,管家里的钱罐子;狗看家,管家里老小的安全物事儿。它们没有一个闲着的,为这个家操碎了心。

树不会在乎曾有哪一只鸟飞过它的头顶而不筑巢,也不在乎哪一朵云飘过树梢而不下雨。 树肯定会记得那年某一天下午,父亲在它跟前默默地抽了一下午的烟,地上一层的烟头向树诉说着父亲是真的没有办法了,爷爷的病已经无力回天。爷爷痛苦的呻吟声肯定让树觉得比刀子刻它的树皮还要疼。陪了树一辈子的爷爷,就要像树叶一样,这一季的叶子要落了。 爷爷离去之前的唯一愿望就是折一根树上的枝子插在他的坟旁。 我当时还没有明白事理,总以为他是累了,要去睡一觉,他终究会醒来。第一年,那树枝就在爷爷的坟旁扎了根,第二年就返了青,到第三年的时候,已经冒出了叶子。原来,树上的每一根枝子也都是一棵树,等坟旁的那根枝子成了真正的树的时候,我知道,那是爷爷醒来了。每天生活在树的呵护中,原来,我们每一个人也是一棵树,早晚我们也要出去扎根、开花、结果。

树高高地伸向天空,尽量地挽留住那些流浪的阳光、风和雨滴,也用茂密的树叶挽留那些筑巢的鸟儿。被我放回的那几只鸟蛋,不久就孵出了几只小鸟,它们被父母呵护着,雄鸟和雌鸟每天轮流出去捉虫回来喂它们嗷嗷待哺的孩子。下雨天,它们用翅膀遮住孩子,任凭雨滴把它们淋成了"落汤鸟"。过了不多长时间,小鸟儿长出了羽翼,两只老鸟领着它们来回地学飞,后来,小鸟们翅膀硬了,会出去捉虫吃了,再后来,小鸟们飞走了再也没有回来。我那几天时常听到老鸟的哀鸣,鸟窝里再也没有热热闹闹的叽叽喳喳。也许这就是生活,它们不会像树一样站在地上不会走动,在不算漫长的生命道路上,它们要去寻找适合自己栖息的树,这无可厚非。

父母已经苍老了,他们在我们弟兄几个的楼巢里分别住了几天,又搬到了乡下。他们说闻惯了乡下的土炕味儿和牛槽的草腥味儿,在城里的楼里憋得胸口发闷。那棵树依然在,老屋也是倔强地在那里烟熏火燎地挺着。不过那个鸟巢早已鸟去巢空,父亲说,鸟巢在树上完好无损地待了好几年,直到一场大风把搭窝的树枝吹得七零八散。两只老鸟后来飞走也再没有回来过,也许这里是它们永远的伤心地。

阳光、风和雨滴依然光顾,屋和树都已经老了,连同屋里的父母。他们都已经承受不起四季的风吹雨打,也许这代表了一个时代即将结束。不能像不归的小鸟一样,徒留父母伤心的期盼,哥,从天南随着一缕将冬的秋风回来吧，弟，在海北跟着一线归山的阳光归来吧，带上你们羽翼丰满的小鸟们，回家看看咱们的老树、老屋、老爹、老娘。

❗ 刘太义

　　山东金融文学创作员，济南市作家协会会员、中国散文学会会员、黑龙江省诗词协会会员、《齐鲁晚报》"青未了"副刊签约作家。作品见于《人民日报》《金融文坛》《齐鲁文学》《济南日报》《齐鲁晚报》《文学百家》《金融博览》《中国文艺家》《中国金融文学》《中国乡村》《青年作家》等报刊。

❤ 本文荣获本届大赛三等奖，作者壹点号：山东金融文学

小市井，大民生

❀ 段曙光

我年少时的意识里，集市只是乡村里的一种独特存在，赶大集那是乡下人的事情。后来晓得，其实不然，集市不仅是距离农村人生活最近的地方，而今也成为许多城里人一个烟火气十足的好去处。

当今时代，城市商超店铺满街皆是，网购外卖更可足不出户，消费渠道多种多样，商品可选空间很大，价格也讲得过去，然而，一些老人还是把集市看作自己的购物天堂。岁月压弯了他们的脊梁，为了家人的一日三餐，这些勤俭持家的老人还要尽自己所能去集市采购食材。在他们眼中，集市上"放心菜""放心粮"多，价格实诚，足斤足两。

街道刚苏醒，集市就忙碌起来，拎着大包小包、拉着小车的老人，从四面八方往集市拥。乌泱乌泱的人群中，干货满满的摊位前，一些老人不厌其烦地挑拣着物品，与摊主讨价还价一点便宜。这没啥，黎民百姓，哪个不是在柴米油盐的琐碎中度过一生？谁的日子，不是从精打细算中省出来？我赶过多个集市，都是繁忙又热闹，人气财源两兴旺。

"慢品人间烟火色,闲观万事岁月长。"集市融入寻常百姓的日子里,体现在家长里短的生活中。退休后,妻子也乐意去集市凑热闹,时常空手而去,满载而归,真拿她没办法。用她的话讲,赶集能买到农民自产自销的新鲜果蔬,还可权作闲时解闷,在逛市井中消解心中的很多放不下。此话有道理,一些有着大自然纯正味道、时令性强的野菜,刚打捞上来的鲜活海鲜,山鸡蛋等农副产品,正成为现代人的奢侈品,而这些在集市上往往能买到。有趣的是,从前对农历几乎没有概念的妻子,因对赶集喜爱有加,越来越关注农历了。我是一个重视家庭生活的人,闲时,常陪妻子赶集,顺便体味市井中酸甜苦辣咸的生活况味。一来二去,对沸反盈天氛围向无好感的我,也成了集市的常客。无论居于省城还是海边小城,居住地在变,赶集热度未变,两地的集市,大的小的,远的近的,我俩几乎都赶遍了。

"摩肩接踵逛西东,叫卖高声引客行。野特新独成热卖,鸡鱼肉菜满囊中。"先人对集市的描述,把市井烟火气体现得淋漓尽致。时代前行,不断更新着人们的思想观念,但传统根深蒂固,风气万里飘扬,无论时光如何流转,赶大集这一百姓喜闻乐见的活动一直沿袭下来。乡村集市既是农家物资交流无法替代的场所,也是寂寥乡村的热闹所在。拽开记忆的包裹,年幼光影里的那缕香味又在脑海里复活。心灵没有尘埃的童年,我是在沂蒙山区老家度过的。在那个还未彻底摆脱饥饿的年代,年幼的我对集市没有什么概念,更不懂大人守着一把辛酸过日子,只记得长辈赶集回来我就有好东西吃。

生命中,有些记忆无法剔除。20世纪70年代末,我在济南南部山区当知青带队老师,与知青结伴而行,沿崎岖山路跋涉五公里去赶柳埠集，我才有了赶集的经历。那年月，物资短缺，乡村仅有供销社，农家的生活圈子狭隘，买卖物品主要靠赶集。年关将至，赶大集置办年货更是必不可少的"仪式"，好像不赶集就不叫过年。彼时，温饱问题仍困扰着百姓，农民粮食由集体按劳分配，蔬菜自留地自产自给，油盐酱醋从鸡屁股里"抠"钱买。集市表面繁盛之下，是大家都穷得叮当响。村民推着独轮车或背驮肩挑去赶集，主要购买锅碗瓢盆等生活用品和犁锄锨镐等劳动用具。农户人家没有随便丢弃的东西，来集市摆摊设点，用自产农副产品换取点零用钱，憨厚朴实的农家人也是打心底里快活的。当年，牲畜既被用作劳动力，又是交通工具，是集市上的抢手商品。机械化将农民从古老的劳动中解脱出来后，牲畜市才悄悄地从集市消失。如今，富裕起来的村民，去集市买或卖，几乎都开着私家车。

浮生若梦，掩袖一笑弹指间。从计划经济到市场调节，由一元到多元，由封闭到开放，改革开放以来，集市见证着人们一步步从贫穷中走出来，有些地方还富人一抓一大把。无法否认，商贩中虽有个别奸猾之徒，为了自己利益最大化，不惜挑战公序良俗，昧着良心赚钱，但更多的人是把赶集做生意作为一种谋生手段，来改变农耕命运，并向财富发起更高追求。自食其力，是普通人的生计。走正道，公平交易，赚钱干净，才能走得更远。

人世间，时光最无情。虽一直都不愿意相信，衰老还是让人猝不及防。体会到时光匆匆流逝的残酷，我好像变了一个人，不愿再多想尘世间琐事，更不为世俗名利所动。托尔斯泰说："欲望越小，人生就越幸福。"日常生活中，种种琐事往往使人处在不良情绪之中。让忙碌的脚步慢下来，把纷繁的心静下来，阅读写作，观海赏泉，是我人生暮年的情趣。而逛集市，采购家庭生活所需，则成为妻子生活中的快事一桩。可以说，济南市区及城郊的柳埠、仲宫、西营等大集都留下了我俩的足迹。居于海阳，赶集就更方便啦，度假区集、凤城集、大闫家集，距家最远五六公里。五天一大集，两天一小集，贯穿全年，相邻集市单双日错开，几乎天天有集可赶。

集市上商品不奢华，但土特产、农副产品丰富，买卖更加自由、随意。因此，一些老人把集市看得很重，觉得赶集才有生活的味道。走进集市，浓浓的烟火气息扑面而来，此起彼伏的摊主吆喝声，南腔北调的摊前砍价声，夹杂着爆米花出炉的一声声闷响，彰显着集市道宽财广，全年皆有卖点，洋溢着百姓心中愉悦，日子热气腾腾。如果说，集市只是商品交易的场所，那就错了，集市还是一幅众生相的长卷风俗画，有乡风民俗，有游子的乡愁。中国人历来对过年特别有讲究，所以年集不仅商品要啥有啥，美食小吃多少随客，丰俭由君，还有春联、年画、剪纸等年俗文化商品。人们在人头攒动中采购年货，在浓郁的年趣中讨个好彩头，年集人气之旺，让人几乎没有立锥之地。曾记否？鞭炮放开经营时期，年集上最热闹的地方是鞭炮市。摊主叫卖声、鞭炮炸响声、看热闹起哄声混成一片，鞭炮碎屑遍地都是。任何事情都有两面性，近年来，鞭炮市因安全问题暂被取缔了。

集市是定期聚集的公共供求交换场所，是约定俗成的商品交易活动形式。农村集市通常位于位置合适，交通便利的中心村镇、寺庙和城乡接合部。城市集市先天不足之处是场地狭小，且易妨碍交通。城乡集市兴隆，折射出国家繁荣昌盛，人民生活富足。老百姓一年到头忙忙碌碌，不就是盼一个太平盛世，图一个人丁兴旺嘛。随着信息化、网络化时代到来，在有人付款有人收款的交易中，现金已变得无关紧要，摊主们都有收款二维码，一些老人也在享受科技带来的便利，学会用智能手机扫码支付。

商超与集市，一边是潮流，一边是烟火，去哪？全凭自己心意，怎么喜欢怎么来。人所共知，商超里青春洋溢的面孔居多，满头银丝的长者则更偏爱市井烟火气。乡村也如此，村里年轻人几乎都进了城，对故土已没有多少依恋。

市井烟火气，是城乡大众公认的味道。"走，赶集去！"这成了夫妻俩、亲友间的幸福相邀。从这个层面看，集市既是对传统乡风民俗的尊重、传承与弘扬，也承载着供与求，生存与发展。人不可能超越物质生活，集市丰富了百姓的菜篮子，提振了市场消费，带火了当地经济，挣鼓了生意人、农民的腰包，人们赶集总能寻到称心如意的商品，心情立马有大好的感觉。

集市有说不完的故事，有道不尽的风情。尽管各地集市因文化差异、地域差别而文化味、乡土味不尽相同，但都立足于满足民生需求，提振市场消费，带动农民增收。集市，这方烟火气、人情味、幸福感十足的热闹市井之地，深受城乡百姓喜爱，尤其深得老人之心。

生活其实很简单，市井烟火气最抚凡人心。

❣ 段曙光

笔名曙光，济南人。中国散文学会会员，济南市作家协会会员。文章散见于《齐鲁晚报》《济南时报》《老朋友》等报刊。《齐鲁晚报》"青未了"副刊签约作家。

❤ 本文荣获本届大赛三等奖,作者壹点号:曙光

不知何处是他乡

● 李红伟

我是陕西人，8岁以前是长在关中平原渭河岸边的。

7岁那年，父亲所在的地质队从甘肃玉门挺进柴达木，开进了青海。母亲挂在炕头的地图也从瘦长的如意形换成了一张玉兔状的。没事的时候，母亲总是默默地盯着看。靠西北角的地方画着一个五分钱钢镚大的圆圈，父亲就在那里。地图是父亲随信寄来的，信里还说，这是个方圆千里没有人烟的地方，父亲他们的到来，才使这里有了人。

从小我对父亲记忆不多，只知道，他是新中国培养的首批向戈壁要宝藏的地质人。还有些碎片状的回忆就是每年冬天，大雪封地，野外找矿无法进行时，父亲便会风尘仆仆地出现在家门口，鼻子、嘴里哈着热气，身后背着一个地质队专用的大行李袋，帆布的。这些也是我印象最深的，因为袋子里会掏出些酸甜的沙棘、掰开就拉丝的大枣、嚼也嚼不动的牛肉干。

挺进青海这年的冬天，父亲没有如期回来，全家的心都提到嗓子眼了。直到快过年，才收到从西宁指挥部寄来的一封信，大体意思是说由于探矿会战忙，今冬收队晚了，大雪把地质队捂在了阿尔金山，目前人已救出，但因大雪封路无法与外界通信，请放心，后面是一些感谢的话。母亲这才长舒了一口气。

过完年，也就是刚化冻，渭河滩上将将看出一丝绿意，母亲就开始布排计划了：先给麦地浇完返青水，又给河滩地里撒上豌豆。忙完，郑重地托给大伯管着，一再叮嘱收的粮食要换成粮票寄到父亲那里。然后又把家里那头养了大半年的猪秧子卖了，本来说这猪要等我上学时卖了换学费的，我每天卖力地去拔草，为的是让猪长得大些、胖些。做这些事时母亲一直绷着个脸，吓得我也没敢多问。到清明这天，母亲领着我们兄妹三个，到爷、婆坟上实实落落地磕了仨响头。回到家，母亲才开了腔："老大，背着你妹妹，老二，拽着妈腰里的绳子头，咱明天就找他李大个去。"父亲个子很高，母亲一直这么叫他。

背起铺盖卷儿，从兴平火车站一路向西。那时候，到兰州的火车才通开几年，再到西宁就要坐汽车，到了西宁就不知道怎么走了，在车站里打听茫崖，谁听了都摇头，说去不了。

母亲总是很聪慧的，领着我们按信封上的地址找到了给我们报平安的会战指挥部。一个领导模样的人接待了我们，听明白母亲的意思后，盯着母亲的脸，应该是看出了决心和坚毅："那就先上招待所住下吧，等拉给养的车来了，捎着你们。"丢下这句话就摇着头走开了。

我敢说，在西宁等车的这两天，是最幸福的——住的是一大溜平房中的一间，四张上下铺的床，我们可以不停地、尽兴地爬上爬下，更难得的是菜里还能吃出一两块肉来。

两天后，一辆卡车拉着我们娘四个和满满一车洋葱、洋芋、米面啥的出发了。司机留着个络腮胡，印象里他是个山东人，嗓门特高。从上车就开始夸他家里的玉米面饽饽、地瓜面窝窝，还有两只带羔的山羊有多甜人。开始我还听得津津有味，后来就迷迷糊糊睡着了。现在回头再想想，"络腮胡"当时的心情，应该也是念家。也可能因为小，路上的事记不太清，印象里眼前的景色从遍开的黄色、白色的小花到漫漫黄沙，也就是打个盹的工夫，实际上又用了两天，中间在一个有许多军人的叫兵站的地方住了一宿。

等包袱里母亲临行前蒸的一锅馍快吃完了，坐车也坐得腚沟子都疼时，到了。7天的时间，我就成了青海人。

我们娘几个的到来，使得父亲有些手足无措，激动得眼圈子都红了，一个劲地搓手。母亲准备了一肚子的唠叨和埋怨，可当看见父亲瘦得往前都探探肩的身子和黑油油的笑脸时，一切都像山上的春雪见到阳光，瞬间便消融了："李大个，俺娘几个不走了。"

队上的伯伯叔叔们都是干活的好手，一阵镢头铁锨，就在地上挖了个大坑，蒙上帆布，一个半地下的窝棚就成了，铺上草苫子，家安好了。

父亲分队的工友们，每人从伙房里端来半饭盒熬洋芋，用筷子插着两个馍，炊事班张伯伯还送来一瓶"闷倒驴"，说是从内蒙古来支援柴达木时，从家乡带过来的，没舍得喝，今天也一块支援了，既是温锅也是谢谢那个司机。没杯子，大家对着瓶一人抿一口轮着来。记得"络腮胡"管喝酒叫"哈走"，酒量大，挺能"哈"。后来，听说他被抽调到山东的沂蒙山区参加了矿资源普查，国家七〇一金刚石矿便是他们的成果。

父亲待的地方说是青海，实际上和新疆搭界，就隔着阿尔金山。

大队驻址在茫崖小镇，分队就得视作业区来定驻所了。

找矿，地质队是尖兵。在所有探矿活动之前，要先对工作面的岩石分布、地质构造，特别是断层走向进行分析，最好能找到矿脉的地表露头，随后再槽探、确定钻孔，提取岩芯，形成储量报告，转入规模开采。最艰苦的就是先期进入的地质找矿者，又没有什么仪器设备，全凭肉眼和经验检索每一块岩石、沙壤。他们在没有任何资料可循的情况下开展工作，当时的环境更艰苦，无人区面积比现在大得多。一辆卡车把队员从宿营地拉到工作面，每两人一组，四散开来。出发时，每人一斤锅盔、一两牛肉，外加一壶水，一出去就是一整天。返程时，每个人的包里装满了用白色小布袋盛的标本。越走越沉，实在背不动了，下坡时干脆就抱着包顺着坡往下滚。又困又渴又饿，直到晚霞里远远地看见插在卡车顶上的红旗时，才能停下歇歇，把留下的一半锅盔和半壶水吃净喝干。

我懂事一些后，和父亲交流过多次，既然饿，为啥有饭不吃，有水不喝，而要等到快回来了才吃。父亲说，这是用命换来的经验，在野外，无论什么时候都要有所保留，特别是水。一旦起了沙尘或迷了路，关键时候能救命。那时的搜救也不像现在又是飞机又是定位，找你的人也是用腿量。还有一条是铁的纪律，一组的两个人，无论如何是不准分开的，有事好照应。

阿尔金山的大雪中，续命就靠每个人存下的干粮和一堆篝火。

安顿下的第二天，母亲早早地围着营地走了一圈，又去工具室借了一把镢头，在一片梭梭棵子浓密的地方刨了起来。老家此时已经是初夏了，这里的原野上该绿的还没绿，枯黄依然主宰着，但刨出来的梭梭根已经在地下长出一大截白嫩的新根,又一年的新绿马上就要破土。一天时间,母亲刨了炕席大小的一块地,为了防风,还用破纸箱围了个帐子。

晚上,父亲一直到黑透天才回来,母亲正在油灯下摆弄着带来的十几包各样种子,看见父亲:"哎,大个子,我今天刨了块地,你看咱种啥?"

父亲累得一屁股瘫坐在地下:"瓜婆姨,这荒原上地有得是,没有水,啥也不是。"

母亲总是自信得很:"等着看。"

第二天,宿营地的篱笆墙角多了个用破纸箱和废木片围起来的厕所。在我们来之前,营地里是清一色的爷们,没有性别概念,所以就没有固定的厕所。母亲又在队员们集合登车时讲了个话:"兄弟们,看见那个茅房了吗,打今儿个起,屎尿能攒着就回来拉;再把没有肥皂的洗漱水都攒到伙房门口的废油桶里,我要种菜用。"

菜对于那年月的野外工作者来说,简直是太稀罕了,西北地区供应的主要是土豆、洋葱,冬天才会有上了冻的大白菜,平时难得见一回青菜,队员们兴致勃勃地齐声回应。

营地的生活用水都是用罐车从百十里外拉来的,珍惜得很。伙房里洗菜的头遍水,泥沙大,母亲便用桶收集了,种地用。二遍水就相对清澈、澄清了,是用来给队员们洗漱的,万万不可先用。十几天后,小菜园里竟然长出了一片绿苗;稍远一点的地方,撒下的荞麦也发芽了。有一回伙房里领回来一捆芹菜,母亲饶有心机地在伙房里帮忙择了一下午菜,为的是让这捆芹菜的根尽量完好,然后,埋宝贝似的连夜打着手电，仔仔细细地栽在园里，竟然活了大半。母亲的园地一下扩展了许多。

如果说父亲他们的到来使渺无人迹的戈壁有了人，那么母亲的到来，使得荒芜的大漠绽放出了生机。

转眼间我到了该上学的年龄，大人们忙，母亲又识字不多，教学的任务就落在了炊事班张伯伯身上。他每天早晚吃饭的人多时很忙，中午就几个留队做内业的吃饭，洗洗涮涮之后他就有空教我识字、算数。

一年以后，在冷湖探到大量油苗露头，大批的钻机拉了上来，开始试探性钻探。人多了，家属也就多了，子女们上学就有了一个简易的帐篷学校。等四号井形成原油自喷之后，几万人的石油大军好像一夜间开进了茫崖，原来的帐篷阵营变得无边无沿。学校也正儿八经挂上了牌子，叫"石油子弟学校"。我是地质队的孩子，一直属于借读生。

营地再怎么扩，母亲和所有人一直都呵护着她开辟的那片菜园，因为大家都知道，在这里长一片绿色要费多少心血。直到我上初中那年，父亲要带队去增援花土沟，随行的母亲才依依不舍地把小园交给了我的班主任老师。因为花土沟的学校没有开高年级班，我也要继续留在茫崖。母亲移交的不仅是菜园，还有我。

其实母亲不知道，她走的第二天，班主任就把菜园挂上了"生物教研"的牌子，这里成了荒原戈壁上的第一块教学实验田。

班主任老师给了我几天假，帮着搬完家，我得等拉器材、给养的车才能再回茫崖。其间，父亲带我去了一趟尕斯库勒湖，算是对我这个留守队员的安慰。

尕斯库勒湖就在新营地的南边，我没有方位感，父亲说南就是南。

这是一个难得的无风天,我们雇了向导家的两只骆驼载着全家。一路上,黄色的地,黄色的沙,黄色的骆驼,脚下摇曳着的几株蒿草竟也是昏黄色,露着裸岩的地方,红、黄、白相间的五彩地层也让我知道了先来的勘探队为什么会取个"花土沟"的地名了——既切合地质地貌,又显得美好不苍凉。看乏了,于是便抬头看着湛蓝的天上挂着的白云,默默思量着像什么动物,怎奈,思绪远不如云彩变幻得快。

"到了。"向导打断了我飞在空中的心思,急忙闪念回来的我,竟没有看出面前有个湖。天是什么色,倒映在水里也是什么色,这是真正的水天一色,若不是远处的昆仑山如一条黛色的线相隔,真是水就是天,天就是水,相互延展、映衬。当时的心情,到现在我也没找到切合的词来形容,在未来许多年许多次和父亲聊到这里,他总是淡然地笑着说:"娃娃家,没见过个世面,咱国家这么大,美景多得很。单讲这黄河,从三江源到入海口,一步一景。"

脚下的大地不知何时已从黄色变成了白色,这是从湖水中析出的固体,晶莹地闪着亮,白色占主,也混着红、黄,却并不杂乱,反而更丰富了许多。向导说,这主要是盐,还夹杂着其他杂质,苦味太重,不好吃,向东10多里地,有个盐场,那里是出产食用盐的。向导讲的地方,就是后来的"翡翠湖",当时叫国家盐场。

眼前的湖水并不深,半米多,清澈得让人心颤,我忍不住想脱了鞋下去走一遭,却被父亲制止,原因是咸水伤脚,回去得用淡水冲洗,很浪费。于是母亲提议:"大家都尝一口吧。"瞬间煞口的苦涩让每个人脸都变了形。

"快来看,这里有鱼。"顺着妹妹的尖叫声,果然,在透明的水里有几只类似鲫鱼的小鱼在游弋,竟然看不见水的痕迹,小鱼像悬在纯净的真空里。我来戈壁5年了,头回见到活的小鱼,迫不及待要下水去逮,向导却制止了我。一是水看起来很浅,但沼泽密布,每一个深色的点都是沼泽。二是这种鱼,是有灵性的,在生命禁区的咸水湖里,咸得自己都能析出结晶的地方,水之所以洁净,就是因为没有其他生命,但这些精灵们却生存了下来,世代繁衍,生生不息,虽然永远长不大。当地人是不会打搅这些小精灵们的。

多年后,我曾经专门查过青海咸水湖里的这几种生命奇迹。青海湖湟鱼是大家最为熟知的。还有一种卤虫,学名丰年虾,俗称仙女虾,生长在海西州德令哈市尕海湖里,是这生命禁区里最小的生命。为了繁衍,它的卵可以多年不变质,一旦条件适宜,当天就能孵化,然后再长成、产卵,孕育新生命。同时也因为它含有丰富的营养成分,是某种贵重的专用饲材,而惨遭过度捕捞,听说20世纪末曾近乎绝迹,这几年才在保护下又出现。再就是尕斯库勒湖里的这种长得像鲫鱼的精灵,但遗憾的是没有查到它具体的名字、习性。这极像父辈这些勘探者,在生命禁区寻找用于延续生命的矿藏,住在半地下的帐篷里探寻建设摩天大厦和工业文明的基石,用煤油灯的荧光点亮万家灯火、华灯璀璨。可车水马龙中涌动的人潮是否会记起或谈起他们?

告别了花土沟,我又回到茫崖吃了3年的学校食堂,中学毕业前夕,我随父亲离开青海,奔去那个黄河告别陆地,融入大海的地方。

火车上,父亲默默地望着窗外,黄的土、绿的山不停变换。车到徐州,要告别陇海线,改道北上。换乘间隙的几个小时里,父亲和我专门从站前广场一人租了一辆自行车,骑着去看了黄河古道,回来的路上,一直沉默不语的父亲突然问我:"你说,黄河的故乡是大海还是青海?"

"当然是青海,三江源嘛,我学过。"

父亲又问我:"陕西和青海,咱咋说?"

我茫然了,竟不知如何回答。

于是这个问题就一直挂在了我的心头。

后来的日子,我们一家人,聚少离多,只要坐在一起,谈的最多还是青海,直到兄妹三人都退休了,从不同的城市回到父母身边,聊的还是青海多。

父亲已是期颐老者,患上了阿尔茨海默病,明白一时糊涂一时的,但只要是聊青海的过往,他总能记起不少,说苦,会泪眼婆娑,说高兴的时候可能还唱一段《我为祖国献石油》。我觉得主要还是心灵深处的烙印太深太深。

我也曾问过父亲,当时条件那么艰苦,为什么人们都干劲十足,好像有使不完的劲?"精神、精神。当时帝国主义嘲笑我们穷、贫油,卡我们脖子。大家每个人心里都憋着劲要为祖国找宝藏。"说这些的时候,老人总是一脸严肃。

写这篇文章时,我想从父亲的日记里找点有用的资料,或是从影集里找一两张在青海的工作照,来丰富一下结构,却什么也没找到。母亲回忆说,照片肯定没有,当时胶卷紧缺,光照石头蛋了,没照过人;日记倒是有,记了一大摞,这些在当时都属于工作秘密,临走都上交了。于是我问父亲觉得遗憾吗?"遗憾就是在青海太短了,柴达木南有昆仑山,北是祁连山,四周地壳抬升变化剧烈,成矿条件非常强,应该再回去找找。"父亲的回答依然那么专业、流畅,这些话,肯定在心里念叨了不知多少年。

写到这里，我又想起多年前父亲问我的问题，于是我就问他："老爸，您的故乡是哪里？陕西、甘肃、青海，还是山东？"

"都是！每一个接纳你的地方和你付出劳作的地方都是你的故乡，对你都有养育之恩，要好好报答。这世界上就没有他乡。"当了一辈子地质人的父亲道出了心声。

这时，去买菜的小妹拎着篮子端着手机推门进来："快看，这是我那地质大学的博士儿子，您大外甥发来的，念给大家听听：在援青的一年里青海统计新发现9处普查基地，5个在柴达木盆地，茫崖是重点富集区。老爸，您这当姥爷的就是厉害，坐在家里就知道什么地方有宝贝。我那儿子决定要签约在青海就业啦。"

新一辈没有他乡的地质人又在青海扎根了。

❗ 李红伟

男，中共党员，山东省蒙阴县人大常委会城建环保委员会副主任委员，四级调研员，热爱文学创作，喜爱胶莱平原美食文化，作品散见于报纸、杂志、网络平台。

❤ 本文荣获本届大赛三等奖，作者壹点号：五味杂陈在山中

一位女公证员的工作札记

● 孙秉伟

"衙斋卧听萧萧竹,疑是民间疾苦声。"人世间不都是岁月静好,莺歌燕舞,有多少生死离别、悲欢离合、兄弟反目、夫妻成仇、人情如纸、世态炎凉不为他人知。本文力图通过一个女公证员的特殊视角,让读者品咂个中滋味,感受人世冷暖。

——代题记

假爸爸

上午十点,先后进来了一男一女,都是 40 多岁的样子。女的打扮得很入时,来到我的窗口,说要给不满 18 岁的孩子办理出国留学的《监护人声明书》公证。

我说这类公证需要孩子的亲生父母一起来办理。"对,对,我知道,来了,来了。"她回头招呼坐在椅子上看手机的男人,"快过来,人家要孩子的爸爸一块来办。"男人过来了,目光躲躲闪闪的,不正眼看我。我问："您是孩子的父亲吗？""对啊，我是孩子的爸爸。""孩子去国外，把监护职责委托给别人，你们夫妇都是商量好了的是吗？""对，对，商量过，商量过，我完全同意。"男人忙不迭地赶紧回答。

我翻看着他们送上来的资料，不经意抬头看了一眼，只见男人朝女人努了努嘴，女人不解地望着他，男人又用食指指了指女人雪白的脖颈，女人意识到什么，用手去摸，什么也没有。男人悄声说："一根头发。"女人又摸索了半天，还是没有找到头发。我暗暗想，这个男人真有意思，你伸伸手帮着你老婆拿下来不就得了吗？怎么还不好意思？为什么？突然，一个疑团闪现在我心中，他们是真夫妻吗？

我心生一计，对女的说："请你到大厅右面的复印室，把证据材料去复印一份。"女的刚走，我装作有意无意地问男人："你儿子是哪年生人啊？""啊，是〇五年吧，不，是〇六年。""到底是哪年？""那就是〇七年？"我看了一眼男人："你这个当爸爸的怎么连孩子出生在哪一年都不知道啊？还能记得孩子是在哪里出生的吗？""这个，这个，我忘记了。""你孩子还有一个曾用名吗？""这个，这个，我还真不知道。"我心里一惊，这个爸爸恐怕是个冒牌货。

女人拿着复印好的材料回来了。我突然问男人："你们是哪年结的婚？"男人看看我，又看看女人。女人说："哎呀，你怎么连咱们结婚的时间都忘了呢？〇六年嘛。""对，对，是〇六年。""那刚才你不是说，你的孩子是出生在〇五年吗？"我这一质问男人头上冒汗了。"请把你的身份证给我。""好，好。"男人刚要给我，女人递了个眼色给他，还轻轻地摇了摇头。"啊，我忘带了。"男人改口说。

"你叫什么名字？""李越。"男人没加思索脱口回答。我看了看女人给我孩子的《出生医学证明》上写着：父亲胡晓山，便抬头问男人："你叫李越，怎么孩子的出生医学证明上写着父亲叫胡晓山呢？"男人窘迫地脸红了。

　　我心想，他肯定是个假爸爸，便虎下脸来，严肃说道："这里是公证处，提供任何虚假信息，是要承担法律责任的。"男人低下头不说话了，女人高声对我说："你这个人真滑稽，谁提供虚假材料了？"我站起身来，柔中带刚地问女人："他是孩子的亲爸爸吗？假如你不讲诚信，将会被列入黑名单，你到哪里也不能办公证业务。"

　　女人愣住了，一会儿，声音弱弱地说："不好意思，我老公犯了事，正在看守所，我想抓紧办好这个公证，别耽误孩子出国。没办法，就叫了我的一个男同事来帮帮忙。那就不办了，不好意思。""那你可以到看守所沟通好，我们上门给你们办理。时间再紧迫也不能出此下策啊。""知道，知道了，谢谢，谢谢啦。"女人一边说着，一边往外走。我看到那个男人急急地推开大厅的门，抢先一步惶惶跑了出去。

尸骨未寒"炸了锅"

　　刚过了端午节假期的一天。我正在窗口接待一个当事人，一群人吵吵嚷嚷地走进了公证处，保安师傅提示他们登记。其中一个男子穿着大花裤衩子，两只胳膊上都有文身，图案是一个很夸张的女体，秃脑袋，耳垂上戴着耳钉，脖子上挂着一串金灿灿的大项链。他瞪着一双凶巴巴的三角眼,恶声恶气地喊了一句:"哪有那么多毛病!"说着径直往里闯。保安师傅是个特认真的人,大声喊:"回来,这是铁规定!"秃头男回头看了看五大三粗的保安铁青的脸,嘟囔了句脏话,无奈拿起笔来,划拉了个名字。我定睛一看,这伙人有三男两女,年龄大体在 50 到 60 岁之间。心想,火气不小,来者不善啊!

抽号,叫号,偏偏到了我的窗口。我一如既往,站立起身,和颜悦色地问询:"请问你们要办理什么业务?""继承!"秃头男的两个字如同扔了两块石头。我警惕地看了看他,微笑着说道:"可以平心静气地讲话吗?""不能!老子就这个嗓门。"我压抑着心中的火,问:"你们是一家吗?""你眼瞎啊?看不出来吗?"

我干了这么多年公证员,如此嚣张的人真是少见,便不愿再搭理他,对窗口外一个看起来年龄最大的男士说:"能请你说说具体情况吗?""可以,我是老大,我们的父亲前天过世了,他生前在台东的这处 60 多平方米的住房,要办继承。事先我打听了一下,说是要把所有有继承权的兄弟姊妹全都叫来,这不,今天全来了。"我问:"你们还有母亲吗?""早死了!"秃头男又一句。我白了他一眼,示意老大继续讲。"继承就是要我们五个人平分吗?"老大问。我看了看他,平静地回答:"如果老人生前没有立下遗嘱,则按法定继承来继承遗产,所有继承人都平等地享有继承权,就是说要平均继承遗产。"

"不行,那不行!凭什么要平均分?"我的话音刚落,秃头男大喊了这么一句。"这些年你们都跑哪去了?老大整天忙他的什么破公司,光知道发财,还知道有个老爹吗?老二有病,整天和死了半截一样,除了过年能见上面,平常连个鬼影都不见。不是我整天伺候着老爹，他早就见阎王去了。现在要继承遗产了，你们都钻出来了，不行，这房子就是我的！"

老大听这话，怒吼了一句："你放屁！你算个什么玩意儿？整天在外边鬼混。不是我隔三岔五给爹钱，光凭他那几个养老金，怎么活？加上你整天祸祸，啃老，你还有脸了？"

老二开口了："怎么？光有你们两个人的功劳了？老爹每次上医院都是我陪着去的，你们说我常住院，医院有熟人，老爹一有病就推给我，陪床就是我们两口子，我垫了多少钱，你们知道吗？那时候，你们都死哪去了？"

两个女人刚才一直没作声，这会儿来话了。一个声音吼吼的："你们这些没良心的王八蛋，老娘走了的这些年，洗洗缝缝哪里少了我？这些年老爹穿的衣服，哪件不是我买的？"又一个女人声音不大，还抹着泪说："都别说了，也不怕人家笑话。老爹愿意吃哪口，你们知道吗？也就是我这个小闺女知道，哪次不是我买了送去？"

你一言我一语，你说罢我登场，吵成一锅粥，乱成一团麻。骂人声不绝于耳，一个比一个狠。

"真新鲜，你们都是泼出去的水，来凑什么热闹？赶快滚出去！"秃头男恶狠狠地朝着他的两个姐妹吼叫着。大姐火了，朝着秃头男就是一巴掌："该滚出去的是你！"秃头男一把揪住大姐的头发："你疯了，还敢打我？信不信我打残了你！"

一腔怒火燃烧了起来，这可是亲兄弟姐妹啊！他爹去世才3天，为继承财产就乱了套，多让人寒心啊！我压住火，冷冷地对他们说："你们的这项继承业务暂时不能受理，请你们回家商量好再办吧。"

难禁一把泪

今天下午一上班，一个大小伙子来到窗口，他有1.8米的个头，站在那里给人玉树临风的感觉。瘦削的脸庞上已见棱角，脸色蜡黄，一双眼睛里没有光彩，一副憔悴的样子。"请问，你要办理什么业务？"我微笑着问询。小伙子赶忙回答："委托书公证。""请把你的相关资料给我。"

我翻看他递过来的材料：岳峰，1997年出生，某省某市人，某大学博士研究生毕业。我心里暗想，嚆，妥妥的学霸！不禁有了几分敬意。

"你要办理什么委托书？""委托我的父母处理我在某市的房子。"我继续询问："能进一步对我说说具体的委托事项吗？"

犹豫了一会儿，他对我说："我是爸妈的独生子，家在某市农村。爸妈望子成龙，艰难度日，却要我好好读书。我从初中开始，就是学校的学霸，高中上的是全市的重点高中，高考我是全市的状元，被某市的一所国内名校录取。苦读了5年，完成了硕博连读，今年27岁。两年前爸妈在某市为我买了一套住房，套二型，80多平方米，我是户主，说是为我将来成家准备的。"

我不由得赞叹了一句："你爸妈真是为你尽心了啊！那你为什么要卖掉呢？"青年博士突然哽咽了，满脸凄楚，泪水在眼眶里转。我吓了一跳，这是戳到了当事人的伤心事了？我起身端了一杯水递给他："先喝口水，慢慢说。"他继续说道："今年春天开始，我就觉得整天头痛，开始并不在意，以为是用脑过度，可折磨得我常常不能睡觉，无奈求医，最后被某市一家大医院确诊是脑癌。下周我就要做手术了，医生告诉我，手术风险很大，要做好各种准备。我的父母身体都不好，路途又远，我没敢告诉他们。可我想，万一我有个三长两短，我的那套住房怎么处理？所以我想办一个委托书，委托爸妈将来帮我处理住房。"

说到这里，青年博士抽泣了起来。我的心抽搐着，这是多么好的一个年轻人啊，从小学到博士，寒窗苦读十几载，这刚刚要工作了，就大难临头，他怎么能接受呢？命运简直是在捉弄人，他的爸妈知道了这个消息，那不是天要塌下来了吗？我不禁泪目，又怕他看见，赶紧背过身去找纸巾擦泪。

委托书公证很快办完了，我拉着这个青年博士的手说："你要树立信心，现在医疗水平这么高，手术一定会成功的。"他向我深深地鞠躬道别，我一直把他送出大厅，目送着这位命运未卜的青年博士消失在熙熙攘攘的人海中，我默默地为他祝福。

天降馅饼惹祸端

深秋的一个下午，我在窗口值班。

叫号后走过来一位中年人，神情黯淡，两只眼睛红红的，一顶脏兮兮的旅游帽扣在头上。我起身招呼他："先生好，请问您要办什么业务？""我要补一个遗嘱。""补一个遗嘱？给谁补遗嘱？""给我父亲。""老人在哪？""去世了。"

我愣住了，心里想，这个人有点莫名其妙，哪有给过世的老人补遗嘱的？便问他："怎么回事？老人生前没留遗嘱吗？"

谁知我这一说，这位当事人伤心地哭了。我连忙递过去纸巾，又给他倒了一杯水，和颜悦色地对他说："别着急，别着急，您慢慢说，慢慢说。"他擦了擦满脸的泪水，抽泣了一阵，平静下来了。

当事人自称海子，住在海边的小梅村。在家排行老幺，有两个哥哥和一个姐姐，老爹是个老渔民，老实巴交地打了一辈子渔。老娘特疼他这个晚生子，哥哥姐姐也都拿他当块宝。日子过得平平静静，甜甜蜜蜜。

那些年不少渔民弃渔经商了，两个哥哥脑袋瓜子灵光，一个创办了水产公司，一个组建了建筑公司，都干得风生水起，赚得盆满钵满。后来两个哥哥都结婚了，大哥在市区买了一栋豪宅，二哥在崂山脚下购置了豪华海景房。姐姐嫁得也很风光，嫁给了当地一位富商的儿子，更是豪宅名车，锦衣玉食。

家里只有海子一人陪着老爹老娘了，海子孝顺，侍奉老人很是周到。哥哥姐姐省老心了，都说有钱出钱有力出力，海子属于出力的，哥姐都有钱就多出点钱。老娘因病先走了一步，老爹临终时对住屋院落都做了安排，全部由小儿子海子继承。两个哥哥和姐姐表示没有丁点意见，都说，那是当然的了，海子伺候爹娘善终，功不可没，再说哥哥姐姐都财大气粗的，住的都是豪宅，哪能和弟弟抢什么家产？一草一木都不要，言之凿凿，斩钉截铁，老爹安详地合上眼，没有心事，放心地走了。

人都说："爹娘在，是一家人，爹娘走了，兄弟姐妹就是亲戚。"

可海子的两个哥哥和姐姐疼爱海子这个小弟，往来照旧，热络不衰。尤其是姐姐细心着呢，清明送单饼、端午送粽子、中秋送月饼、春节前大包小包给海子往家送，村民们看在眼里都夸奖，看看人家海子哥姐多够仁义，真是百里挑一啊！海子沐浴在温馨的亲情里。

男大当婚，海子结婚了，婚房就在老宅，大哥和姐姐慷慨出钱，二哥找来装修公司把老宅里里外外收拾一新。一年后海子有了儿子，两个哥哥视小侄如己出，姐姐还没孩子，更是亲这个小侄不得了，全家喜气盈盈，团结祥和，连燕子都在屋檐下垒起了窝。

2007年，市里承接了一场重大的国际赛事，比赛海域沿线的小梅村等几个村庄全部要动迁，准备兴建运动员村和相关的赛事设施。按照规定，村民享受高于一般的拆迁待遇。海子的原住屋及院落，加上自建小屋，全部纳入拆迁补偿面积。计算后，海子共分得两套新住房，外加上百万元补偿款。

一大笔意外之财瞬间从天而降，海子和媳妇兴奋得睡不着觉了，憧憬着无比美好的未来。

两个哥哥和姐姐也睡不着觉了。大哥提议召开家庭会议，率先做了开场白："这次动迁是从天上掉下来个大馅饼，两套新房加上一百多万元。爹娘的老宅不能是海子一人的，兄弟姐妹人人都应有份，咱们开个家庭会，商量商量怎么分配吧。海子你先说说，有什么想法？"

海子愣住了，看了看媳妇，一时不知怎么回答，想了想说："新住房恐怕得两年后才能到手，眼下你们弟妹的小卖部不景气，挣不出吃的来，我也下岗了，家里日子挺拮据的，那笔钱我想留下一些过日子，其他的就想先存到银行去。"

二哥冷笑了一声："海子你的意思是要独吞啊！"姐姐脸上挂着霜，噘着嘴"哼"了一声。两哥一姐开始各自历数自己对家庭的重大贡献，数落弟弟和弟媳太无情太无义太自私太忘恩太贪婪，越说越气，甚至说出了"太不是东西"的话，"同仇敌忾"，气氛充满了火药味，一时间家庭会成了海子的"批斗会"。

看着"膘肥体壮"的哥哥姐姐，海子简直不相信这是他们说出来的话。媳妇胆子小，气得一个劲儿地抹眼泪。小儿子看着自己的伯伯和姑姑一下子变得好怕人，躲在妈妈身后不敢作声。

海子鼓起勇气说："爹娘生前已经把这座老宅给了我，让我继承了啊，你们当时不是都和咱爹说，你们丁点儿意见也没有吗？""咱爹娘留遗嘱了吗？空口无凭，凭什么说这老宅是你一个人的？"大哥抢先来了这么一句。二哥随声附和："对呀，谁能证明给了你了？"姐姐还没说话，干律师的姐夫一本正经地说："根据相关法律规定，老人生前赠予房产给子女，不仅仅是需要留遗嘱的，并且还要到公证处办理公证。老人没留遗嘱说要给你，从法律上来说，你们兄弟姐都是法定继承人。"说着，看了看姐姐，姐姐连忙说："对呀，我们都有份的。"

海子知道，爹娘并没有给他留遗嘱，更谈不上办理公证了。他心里乱了方寸，怯怯地说："大哥二哥姐姐，那你们说说应当怎么办？""怎么办？你看着办吧。反正你得让哥哥姐姐满意才行。"又是大哥来了这么一句。"那就给你们每人10万元？"海子鼓了鼓劲试探着说道。"什么？每人10万？你真好意思说出口！两套房产少说值五六百万，加上百万现金，你算算是多少钱？"二哥怒气冲天，几乎要喊了起来。

海子慌了神，诺诺地说："要不，再加5万，每人15万？"大哥忽地站了起来，厉声说道："你打发叫花子吗？你们两口子商量商量，我提个方案，两套新房你们留下，你们一套，将来孩子成人了结婚用一套，你就高枕无忧了。现金我们三人平均分配。同意就按照我说的办，假如不同意，咱们就法庭上见！"言毕，一挥手，二哥和姐姐姐夫尾随而去。

海子媳妇伤心地哭了起来："这不是欺负人嘛！你的哥哥姐姐都富得流油，为什么就看着这点钱眼红？当年我跟你就是因为你有老宅，没有这个我敢跟你吗？没有钱的时候，他们还想着你这个弟弟，是亲人。现在有钱了，反而成了仇人了。他们还要上法院，让他们去吧，我就不信法院就光听他们的，呜呜呜呜。"

海子心烦意乱吼了一嗓子："别哭了，我还没死！"话音刚落，儿子吓得大哭了起来，媳妇赶紧拉过儿子抱在怀里，母子哭成一团，海子一摔门走了出去。

海子沿着海边走，心乱如麻。怎么办？怎么办？按照大哥说的方案办，一百万没了，心痛不已啊。不办，就要对簿公堂。丢人不说，官司谁输谁赢还拿不准，毕竟老爹没留遗嘱啊。左思右想不得要领，烦闷至极，海子朝着大海一边哭着一边大吼："爹，娘，你们为什么不给我留遗嘱？！为什么？为什么？"

大哥又迅速召集家庭会议，确定了分配方案，参会人一致同意按照大哥提出的方案办，海子和媳妇含泪无奈签下了"不平等条约"。

我听完了海子的故事，心里五味杂陈，深深叹了一口气。秋风萧瑟，凭窗远眺，海浪依旧翻卷着浪花，一只海鸥孤寂地盘旋。开开窗子透透气吧,阵阵海风吹来,好冷的海风啊,顺着衣领往里灌,好冷,好冷,一直冷到心里。

人情薄如纸

记下当天的工作札记,心情一直没有好起来。眼前老是晃荡着那位老阿姨哭肿的眼睛和无奈的求助的目光。

上午一上班,第一个当事人走了进来。这是一位70多岁的老妇人,穿得干干净净的,很利落的样子。我起身热情地对她说:"阿姨,您好,请问办什么业务?""嫚儿,我不知道该怎么对你说啊?"我怔了一下,和气地说:"别急,别急,想想再说。"谁知这位当事人"哇"地一声哭了起来。我连忙劝她:"阿姨,您别这样,您这么大岁数了,别急,您先静一静,有话慢慢地说。"说着,我递给了她一杯水。

以下就是这位老阿姨对我的哭诉:

"嫚儿,我一看你就是个好孩子,我是个苦命的人,我把一肚子苦水给你倒倒,你给我出个主意,我该怎么办?我去找谁评评理?

"我叫齐冬菊,今年70岁了,55岁那年,老伴儿不幸因车祸去世了。我觉得天昏地暗,整天就是哭,哭,哭。好不容易走了出来,10年前有人给我介绍认识了一个丧偶的老头叫冯山。比我大了10岁,他原来在一家机械厂做工,有一儿一女。

"我看冯山这个人老实巴交很厚道,想想我唯一的女儿又远嫁到外地去了,我一个人生活真挺难的,就同意搬到老冯家和他一块住了。

老冯和我说,咱们办个结婚手续吧,我说,不用办了,两个人凑在一起做个伴儿吧。

"可没想到的是,他的一儿一女强烈反对我和老冯生活在一起。刚开始还来家看看,后来就越来越少,近几年几乎不见他们的影子了。老冯的身体不好,我就对他说,你的两个孩子也不关心关心你,你都80岁的人了,他们真是不像样子。老冯说,我有你就行了,他们拖儿带女的也挺累的,他们只要好好的就行了,咱们就不想他们了。

"一个月以前,老冯和往常一样出去晨练,快要8点半了还没回来,我正想出去找找他,突然手机响了,一接电话是老冯的朋友,他急呼呼地和我说,老冯摔倒了,现在拉到南岭医院去了。我慌里慌张地打上车就往医院赶,到了医院急诊室,见老冯已经快不行了。我呜呜地哭了起来,老冯微微地张张嘴,我听他断断续续地说,让他们,回,回来。当天晚上老冯就离开了人世,听医生说,老冯死于心肌梗死。

"我马上通知他的儿女,第二天他们才来到医院,处理完后事之后,他们两个人说是要和我谈谈。儿子说,这套房子是在他爸爸名下的,我和他爸虽然在一起住,但是没有办理结婚登记,法律不承认,因此我就没有继承权。这套房子和他爸名下所有财产的合法继承人是他和他妹妹两人,与我无关。女儿也说让我拿着我的东西,赶紧搬回原来的家里去,可别打谱赖上他们。

"我一听,头都大了,我在这里和老冯住了整整10年了,原来的房子早就卖了,离开这里我无家可归。我就说,孩子们,我照顾伺候你们爸爸10多年,你们不管不问,连个电话都没有。你爸爸一走,你们就赶我走,你们还有没有良心?我们为什么没登记?都是些老年人在一起就是相互照应,你们说我们不受法律保护,可人间还有道德还有人情吧!儿子吼了一声:'什么道德?什么人情?现在说这一套有用吗?赶快想办法,别叨叨,我们收拾收拾就要挂牌卖房了。'女儿说:'明天起,我们就要收拾东西了,把我爸爸的东西都搬走,清理出来好卖房子。'

"我对他们说我不走,死也死在这里,我不信他们能把我这个70多岁的人抬出去。他们冷笑着说:'那就试试看,给你3天时间,别给你脸你不要脸!3天后清理门户。'"

老阿姨呜呜地哭了起来,哭得好伤心。我的心一阵一阵地痛,只觉得怒火突突地燃烧起来。我明白,根据法律规定,只有办理了登记的婚姻关系才能受到法律保护,否则即使双方是以夫妻名义共同生活,也只能是同居关系。我国法律规定的享有继承权的配偶指的是双方登记并领取了结婚证的人。逝者的儿女是第一顺位的继承人,他们在其父亲去世后,赶走与其父同居但没有受法律保护的婚姻关系的老阿姨,并不违法。可我怎么对这位老阿姨说呢?

我试探着问询老阿姨:"房屋是冯先生的,但是你们共同生活了10年,是否有就上述房屋做过夫妻财产约定,或者冯老先生生前是否留有遗嘱处理这处房产呢?"

老阿姨抽泣着说:"我们没有做过正式的约定,但两个人在家也简单写过一份,说是房屋归我们两人所有,但没有办理过任何手续,现在他们赶我走,我没房子住,我到哪里去?"

我安慰着这位古稀老人,心想,既然两个老人之前在家有过约定,不管简单与否,意思表示真实即可。我打算再找找冯先生的两个孩子,和他们讲讲老人的约定，让他们看在老阿姨照顾他们父亲 10 多年的份上，别把事情做绝。可我又想，世态炎凉，人情薄如纸，我的这些想法有可能实现吗？况且这已超出了我的工作职责范围，我的心堵了起来，排解不开。

耄耋出乡关

临近下班的时候，走进来一位白发苍苍的老奶奶，她身体很瘦削虚弱，好似一阵风即能把她刮倒。我赶紧走上前去，亲切地问："奶奶，您这是要办理什么公证业务？"老人抬起头来看着我说："他们和我说要有一大堆要办的吧。"我请老人坐下，请她说明情况。

老人叫迟桂芝，今年 81 岁，唯一的儿子早已经移民在国外安家立业了，和儿媳妇两人都是医生，有房有车，儿女双全。一年前，迟奶奶的老伴猝然去世了，这对于几乎一辈子依靠丈夫照料的她来说，简直就是塌了天。她身体本来就不好，哭哭啼啼一年也没走出阴影来，日子乱成一团麻。迟奶奶是南方人，本地一个亲人也没有，日子怎么过下去啊？她常常以泪洗面。

儿子几次要求迟奶奶去国外和他们一起住，说是老人就他这么一个儿子，符合移民条件。没有父亲了，老娘独身一个人，举目无亲，让他放心不下。迟奶奶知道孩子不可能回国来给她养老。考虑再三，她决定去国外投奔儿子。

我听明白了，迟奶奶要办理移民的相关公证，怪不得老人听人家说要办一大堆呢。我向老人解释了要提供的相关证明，老人听得一头雾水。我赶紧把需要的"婚姻证明""配偶死亡证明"等多项证明材料名称写在纸上递给老人。她一脸愁容地对我说："嫚儿，这么多证明材料，跑这么多地方，我都是80多岁的老人啦，你得愁死我。"我亲切地对她说："这样吧老奶奶，我帮您联系这些地方，给您找好了人，您自己能去的地方您就去，不能去的地方我就帮您。""那敢情好，我一见你这个嫚儿，就知道你是个好人。唉，我这一辈子就缺了个闺女。""您的儿子也很优秀嘛！"我笑吟吟地对老人说道，宽慰老人。

"唉，你是不知道啊！去国外儿子家里，我最愁的就是看儿媳妇那张冷冰冰的脸。"我收敛起笑容关切地问："儿媳妇不是个医生吗？应当是很有素质的嘛！""什么素质啊？当初和我儿子认识，带来家我就没看好，薄薄的嘴唇，也不会笑，一看就不是个善茬子。这不，真让我相面相对了，还没结婚就撺掇着我儿子去国外，不去就分手。我们就一个儿子，他们去国外谁来照料我们？可儿子让媳妇灌了迷魂汤，非去不可，就这么走了，一走都10多年了。那时我才60多岁，身体还好好的，有老伴照顾着，也没觉得怎么样。现在，老伴走了，孤零零剩下我一个人，身体来了毛病了，眼前一个亲人也没有，儿子让我去国外他家里去住，人家都是落叶归根，我倒好，这把年龄了还背井离乡，真是没有办法了。去他那里儿子孙子孙女在眼前，想想都美，可一想起儿媳妇那张挂了霜的冷脸，我的心就堵起来了。"说着，说着，老人竟然落下了泪。

我给她端过去一杯水："老人家，别这样，或许您想多了，养儿方知父母恩，他们都有了儿女，会感念父母的不容易的。去吧，一家人团聚在一起,您也享受天伦之乐,也能得到孩子们的照料。""我要是有你这么个闺女,我还用得着跑那么远的地方吗?"

送走了老人,望着她蹒跚的背影,我深深地叹了一口气,倏地想起诗人崔颢的诗句:"日暮乡关何处是?烟波江上使人愁。"这万里天涯路,耄耋之年如何走?

（本文人物名字均为化名）

❣ 孙秉伟

中共党员,本科学历,中国散文学会会员、中国报告文学学会会员、山东省散文学会会员、山东省写作学会会员、青岛市作家协会会员。

♥ 本文荣获本届大赛三等奖,作者壹点号:浮山书屋

红火苗，蓝火苗

◆ 赵廷河

"你的爱就像火苗，把我的心燃烧，烧得我的骄傲，无处可逃……"每当听到蒙古族女歌手格格演唱的《火苗》这首歌时，我的思绪就会一下子飞回到几十年前的农村。每当到了做饭时间，家家户户的烟囱便会升腾起袅袅炊烟。这时，灶屋里就会从锅底蹿出跃动的火苗，不同的香味就会在村子的上空漫延。

记得 20 世纪六七十年代，农村家家户户的灶屋里大都安放着两口锅。一口大的，一口小的。大的八饧，小的六饧。一日三餐，煮饭炒菜烧火，用的都是庄稼被收割回家后，余留在地里的短茎和根，即麦茬儿、豆茬儿、玉米茬儿、高粱茬儿、谷子茬儿、棉花茬儿。除此之外，还有枯枝落叶、茅草根、干牛粪、煤等。儿时，到田间地头拾牛粪，到沟边刨茅草根、到路旁捡树叶、搂草，是我们小伙伴放学后和周末假日的劳动必修课。

用茅草根、牛粪和煤烧火，锅底下冒出来的火苗多是红色的，但炉的根部火焰旺时会呈现出蓝色，烧出的饭菜总带有一股泥土的芳香和野草的清香味。记得有位文友曾经对我说过:"用老家的大锅蒸出来的馒头就是不一样,用柴草烧火、用大锅炒出来的菜就是原汁原味的那种香,或者说,感觉上真正地道的饭菜,就应该是从那种柴灶上的大铁锅里做出来的……"那时候,农家厨房里烧火做饭的工具,无外乎用梧桐木制作的风箱,用高粱秆制作的盖垫、箅子,用葫芦制作的水瓢以及用柳木制作的菜板,用槐木制作的饭橱、饭桌等,这些就算是农家厨房里的全套用具了。

由于土地贫瘠,农户家中的柴草稀缺,用母亲的话说,"锅里吃的、锅底下烧的,差不多都是一样的价钱。"所以父亲每逢在坡里干活歇息时,都不闲着,会四处捡拾些柴草。每次收工时,父亲都能拾满一大筐柴草,然后拐回家晾晒,用来烧火做饭。

每年秋收分配粮草时,生产队会计不仅要精准计算每家的口粮,还要将打场后剩下的玉米秸、玉米骨棒,甚至玉米地里收割后留下的玉米茬儿,都按人头分配到每家每户。分配当天,各家劳力都齐上阵。玉米茬儿加上地里的杂草,很快就会被户主收拾得一干二净,不仅为耕种小麦清除了障碍,还有了做饭用的烧草。

我老家四间屋的庭院里,栽植了6棵梧桐树,七八年后,都已长得华盖如云。小麦抽穗拔节时,梧桐花恣意地开着,白净、锦绣,散发着芳香。随着此起彼伏的鸟鸣声,庭院里不仅有梧桐花的芬芳,还有小伙伴们欢蹦乱跳的惬意。一场透雨过后,庭院里清湿的地面上落满了梧桐花,让人不忍轻易落脚踩踏。等天上的云彩散尽,阳光透过梧桐树的枝叶洒在庭院地面上。天空湛蓝,经过多日晾晒,地面干了,落在地上的梧桐花也干了,母亲就把地上的梧桐花连着喜鹊筑巢时不小心掉落在地上的枝条，一同打扫到簸箕里，然后端到灶屋里以备烧火做饭用。在这有着花香、鸟语的火苗里，我闻到了香甜的味道，仿佛走进了乡村的童话世界。

春天，青黄不接的时候，最愁人的是没的烧。父亲就和大哥一起用锯将庭院里的大梧桐树伐倒，树头枝条用斧头劈成小块，整齐地堆放在西墙根晾晒。树干部分则按尺寸要求用锯截成段木，然后用牛车拉到集市上去卖，等换回钱来再去买些煤以备急用。

为了给家里买煤，大哥曾遭遇过一劫。那年大哥刚19岁。母亲听说村里有几位大叔要到百公里外的坊子煤矿去买煤，就让大哥推着独轮车、捎着麻袋跟他们一起去。我在《母亲的思念》一文中这样写道："一天晚上，大哥推着满载200多公斤煤的独轮车急急往回赶路。在峡山水库四屯干渠坝顶行进的过程中，突然遇到一个陡坡，车把上挂着的军用水壶不小心缠进了车轮底下，因惯性大、速度快，结果连人带车一个跟头翻了个'底朝天'。大哥当场被车子砸晕了过去。等他醒来时，一摸鼻子和脸上全是血。他下到河边去清洗时，竟发现上嘴唇被豁出一道大口子。赶回家后，母亲吓得像没了魂似的。她喃喃自语地说：'我的儿啊，早知这样，真不该让你去推这趟煤、遭这份罪！'之后，母亲东借一瓢面，西借一斤米，伺候大哥两个多月，咬着牙硬是挺过了这一劫。"

"九九加一九，耕牛遍地走。"这当儿，农人们开始赶着牛车拉着农家粪肥走在田间的小路上。耕牛在田里拉犁耕地、拉耙整地。人、犁、耙、牛在空旷的田野里构成了一幅繁忙的《春耕图》。阳光明媚，暖意融融，让人周身感到格外舒坦。柔柔的春风拂面，像母亲温馨的爱抚，揉合着泥土和青草的味道，让人醺醺然欲醉。我和两个小伙伴怀揣一份闲适、恬淡的心情，在松软的耕地里挎着蜡条筐捡拾牛粪。倘若谁先发现眼前有一坨牛粪，那可是当时最心满意足的事儿。不管是干牛粪还是湿牛粪，都要捡到筐子里去。半天下来，我和两个小伙伴都能捡满各自的小蜡条筐，然后伴着鸟儿的欢叫声，带着胜利的满足感，唱着一曲《打靶归来》，高高兴兴回家去。

惊蛰过后，春光漫溢，天气煦暖。沟边茅草丛生，麦田满眼新绿。我和小伙伴挎上草筐，拿着小铁镢，到野外沟边去刨茅草根，身上不一会儿就出汗了。我脱掉小棉袄，只穿里面带着补丁的褂子，一镢下去，茅草根不肯出来，再一镢下去，泥土中的茅草根不情愿地被我翻到土层表面，然后用镢头一拍，接着用手抓起一把茅草根，抖掉泥土，选一根择净毛毛，送入口中咀嚼，甜甜的滋味沁透了我的心。这样，刨一会儿，歇一歇，嚼几根茅草根，再继续刨。我与小伙伴们的说笑声，惊扰了田野中的布谷鸟，唤来了树上喜鹊的欢鸣。

锅底下柴灶燃旺的红火苗，让我们全家人吃上了热腾腾的饭菜，睡上了暖暖的热炕，体验到了温暖的人间烟火。无论走到哪里，那旺旺的红火苗，都是我对老家难舍难分的依恋，对已故父母的深情感怀，更是我心灵的一种精神寄托。

近些年来，农村的变化日新月异，父老乡亲的日子也日渐殷实富足起来。宽阔硬化的街道，整齐划一的红瓦房，墙面用黄白色乳胶漆涂得鲜亮耀眼，呈现出新农村的一派新气象。家家户户屋内灶台都铺上了洁白的瓷砖，做饭用上了液化气，煎炒烹炸蒸煮，样样省时省劲。儿时，奶奶曾催我上坡去拾草，我因为整天贪玩，不愿去，奶奶就生气地对我说："你不去上坡拾草，拿什么烧火做饭，难道烧气不成？"没承想，到后来，还真让奶奶给说中了。

随着当今人们生活水平的不断提高，厨房设备更新更快了。且不说炊具全是整套不锈钢的，就是燃具名堂也颇多，可谓应有尽有。不管是农村还是城里，也不管是液化气还是天然气，只要做饭时燃气开关一拧，燃气灶上冒出的都是旺旺的蓝色火苗。它不仅实用方便，还更安全环保、便捷高效。

如今，老家的路更宽了，水更清了，村庄更美了，屋顶的炊烟也很少见了，灶间的红火苗变成了蓝火苗，天空也变得更蓝了。

❣ 赵廷河

中国散文学会会员、山东省作家协会会员、山东省散文学会会员、中国作家网会员、中国散文网会员。作品见于《中国纪检监察报》等报刊及新媒体平台，并入选《山东散文选》《相约北京·全国文学艺术精品集》等书籍。著有散文集《梅岭翠竹》。2021年9月，获高密市第二届"红高粱文学之星"称号。

❤ 本文荣获本届大赛三等奖，作者壹点号：赵廷河

母亲的故事

● 肖 刚

惜福的母亲

那一天,我清理出一大堆杂物,装满了两个很大的编织袋子。母亲听说这些东西统统要扔掉,她拦到前面,护犊子一样剜了我一眼,非要过一遍手,说有些东西兴许还能派得上用场。我不满地嘟囔着:"只会占地方,百无一用。"谁知我再次回来,那些东西又被分门别类地请回了地板上。母亲像一个得了理的孩子,一边埋怨我败家,一边没头没脑地数落,望着那两个被腾空了的袋子,我一时哭笑不得。

母亲是一个惜物的人。记得去年,我淘汰掉一大包不穿的衣物,想丢到楼下垃圾桶里,母亲听说了,自告奋勇说她来处理。母亲把衣物浆洗得干干净净,我才知道,原来小区里有专门的衣物捐赠柜,闲置的衣物可以捐赠给那些需要的人。当时正值深秋,天气渐冷,一天,母亲把一床棉被抱到我的卧房,那床被子舒适暄软,居然还有一种熟悉的味道,拥着那床棉被,感觉好像小时候躺在母亲的怀里,舒服又踏实，漫漫寒夜仿佛都变得温暖了些。后来，母亲才告诉我，说这被子是上次我要丢掉的几件旧毛衣加工成的。我乍听不信，后又恍然，一直觉得这被子味道熟稔，不承想却是我旧衣服的再世轮回。母亲同我开着玩笑说："有些东西就像风烛残年的我，虽然不堪，但也许不一定什么时候，还能派上一点的用场呢。"

我的心里像是有一根弦被拨动了一下，忽然间有些明白，原来，母亲不单单是节约和惜物，也是在修心、修行，珍惜自己，让自己的晚年变得更有价值。

洗衣液用尽了，那包装会被母亲从我拎着的垃圾袋里抢回去，做成造型别致有趣的花盆，绽放出新的美好与生趣；编织袋无用了，会在母亲的巧手下变成新颖又实用的扫把；她会把瓶盖变成孙女喜爱的玩具，把脱边的草帽变成古朴的装饰品挂到墙上……母亲的心底每天都充盈着这样的欣然与欢喜。

在母亲的手里，许多无用的东西又承载了新的职责，好些将被舍弃的物件又被赋予了新的使命，它们就像一个个即将走到尽头的生命，经母亲妙手回春，涅槃重生。哪怕是一件东西彻底地失去了用途，在母亲不停的絮叨里，我也会深刻地牢记住这件东西的过往与功勋，对它的怀念与感恩会如阳光和雨露，滋润着我的心田。母亲说的没错：惜物即修心。感受越多，东西在你的心中就越珍贵，你就会越富有；体悟越深，你自己也会越珍重自己，你的人生就会更精彩。

母亲的针线笸箩

一大早，父亲打过电话来，要我去拾掇拾掇小南屋，天冷了，有一些花花草草的需要搬进屋里。

父母住的是底楼，有一小院，院南头是两间南屋并排，因面积不大，我们都习惯在南屋前缀个"小"字。其实，我们的这种叫法，起源于母亲。小的时候，母亲总喜欢在一个名词的前面加一个形容词，比如长板凳，短案子，大门楼子，小杌子……让人感觉少了一些刻板和生硬，多了一些生活的滋味和情趣。

小南屋里拥拥挤挤，堆满了当年从老家带来的家具，一套四件的红漆箱，漆了桐油的大衣柜、五斗橱，居然油迹斑斑的饭橱也在！这都是父母结婚时的老家具。家具跟记忆深处的印象重合，静静地立在那里，与我恍若失散多年的发小彼此打量，厚厚的包浆里仿佛还能找到童年时小手的印记。

在大衣柜的角落里，我的目光忽然被吸引，那里有一个笸箩，藤条编就，外沿用竹篾缠绕，淡淡的金黄色，略显椭圆的形状，这是母亲的针线笸箩啊！虽然多年不见，但我还是一眼就认了出来。我轻轻地拿到眼前，针线笸箩是那样的亲切和熟悉，搁置了多年，笸箩里居然还是老样子：线圈、顶针、锥子、皮尺、碎布头、鞋样子、松紧带……零零碎碎，熟悉的一切，仿佛它是从童年的光阴里刚刚穿越过来，却又把我的思绪扯回到了过往的岁月里。

我小的时候，兄弟姐妹多，那个时候，物资还比较匮乏，不像现在，想穿新衣服，有钱就能买得到，那时不光没钱，就是有钱没票照样买不到，所以，一年四季，为我们缝缝补补，针线笸箩就成了母亲离不开的东西。

记得最多的是夜晚的灯下，又要上工又要做饭劳碌了一天的母亲，方才有空坐下来，翻出针线笸箩。我们做完作业，睡觉尚早，便簇拥着母亲，母亲慢悠悠地给我们讲着故事，针线却是飞快地穿梭着，有时一不小心，针扎在母亲的指肚上，一个圆滚滚的血珠冒出来，母亲两指捏紧，将血珠挤大些，嘴巴飞快地一吮，两手又如蝴蝶一般在灯下翻飞起来，故事也接着悠悠地响起，仿佛刚才那只不过是故事里的一个停顿符号，十指连心的疼痛与母亲没有半点关系。

母亲常讲一个笑话：说一个懒闺女出了嫁，回娘家时母亲问，天冷了，有没有给姑爷纳双袜子呢？姑爷在近旁听到了，说有啊，前面绣着五个樱桃，后面露着一个核桃，中间趴着个蝴蝶，丈母娘一听都气笑了，这不还是啥也没穿嘛！我们几个半大小子，没个老实的时候，闹腾一天，袜子前面露樱桃后面露核桃是常有的事，臭袜子脱下来丢到一边，翌日一早去穿时，却是板板正正地放在枕边，袜底衬了软布，针脚密密实实，穿起来又舒服又养脚，仿佛走路都平添了几分精神。其实，走路精神最主要的原因是母亲做的鞋子走路跟脚，穿着舒服。做鞋子是一件很费工的事情，做鞋须先纳鞋底，纳鞋底须先搓麻线。秋天割了麻，在池塘里沤好，扒下麻皮，晒干捶软，劈成细条，然后才能搓麻线，起股合线都须用手在小腿梁上搓动，搓的多了，腿梁上会磨出殷殷血迹，真的是慈母手中线，也来之不易！

小时候布料紧缺，一般是老大穿不上的衣裳传给老二，老二穿小了传给老三，依次类推。穿过的衣服大都磨得发了白或是晒得褪了色，母亲会把旧衣服拆了，里作表，表作里，重新缝好，然后去二伯家借来烙铁，生起炭火烧热了，垫上湿布，烧好的烙铁放上去吱吱地叫着，仿佛是在庆祝一件衣服的重生。母亲说，这叫翻缝，一件旧衣服一翻缝，就变成了新衣。

临近过年，母亲更是忙碌起来，我常常半夜醒来，蒙眬的睡眼里，母亲还在昏黄的灯光下飞针走线，针线笸箩里的一块块布片会变成可身的新衣在新年的早上等待着我们。

在那个穷苦的岁月里，因为有了母亲的一颗慧心和一双巧手，我们兄弟姐妹一年四季都穿得干干净净，板板正正。受到母亲的影响，我们从小就爱惜自己的形象，母亲常说，人活脸树活皮，要好是件好事，注意形象，大了才有出息。长大了，我们虽然没有大出息，但却一直注意维护着自己的形象，外在的形象是内心折射出的正直与善良，是我们立足社会的根本。

逝去的年代，母亲为我们做过无数的鞋袜，缝制过数不清的衣裳，母亲用她的勤劳和智慧，使我们在贫穷的时代没有过多地感受到贫穷，在邋遢的日子里远离了邋遢的生活。小小的针线笸箩里，饱含着母亲数不尽的心血，也蕴藏着母亲浓浓的爱意！

母亲的生物钟

上初中时，学校在西工地，离家八里远，须翻一座山。站到山顶，一边的山脚下是绿树掩映的村落，一边的山坡上是白墙红瓦相间的校舍，一条羊肠道，像搭在山脊上的牛绳，把两个本不相干的地方拴在了一起。

上初中后，一天多了四节课，早晚自习各两节。上学、放学的时间也由原先的阳光普照遽然变为披星戴月，这种毫无过渡感的转变让我猝不及防又无可奈何！

那时，村里还比较落后，很少人家有钟表。记得是在外公干的五叔买了村里的第一块手表，从此，他的衣袖就高高地缩起，总好迎着太阳晃来晃去，强烈的反光像后来的霓虹灯把当时的五叔晃成了明星。

学校定的到校时间是五点三刻，夏天还好，冬天却离天明还早。起床便成了前一晚上魂牵梦绕的大事，常有新生不是去得早了，就是来得晚了。没有钟表的黑夜，时间像滑不溜秋的泥鳅叫人很难捉摸。

唯有我，到校的时间一向是准时的，准得同学们都以为我家里有钟表！我只是自豪地笑而不语，他们不知道，我母亲的生物钟比钟表还准。

我们姐弟四个，我上面有哥姐，相差三岁，他们总共六年的初中生涯已经把母亲的生物钟磨炼得极为精确，到我，母亲早已习以为常了。通常，叫一两遍我是不起的，直到母亲起了高腔，我知道时间差不多了，这才一骨碌爬起来。饭早端到了桌上，午饭也用布帕包好，放在一旁，晚饭就得下了晚自习后回家吃了。

从家到学校，紧走慢赶，一般得三刻钟，正好一节课的时间，所以，每天四点多钟，为我做饭，准备，就成了母亲的日常功课。母亲说，她睡眠不好，也有掐不准点的时候，她就会一遍遍地起来，瞅天上的星星，如何瞅星星算时间，我一直不懂，也从未问过，偶尔望望，也只觉满天的星星就像我早上刚起时眯瞪的眼睛。

有一次，那天晚上下了一夜的雪。早上起来，迷迷糊糊地吃过早饭，推开门，白茫茫的一片，天上还兀自飘着雪花。雪映天光，把黢黑的夜染成了淡淡的灰。我踏着积雪，脚下咯吱咯吱地响着，乍开始，还像是欢快的节奏，渐渐地，就只剩下单调和重复，到后来，仿佛只余几个缓慢而沉重的低音混杂在我的喘息里。前面，没有脚印，也没有车辙，我只好凭着记忆，一步步地前行。

到了学校，却感觉好似不对，校门紧锁，校园内漆黑一团。我回头望去，只有我的两行脚印倒退而去。我孤单地站在校门口的雪地里，冷风一吹，一身出透的热汗瞬间变成凉意，冷得连打了几个寒战。

我缩着肩，转着圈儿在校门口的雪地里踱来踱去，脚下的圆圈像一个表盘，缓慢地转动着，仿佛过了一个世纪，才看到当值的老师从远处慢慢走来。

晚上回到家，母亲歉意地笑着，我却噘着嘴，一扭身，赌气钻进了被窝。

后来，被饿醒，看到昏黄的灯光下，一碗面条正在丝丝缕缕地冒着热气，母亲坐在一边垂泪，少年的自尊终拗不过饥饿的煎熬，我使着气端起碗来，故意弄出稀里呼噜的声响，母亲"扑哧"一下笑了。这时，父亲的声音在身后响了起来："昨天晚上，你母亲发高烧，说了半夜胡话，又怕你迟到……"莫名的，我心里一酸，眼泪扑簌簌地落到了碗里。那好像是我第一次不是被动，而是自觉地落泪。

初中三年间，母亲唯一的一次生物钟出错，像一幅烙画，就这样被我深深地印在了心里。

母亲教会我的生活哲学

　　前几天，我与大哥相约去看望母亲，路过一家水果店，我想买个西瓜去让母亲尝鲜，大哥却制止了我。他说："母亲从不吃乱季的东西，你难道忘了吗？"大哥的话提醒了我，想想母亲确实是说过："水果和蔬菜，最好吃当季的，一是价格实惠，二是当季的东西口味才正宗，营养也丰富。"对于西瓜，记得前几年母亲还专门同我抱怨过一次，她说现在这西瓜早早地便上市，价钱贵得离谱，有时候西瓜上了市，外面还冰天雪地，吃了伤脾胃，到真正需用它解暑止渴的时候，因为卖不上价钱，市面上反倒是少了。

　　现在想来，原来母亲一直有一套自己的生活智慧和哲学。记得我小的时候，父母工资都不高，我们兄妹又多，但我们却很少感受过生活的窘迫与拮据。这既是得益于母亲的勤劳，更是得益于母亲的智慧。母亲买东西从不跟风，她买鸡蛋，好像都是买在鸡蛋价格最便宜的时候。买菜也是，离节日很长时间，她总能在物价处于谷底的时候，准备好节日的食材，母亲买东西总是买在性价比最高的时候。

　　母亲的生活智慧不仅体现在采购上，更是融入了生活中的方方面面。我们小时候，还是物资紧缺的时代，每人一年只有几尺布票，每到冬天，身边大多小伙伴的棉袄棉裤都因为长了个儿而要把衣袖和裤腿接上一截，甚至有的小伙伴接了一截又一截，袄袖和裤腿都像竹节一样，而母亲却总是每年都会把我们的棉衣翻洗了，老大的做给老二，老二的做给老三……剩下老大的加点布料匀点棉花，这样我们每个人都有了新衣，穿在身上合身又暄软，舒服又暖和。

20世纪90年代，记得我们住的还是几间平房，平房低矮，但好在墙体厚实，住起来冬暖夏凉。后来，好多邻居把平房翻建成了高大的瓦房，看到别家气派的房子，父亲也同母亲商量，母亲却说，现在日子虽然过得好点了，但还刚刚起步，远没到肆意摆阔的时候，她去别的人家看过，房子是宽大了些，但里面却空空荡荡，没钱再去置办摆设，这种只有面子，没有里子的房子，不住也罢。母亲把更多的精力用在了室内的装饰和院落的布置上，我们的院子里花香阵阵绿意盎然，我们的屋子里更是被母亲收拾得井井有条，舒适大气，让好多邻居既羡慕又嫉妒。

母亲常说："提前五分钟，事事变轻松。"不论是我们小时上学还是后来上班，母亲都叮嘱我们，凡事要提前，免得慌张。从上学以至上班到现在，我几乎没有迟到过，更重要的是因为凡事都想在前面，做在前面，所以很少出错，赢得了领导和同事们的信赖。

母亲一生勤勉务实，不跟风，不攀比，顺其自然又掌控规律。如今，母亲已经一大把年纪了，却依旧从容，淡定，日子过得笃定而有底气。其实，生活的道理十分简单，只是好些人想得太少抑或是想得太多罢了。

母亲教我拉风箱

小时候，印象里最温馨的时刻好像是傍晚。暮色朦胧，炊烟袅袅。风箱声咕哒咕哒地响着，灶膛里的熊熊火焰映红了母亲的脸庞。丝丝缕缕的饭香和菜香从草编的锅盖上逃逸而出，调皮地逗弄着我们的鼻腔。无奈的是母亲拉动风箱的动作总是不紧不慢，咕——哒，咕——哒，似在嘲弄我们肚皮下咕噜咕噜的声响。母亲拉风箱的声音总是绵长而均匀，就像是一首舒缓的抒情歌。母亲蒸出来的馒头也总是又白又暄腾，蒸出来的玉米面窝头又亮又筋道，做出来米饭更是香糯可口，勾人食欲。父亲偶尔也拉风箱，却是短促而有力，像昂扬的进行曲，把火苗子鼓动得上蹿下跳，炉膛里似在暴动，所以父亲蒸的饭常常煳在锅上，父亲就常常自嘲，说又要请我们吃锅巴了。

我第一次拉风箱，是在一次父亲和母亲都忙碌的时候。头次拉风箱，既好奇又兴奋，动作忽快忽慢，声音忽高忽低，忽长忽短，全由着我少年的心性，情绪高昂时将风箱拉得"咕咕哒、咕咕哒"像母鸡下蛋后的鸣叫，一会儿又有气无力像牙疼时口中的倒气声。炉膛里也是一会儿烈焰熊熊，一会儿又浓烟滚滚，待掀了锅盖，母亲辛辛苦苦做的一锅馒头被我蒸得夹了生。饭桌上，我没滋没味地嚼着黏糊糊的馒头，低头不语，父亲见了，乐呵呵地宽慰我："儿子烧的火，夹生饭也香呢！"母亲笑笑："头次做，已经很好了，下次做饭，我教你拉风箱。"母亲说到做到，第二天就认真地教起我来。母亲说，不管做啥，都要先静下心来，平心静气，才能把握好火候。母亲还说，拉风箱就像人呼吸，悠长均匀了，才会有力道，有韧劲，拉风箱时眼要瞅着炉膛里的火焰，心里要感悟锅里的饭菜，啥时候需要文火，啥时候需要添柴，都要心里有数。想做好，就要用心。原来，拉风箱也有这么多的学问，我依母亲所教，馒头蒸出来，果然效果一次比一次好。吃着自己烧火蒸的馒头，滋味也似香醇了许多。那一段时间，我喜欢上了拉风箱，就连小伙伴们来找我玩耍，都少了兴趣，小伙伴们都笑话我成了"老婆蒲团"。"老婆蒲团"就"老婆蒲团"吧，冷嘲热讽也影响不了我拉风箱时的认真与专注。长辈们都夸我越来越沉稳了，做事情也有了条理，原先那个急急躁躁，做事没头没脑的我变了，变得出息了。长大后，我慢慢地才悟到，当年，正是母亲歪打正着，用拉风箱这种不起眼的小事以点带面地改变了我的性情，帮我塑成了一种良好的性格和理性的做事方式。现在，每当心情急躁的时候，就会想起母亲教我拉风箱的事，母亲的话言犹在耳，"拉风箱就像人呼吸，悠长均匀了，才有力道，有韧劲。"不急不躁，用心体悟，有板有眼，我想，不管是生活还是工作，都应如此吧。

母亲的红漆箱

在童年的记忆里，红漆箱轻易难见开启，偶然打开来，那多半是因家中急缺了油盐酱醋之类的生活必需品。那时，母亲才会小心翼翼地解下腰间那串乌黑油亮的钥匙。

母亲从箱底摸出一个破旧的手帕卷，一层层地剥开，用一双因经年劳作而如同枯树枝一般的手，仔细地点齐一沓碎钞，放到我手心里，另一手给我塞上一只酒瓶或是陶罐，让我到对过哑巴五公开的小铺去。

那时，我少不更事，立于母亲一侧，急得眼睛里伸出一对小巴掌，恨不得一下掀翻箱盖去探个究竟。我记得以往自己倘是有了病灾，母亲便会变戏法一样从箱底摸出一块点心或是一个苹果来，虽然，那点心由于珍藏的时间过于久远，已滋生了些许霉斑，那苹果已干瘪得如同一个老人沧桑的脸孔，但对我来说，这已经算得上是一种极为奢侈的享受了。

儿时我们住的地方很穷，是个穷山区，"穷"这个字从字面上来看，上"穴"下"力"，似有点窝力不出才穷的意味，但当时在我们那儿却是讲不通的。那地方有一首谣："地里尽是石头蛋，要想吃水满山转，抡大镢，出大汗，一碗汗换不来一碗饭。"出了力，照旧是穷。

上学了，老师要收学费和书费，我回家跟母亲去要，母亲少有的爽快里透着郑重与沉稳，她一手托起箱盖，摸出一个手帕卷，一层层地剥开，点齐一卷纸票，小心地放到我手心里，再把我的手攥上，还使劲握握。我蹦跳着走出几步远，还忍不住回头看，目光中充满一个少年天真的梦幻，母亲咔嚓一声落了箱盖，把我的目光也夹进一截去。

后来，我有幸成为村里的头名大学生，全村人高兴了几天几宿。喜庆过后，母亲的脸上才显了淡淡的忧愁。我知道，上大学需要一笔怎样的费用。这时，我已长成了一副壮实的身板，扶住骨瘦如柴的母亲，自以为懂事地说："娘，我不上了，我帮你种田。"母亲陡然昂头，目光鞭子一样抽在我的脸上，我心中一凛，一口气霎时松了，像孩子一样软在母亲怀里。

上大学后，每月里，我总能收到家里来的一笔汇款，钱虽不多，却勉力支撑我读完了大学，我知道这钱硬实，来之不易，花时一分钱都能攥出水儿。我清楚母亲是如何一个攒钱法：钢镚儿攒成毛票，毛票儿串成块票，攒足了十张块票，就到哑巴五公的小铺去换成"团结"，压到箱底去，供我念大学。

收到汇款单，我脑海里就会浮现出母亲的红漆箱。

红漆箱在我的心中充满了神秘与神圣。

成家以后，我把母亲接到城里居住，母亲啥也不带，唯一割舍不下的就是她那红漆箱。

可惜，母亲没有享上几天清福，就杳然逝去。除了悲痛与思念，母亲留给我的就只有那只红漆箱了。

那是我第一次开启母亲的箱子，我的手微微有些颤抖，钥匙几次都未投进锁眼。后来，终于开了，我小心翼翼地托起箱盖，一股木质的清香柔缓地弥漫开来，压在箱底的除去一些陈旧的衣衫，就是那个破烂的手帕卷和两包平常的点心了，那手帕卷里包着两张十元面额的新钞，我记得那还是年前我塞给母亲的，让母亲买点零吃，母亲竟一分也未舍得花，那两包点心是几个月前我去南方出差，特意为母亲捎来，母亲不舍吃，已滋生了长长的白苔和青色的霉斑。

我在箱边呆立了半天，心里一酸，眼泪落了下来。

❗ 肖刚

男，山东省昌乐县人，曾在《中国监察》《中国工人》《小小说选刊》《东京文学》《潍坊晚报》等报刊发表过小说和散文作品若干。

❤ 本文荣获本届大赛三等奖，作者壹点号：肖刚

贰 文化走笔

在刀子和玫瑰间行走

◆ 牟 民

不曾感觉到疼

以往的父亲总是那么挺拔，走路始终保持军人的快捷，没有声音，行如风。不知什么时间发现父亲腰背弯曲了，走路慢了下来，而且腿疼得走路抬不起脚，过了90岁，每次回家，都发现一个不一样的父亲，老态龙钟，比起前一个看见的父亲身上又增加了疼感。不是父亲当下变化得如此迅速，父亲其实和我们一样是在不断变化着，那变化不曾间断。过去没感觉细胞凋亡的疼痛，现在感觉到了。时间如刀子不停地切割身体，集结万亿个瞬间，留下岁月的痕迹，直到掏空了身子，它才慢悠悠地缠绕病态的父亲，显示真实的痛感。生而为人的肉体时刻被时间刀子切割，疼往往被忽略不计，等到真正的剧痛，方晓得时间刀子的无情。

我们都在变化中，无穷的不同影像组合了当下、肉眼所见的实体，这是外在的短时间看不出变化的我和你。被我们忽略不计的是内在的，每一个实体大脑中的理念,也秉持一把刀子,瞬间的选择,要刀子还是要玫瑰,那是一个永远探索不尽的浩渺宇宙,这只有自己感觉而已。

没有一个强大的规则,没有一个网着欲念的磁场,刀子会随时出鞘,这世界便会血流成河。

私字一闪念,斗来斗去,仍然斗不完这原子弹一样的强势,连自己都惊呆于它的强大。

有人捧着圣人的书,读得那么认真,读得那么津津有味,却会在封闭式的全市统考批卷现场,忽然碰到自己学生的试卷作文,那熟悉的笔迹,那熟悉的语言,文中那心灵与自己的契合,让他把笔轻轻一抬,打了一个掺水成分的高分。不是他自私,他爱自己的学生,也爱高分的荣誉,更爱职称的实惠。有人值班时,发现自己的学生违纪了,他静悄悄地制止了他们,并没有向领导汇报。他怕被扣分,影响班级名誉。而看见别的班级学生违纪,他忙不迭地跟领导汇报,并且详细地在值班记录上记下学生的名字,如此不同的评判,他不感到汗颜。有人利用权力,收下第一份礼,被请吃,没感觉到第一把刀子入口,自然没感觉到疼痛。麻木了,再锋利的刀子照吃。

私心杂念在涌流,都被瞬间悄悄收藏起来,堆积在没有疼感的藏污纳垢之地,冷不防,刀悄悄割一下,并没痛感。在私欲充斥的环境里,那污垢又得到群体的养育,慢慢强大起来。心中之魔长成参天大树,青蛙死于温水中,看不见的刀子杀人于无形中。

无数的静悄悄的一天,沉淀了多少污垢?恐怕任何数学家都计算不清。

不曾感觉的疼,却是真实存在的,应该引人注意的疼,可是世间偏偏那么怪异，从不怪异这暗藏的疼，直到蝼蚁溃堤，已晚矣！人长了两只外视的眼，目光不会拐弯，无法探视内心，改造自己多么艰难！

人出生到死亡，细胞的凋亡生长便客观地存在，只是被忽略而已；腐蚀思想的细胞也时刻觊觎着客体，等到真正的大疼，客体崩塌时，就是疼在心肺了，或者病入膏肓，刀子都懒得动你了。

曾经的仇人

每次回家看见他，心里咯噔一声，想见若刀子进了他的内脏，他倒在血泊里，满嘴流血，如只宰杀的公鸡在地上打扑拉……心里痛快至极。或者盼着天上落下一块陨石，最好从他屋顶上直落，砸在他头上，或者他走路掉进了水塘，或者他骑摩托被车撞飞，身子碎成肉渣儿……我期盼他成为世界上最倒霉的人，这不是我愿意诅咒他，他应该如此。

他属于游手好闲之徒，赌博、偷窃样样沾着，人家给他找媳妇，女方一打听，便告吹。有一次刚经人介绍的女方打听到我母亲这儿，母亲大脑没过滤地说："唉，你咋能把闺女给他呢？这人不成调，吃喝嫖赌，能穷一辈子。"女方找到媒人，媒人回头把母亲的话一锅端给了这男方，婚事告吹，却留下了祸患。

这人便在没人地方堵住母亲，将母亲暴打一顿。

为此，我们两家闹过一仗，成了仇人。后来，他跟一个寡妇结了婚，婚后生活一直不如意，拆东墙补西墙。妻子病恹恹的，两个女儿身体也不咋好，他忧郁成疾，得了不治之症。

那天，回家看见他，他蹲在门口晒太阳，风一刮就要倒地的样子。我仇视地望他一眼，走过去说："你挺好的呀！晒晒日头，小日子滋滋润润的！"我举着拳头朝他晃了晃，那一瞬如喝了小酒般痛快。多年压抑的石头"当啷"一声落到了地上，他如一头待杀的猪，躺着等待最后一刀。

他气喘吁吁的，眼神是柔和软塌塌的，没有了过去的蛮横和无赖。

母亲看见了，拉我走说："别跟他的过去一般见识，他如今和气了。"

走在回家路上，我心里无比畅快，暗暗庆幸，不是不报，时候未到。

母亲却在叹息："唉，他这日子咋过呀！"

我凝视母亲发自内心的怜悯，她脸上被时间堆积的老年斑透出金色的光，温暖而祥和，这是一个老人放弃仇恨华丽转身后的释然，时间让母亲心中善良的种子长成了枝繁叶茂、果实累累的大树，自然散溢出清香。母亲紧握的不再是恨，而是随时送人的玫瑰。

我对那个人的仇恨也慢慢消融了。在他去世后，母亲竟让我托熟人，帮他二女儿进技校读书，二女儿毕业后，应聘了一个效益不错的公司，挣的工资满可以养活一家三人。

母亲说，人不能老记仇，要记着别人的好，好越记越多，满了自然分给别人。当初，她也不好，嘴没个把门的，不该啥话都说。

胡同里的印迹

每次回家，无事走在仅有的几条胡同里，感受时光的温度。半倒塌的房屋，东倒西歪的墙壁，长满了的毛毛草叙说着孤独寂寞。风穿过胡同，带走旧年的陈迹。墙壁上依稀可见我们少年时刻写的字迹，以及那一张张挂着黄乎乎鼻涕的脸，暖着怀旧的心。

几年甚至十几年的活泼生活，拉长了胡同；如今胡同压缩在一瞬间，恍若梦里，没有真实感。

久远的时空，风逝一样无影无踪了，当年那一个个瞬间发生的故事，便不足为道了。

那天，于寂静的夜晚走在胡同里，零距离地感受曾经伙伴们的笑声、呐喊声，是一种文人的怪癖吧！

忽然听到胡同出口那儿有孩子的笑闹声，走过去，正对胡同的河边，好几个年纪不大的孩子在水塘里嬉戏，有男有女，一如我儿时常见的情景。村里的孩子们经常到水塘这儿玩耍，大人们也都习以为常，没人提醒过那水塘的危险。

后来终有一天，我家东邻那个漂亮的女孩，去河边水塘洗澡时，滑进了深水区，一口水呛了过去。等人们打捞出女孩，女孩已经死亡多时了。

后知后觉的村人才恍然大悟，早应该放置提示板，提醒村人尤其是孩子们注意，别来水塘打扰，水塘里的主人发怒了是要"吃人"的。

母亲为此难受了好几天，偶尔提起来，又泪汪汪地说："我该提醒女孩的妈妈，管好孩子，那水塘里面可藏着刀子啊！"

母亲说的刀子应该是突发事件，女孩被自己无拘无束的行为麻痹了，丢失了警觉，灾难趁虚而入。

多年后，我有一个好友，是个名医，夏天中午，他喜欢到水库里游泳。

他说，游泳好，既锻炼身体，又能够亲近自然。爱人从来不制止他，也不担心他的安全，因为他是一名游泳健将，曾获得过全市万米游泳亚军。

最后一次的那天中午，他吃了饭，照旧发动摩托车去游泳。

妻子忽然说："今天不要去了，我感觉头晕，刀割一般，你陪陪我吧。"

他笑笑，很有经验地对妻子说："没事，天气热，你用凉水洗洗脸，打开风扇吹吹就好了。"

妻子仍然挽留他，说："不要去了，就差这次吗？"

他没吭声，心里却说："雷打不动，贵在坚持。"然后骑着摩托走了。

他去了水库，刚下过一场暴雨，水漫涨得改变了水库的模样。他仍然在原来的地方下水，没注意曾经的树木荆棘被水淹没了，下水后，他被荆棘挂住，在水下使了最大的努力没能脱离险境。

妻子痛哭不已，她懊悔自己在那一瞬间，没能决绝地拽住他的胳膊，强留下他，躲过这一劫。其实，妻子的不适确实是身体的不适，并不是神秘的暗示，想要留住他的念头大概也不是夫妻之间神奇的心灵感应。当然，好友在下水前没能观察好地势，犯了经验主义的错误。刀子总是静悄悄出鞘，让过程变为事故，打一个措手不及。刀子闪亮的瞬间，必会有所警示，或强或弱，只看被害方能否抓住。想要避开嗜血的刀子，靠运气和警觉的比例大概为三七分。

往事多年，每天一瞬间的成败经验被时空吞吃了，而人们却知之甚少。

曾经的战栗

一瞬间的正确把握虽然处在无形中，却力道千钧。这对掌控生杀予夺的大人物来说，一偏一失便成千古遗恨，而对小如蝼蚁的普通的我们来说可能就是心中的遗憾了。

遗憾不是偶然，带有普遍性，哪一个人生于世上没碰过遗憾的事情？有的遗憾连连，有些遗憾一时放不下，甚至终生为之叹息。一个发小给我讲过他曾经的遗憾：

时光的隧道在身后訇然打开。夏日煦暖的晚上，月亮当头，我来到那道堤坝上，柳树上的知了被湖面上的微风吹醉了，继续亮着歌喉。堤坝的茅草里，她在那儿静静等待着。月光洒满她身上，一袭白色连衣裙的她如一个仙女，温柔地等待一个激动时刻的到来。

我轻轻地来，她急切地拉我入怀。我们在月光下，准备享受这美妙的一刻。

她明天就要出嫁了，为残疾的哥哥换一个传宗接代的嫂子，她则要嫁给另一个迫切需要女人的残疾人。她不得不如此。虽然我们早就认识了，而且早就暗暗相恋了，可母亲哭着让她答应这门换亲，母亲没有威胁，没有呵斥，只是整天以泪洗面。她看不得、忍受不了母亲那忧伤的眼神，更不忍心让那眼泪继续流淌。她在思考了几天后，终于点头答应了母亲。

在即将出嫁的一天晚上,她约我来到月光之下的幽秘之处,给我一个圆满的句号。

在金色的光影里,她对我说:"我今晚属于你的,你尽管拿去吧!"

我望着这个情感浓郁,热烈奔放的心爱女人,忽然一道电光从湖面上闪过,我心咯噔一声,我停住了脚步。

我说:"不,不能呀。"那样我会心不安,让那个残疾的人在心里又多一份残缺。

她闪着黑眸子说:"我愿意。"

"不,妹子,这不是你愿不愿的事情,而是我不愿意给你埋下隐患。"

我在她光滑的前额亲吻了一下,决然离开了那道诱惑的堤坝。

光在加速地照射,在我面前有了一个少妇模样的她。她后背上一个孩子静静地睡了,她手拿锄头在地里忙活。我偶然路过,停下来,仔细端详她。她瘦弱的身子,已经见不到青春的模样。她在地头上坐下,把孩子放在怀抱里。我问她,还好吗?

她反问一句:"你说呢,哥?"

她断断续续跟我说,那个残疾人啥都残疾,在她嫁过去半年后,她被大伯哥霸占了,整年被另一个不是丈夫的男人蹂躏。"哥你说,你为啥不敢要我呢?我想品尝真正两情相悦的滋味儿,可你连这点儿也不肯给,你是一个懦夫!"

我无话可说。

但是，我虽然后悔，但绝不沉重，那是心灵里的一潭清水，微风荡起来，沁人心脾，泛起的酸楚，仔细品味却是甜甜的，有玫瑰的馨香。

发小那瞬间的战栗和醒悟，永远定格在快乐的潭水里，随着春夏秋冬的流动，有凉有热，又有温暖。想起《一吻天荒》里的歌词：

谁对谁错

爱多爱少

不需要再计较

只是我曾这样深爱过

一瞬间紧紧拥抱

无处可逃一吻天荒

……

那一瞬间爱的选择，竟是天荒地老的。刹那间玫瑰变为刀子，刀子变为玫瑰，究竟何为刀子，何为玫瑰，全在一瞬间的拿捏，你是佛还是魔。

刀子停在空中

从小不愿读书，一读书头就疼的东邻大哥，跟着父亲学杀猪，学到 20 岁也没有父亲杀猪利索，他能把绑在条案上的猪捅得满脖子流血，嗷嗷叫，就是不死。大哥把责任归在父亲身上，说："你不挪窝地瞪着个大眼珠子，瞅我，瞅得我心慌，神儿一走，手便软了。"父亲怒怼大哥："娘哟，给你一套家把什，自个儿杀猪去吧！"

大哥属于挖井挖几锹就走的主儿，杀猪没几天，依旧把猪杀得带血满地跑，便厌倦了杀猪，喜欢打猎了。他背着个猎枪四处逛游，脾气火暴，动不动就情绪失控，大概属于科学家所说的，大脑前额叶处理不及时，或者前额叶沉睡了，没开发出来，情绪动乱的一瞬间，往往会做出危及他人的举动。他伤过人，蹲过监狱，出狱后仍生性难改，继续闹事，村人离他远远的，属于好汉不稀惹，赖汉惹不起的主儿。他腰上别了一把杀猪刀子，跟谁火了，拿出刀子就比画。比画来比画去，成了四邻八乡没人敢惹的名人。名声在外，到了娶媳妇的年龄，谁家姑娘都不愿也不敢跟他。直到 30 岁，他跟村里一个大他 9 岁的寡妇对上了眼，闪电登记结婚，好赖算有了一个家。

那天，我本家一个跑关东的光棍二叔，来我家喝孩子的百岁酒，正好碰上大哥在场。两个人为一句话吵了起来，大哥把二叔拉到院子里，吼道："你再犟嘴，我咔嚓了你。"他那天腰上没别杀猪刀子，我们村男人们干仗或者想占女人的便宜了，嘴边常挂着句"我咔嚓了你"，以泄胸中之愤或者心中之爱。

二叔说:"你个样样的,吓唬三岁小孩可以,吓唬我,你走眼了。你瞪大眼珠子瞅瞅我是谁?"

大哥说:"咦,你不就一个闯关东的盲流吗?"

"盲流"二字打在二叔的心窝里,他一下火了:"我盲流怎么了,比你个刑满释放犯强多了。"此前,大哥因为打架斗殴,蹲过一年监狱。

这一说,大哥情绪来了:"你等着,我回家拿刀咔嚓了你。"

不过两分钟,大哥气势汹汹地瞪着眼珠子,手举着杀猪刀子吼叫着冲到二叔面前。

二叔立即把上衣脱了,露出毛茸茸的胸膛,两手扒着胸肌,正对着大哥的刀子。他眼不眨地说:"来呀,你不给我放放血,你就不算个男人!"

大哥的刀子到了二叔胸前,一堆膨胀的肌肉,等待着刀子的亲吻。锋利的刀刃进去,立即会血溅空中,解决问题,怒火便释放了。可他把刀子伸向二叔胸膛的瞬间,竟然停手了。他呆立着,眼望二叔,心里想,这厮怎么不跑呢?大哥的情绪危机驱动器失效了,没启动对方的惶恐。也许,在这个对立的磁场里,他释放的情绪粒子攻克不了二叔的刚毅镇定。

二叔喊着:"捅呀,你捅呀,你不捅是吧,我来捅!"二叔从呆立的大哥手里夺下刀子,反手捅向大哥。大哥却拔腿转跑了。他的杏仁核提议,危险了!大脑万分危急地警告他,哥们,赶快离开吧。于是,他兔子一般地遁逃了。

此事广为流传,大哥在村人面前再不敢张狂了。尤其见了二叔,会赶忙低头匆匆走过。

我曾经思索过这名声不好的大哥，他的刀子都是对着地位比他优势的群体，刀子晃晃，对方不愿惹他，怕惹一身骚，误了自己的美好生活。大哥呢，大概心里想，反正蹲过一次监狱了，破罐子破摔，赤脚的不怕穿鞋的，再蹲一次监狱也无妨。但到了二叔这里，二叔比他还倒霉，没家没业的，天天希望天塌地陷，大家一个样子，死不足惜，最好世界赶快完蛋。此情此景，他还怕你的刀子？

那一天，大哥的刀子找错了对象，找到了一个不怕刀子的人，刀子有时候欺软怕硬。究其实，大哥内里仍旧是一个怕刀子的人。这世上动不动挥舞大棒，高喊制裁别人的人，内里则心虚，最怕别人的制裁。真正强大的人不动声色，却能海纳百川，虚怀若谷，化解一切声嘶力竭。

最后的玫瑰

本家一位大爷 88 岁那年得了膀胱癌，每次住院半个月，除了报销，自己要花 3000 多元。他多年积攒了一万多元，三次住院光光的。等再次住院，大爷不想花儿子的钱，说再住院也治不好，不如不住。大爷说："儿呀，我能忍住疼，可忍不住疼那钱！"

儿子说："钱是人挣的，挣钱是给人花的，没事，咱去医院减少痛苦！"

大爷说："我这辈子痛苦多着呢，不差这最后一下。再说，人临走都要遭罪，没一个好死的，罪大罪小，跟下雨下雪一样，没个好天。这是还债，还下生时不记妈疼痛的债。"

儿子说："你不用整那么深奥，我们就想让你少遭罪。"

好说歹说，他不去医院。儿子拉他去了医院，他抽空溜走。儿子再劝，大爷说："你这不是孝，是让我死不瞑目。"儿子只好顺了大爷。大爷在家，除了忍受痛苦，竟能自己做饭，谁也不麻烦，堪为顽强。

待在炕上难受了，满瞳转悠。没个说话的，痛苦会增加一倍。

他转到西街，听到自己的老对头老仇人家里有说话声。他和老对头曾因为老宅门前的流水打过架，动过铁锨，他还砍伤过对方的大腿。如今老对头也老了，儿子外出长年不回家，自己孤单地过日子。但老对头身体还好，家里收拾得利利索索，村里的光棍汉们喜欢来他这儿玩。

大爷实在受不了里面的说话声的诱惑，强逼自己进去。老对头看见他一笑，说："来吧，一起说说话儿，时间过得快些。"

老对头腰背弓了，头几乎拄到地面，他坐在炕下，让大爷上炕。老对头家里装潢得很亮丽，上炕坐下心里一喜，大爷那疼便减了三分。

如此，大爷每天去老对头家里和四五个老人聊天，或者默默坐着，闻闻烟草味儿，回忆咀嚼往事，困乏了就打个盹儿。大爷感冒了，手擤擤鼻涕，随手抹到墙壁上。老对头看见了，没吭声。等老人们走后，老对头悄悄把鼻涕擦一擦。

长了，墙壁上黄黄的，如抹了小孩屎一般。

那天早晨，大爷忽然把儿子叫到跟前，吩咐他把家里留存的五百元钱交给老对头，并且送去了两只没吃的烧鸡。大爷说："当初我对不住人家，该还债了。"

大爷等儿子走后，喝了二两白酒，闭眼坐在炕上，竟这么走了。大爷算了算，如果死在当天，每次"烧七"就不会"犯七"，到那个世界，便没大罪过。这是迷信一说，终究是大爷寿限到了，死前没遭大罪。

在离世的那一天，大爷想到了老对头，给对方送去心灵的玫瑰，卸了沉重的包袱。当然，老对头的宽容善良给他送来了最后的关爱，美好心灵的共振，让老人度过了最后的时光。泪眼中，我看见大爷手握一枝玫瑰，轻松走去。

❣ 牟民

  山东省作家协会会员，山东省散文学会会员，烟台市作家协会会员，烟台市散文学会理事、栖霞一中语文高级教师，曾在《小小说选刊》《中国校园文学》《山东文学》《朔风》《时代文学》《胶东文学》《青海湖》等刊物发表小说 20 余篇，在《人民日报》《大众日报》《齐鲁晚报》《散文诗世界》等报刊上发表散文上千篇，辅导发表学生作文近 60 篇，偶有诗歌发表，出版有散文集《杏坛笔记》。2018 年被山东省散文学会评为优秀会员，《杏坛笔记》入选第八届栖霞市精神文明建设"文艺精品工程"，散文《不妨搂一抱冬阳》获第三届《中国当代散文精选》300 篇征稿大赛三等奖，散文《我的党员父亲》获"与时代同行"庆祝中国共产党成立一百周年主题征文活动三等奖。

❤ 本文荣获本届大赛一等奖，作者壹点号：牟民

山东师范大学教授、山东省写作学会会长韩品玉代表组委会致颁奖词：

《在刀子和玫瑰间行走》

  食人间烟火，会听到刀子的躁动，也会嗅到玫瑰的馨香。

  与其手执刀子，不如种下玫瑰。诗人总是怀有这样的理想。是的，静水流深，大音无声。还是老子参得透彻："弱之胜强，柔之胜刚。"

雪 赋

● 胡竹峰

飘花兮飞玉,凄其舞絮兮敲竹,
断桥兮布密云,鸣钟兮扫清尘,
片片翻兮穿幕帘,娟娟白兮积石岩,
殿绕浓烟兮壁彩,庭书淡墨兮山矮。
——石庞《雪赋》

立冬之后,到底冷了。风也多了起来,细如针尖,钻进人的棉衣里,也钻进树梢山头。只要不是晴天,空气里总隐隐透着一抹雪意。小雪、大雪、小寒、大寒,雪意越来越浓,先是起云,再是起风,风吹动杨枝、吹动松枝、吹动地上枯黄的野草。继而风大,呼啸复呼啸。雪子开始落下,细细碎碎一颗颗晶亮,散在屋檐下,从松针上滚到山沟里。山沟是最先白的。那白是灰白,然后浅白,终至纯白。

雪开始下了,渐渐积起来,伸手一蘸,指尖染有一层棉絮。树梢白了,瓦片白了,继而天地一白。弯弯绕绕走过弄堂走过小路,眼前是黑白的世界,也是黑白的味道。雪静静下着,四野一片白一片黑。除了雪花飘落时一种轻软的簌簌之音,听不到一点声响。古老的砖木建筑,幽微光线淡得寻不到前尘往事。黑夜睡在白雪里,幽静而壮美。

喜欢在旧式古屋的窗后看雪,看腊月的雪,一夜不绝。晨起的炊烟显得孤寂清冷,雪浸透了烟囱近处的屋顶,瓦片湿漉漉的,越发灰暗,一直灰暗到眼底。庭院外樟树叶子上的雪积得太厚了,忽地倾下来,打在鱼鳞瓦围墙上,四散开,惊得竹丛里的几只鸡四处闪躲,抖开翅膀复又卧下。竹枝上的雪也厚了,在北风里泻过,冬天的样子弥漫整个旧式的庭院。

在旧式古屋的窗后看雪,从冬雪看到春雪,从少年看到中年,雪冷雪白。蒋捷的《虞美人》似也可以改用来看雪:"少年看雪歌楼上,红烛昏罗帐。壮年看雪客舟中……而今看雪僧庐下,鬓已星星也。"

冷冬,几个人把盏闲话,无所事事,一扭头,下雪了,是初雪,细细碎碎飘着,丝丝绵绵,在檐前,在窗下,一片素白遮远岫。雪飘过树梢,飘过屋檐,轻轻黏在地上。茶一口口喝得淡了,雪却越来越大。一夜风,一夜雪,清晨起来,庭院、野地、村坡一白。离别太久,逢雪有愁思:白日银色铺地,风送冰雪,心有愁消息。

倘或是江南小巷逢雪,撑把油纸伞,徘徊又徘徊,放慢步履,由着足底敲响微冻的石板,"咯嘣"脆声,每一步仿佛踏进山水画。薄如轻纱的冷雾弥漫远山,红墙黑瓦的老房子越发安谧。走进巷深处,看看头顶窄窄的半爿天,不知不觉,心神凝进了古典的世界。

乘舟泛清流,相逢寒江雪,大抵行旅中了。两岸青松镶玉,白绿相叠。干脆停了顺水直下的扁舟,借一袭蓑衣,一顶斗笠,一弯鱼钩,纷纷飘雪中独钓泓波，兴许能碰上一尾鲜鱼。且移船靠岸，支炉火，烹肥鱼，将几枚小钱换一壶浊酒。听艄公扯扯水里的掌故，谈谈乡野的趣闻，足以消解一切岑寂。

山中逢雪是猎户，肩头枪尖挑着野味，腰间的皮囊装有响箭。雪壮英雄胆，听得俚曲分外脆亮，山歌格外雄浑，那人大踏步奔向森林深处木屋。雪愈下愈大，窗外乱云低薄暮，急雪舞回风，屋内和暖如春，松花轻爆，烤肉流香。男人笑憨憨看着心上人红扑扑的双颊，虽是荒山木屋，却别有一番温馨。

山中逢雪的还有隐士，午后得闲，携琴与友清谈。闲处光阴易过，推门欲走，天色已变，已是彤云密布，飞雪连天。只好返身回屋，添茶换香，继续那一盘未完的残局，夜间靠着炉火在木榻上和衣而眠，只等鸡鸣唤醒。

雪花大如席，关上柴门，斜刺刺歪在炕上，手执一卷文章，红泥火炉托一罐野味。少顷，满屋生香，少不得做些馋虫状。耳听着朔风敲磕着临风的矮窗，就着尚有余温的炭火，烘烘手掌，敲冰研墨，一阕新词在纸上墨色淋漓。

春意迷离、乍暖还寒时逢雪，不妨丢开伞，迎着吹面微寒的风，没遮拦信步溜达，走入"白雪却嫌春色晚，故穿庭树作飞花"的诗境。春雪很细，不成片，悄无声息笼罩山河大地，有一股薄薄的冰凉渗进体内。于是躲进暖意盎然的楼阁，熨熨头发，盈掌滑腻，雪味扑面而来，浑身上下一片清爽。

画堂晨起，来报雪花飞坠，不妨学学风雅古人，高卷帘栊看窗外一川雪景。等肚子饿了，弄几盘小菜，烫壶酒，或独酌或者三五友人共饮。白雪飞花乱人目,樽中有酒可消愁,饮到情浓,纵兴高歌,看"蝴蝶初翻帘绣,万玉女,齐回舞袖",岂不快哉?

最怕的雪,孤仃一人,恰逢生病,衣衫单薄,用被子裹着冷得发抖的身体。"黄河捧土尚可塞,北风雨雪恨难裁。"雪越下越大,让人格外心慌。想到"弟寒兄不知"的困窘,庭前虽有玉树可看,灶上无米肉下锅,只得强自宽慰:雪明天就会止的,冬深春已近。然"乱山残雪夜,孤烛异乡人",任是铁打的汉子,也不禁暗自伤怀,泪湿衣襟吧。

小时候喜欢玩雪,现在是看雪,看雪比玩雪格调高。但玩雪有一片灿烂一片天真,常常令人怀念。有年春节从乡下回城,一路看雪,不亦乐乎。早春之雪比初夏的花更美。坐车看雪,仿佛走马观花,洋洋乎喜气。坐在车上,大地一白,春雪连绵两路,心境甚好,大有"一日看尽长安花"的欣然。

雪可以看,雪也可以听,在静中。在暗夜的静中听雪,倘或是瓦屋,听觉上总是一种诗意。总觉得那些飘动的雪影是夜里浮动的暗香,幽幽然消散而下。

院子里无风,躺在床上,可以听到屋顶上与窗外雪花落地,开始是绵密的木墩墩的声响。不多时,雪积得一铜钱厚了,声音越来越小,四周越来越安静。一扭头看见隐默于夜色的树干,冰雪在窗灯里氤氲。冷飕飕的风刮过,家家户户关紧木门。灯火下,一张桌子,一只火炉。虽然未能围炉夜饮,一个人,一本书,一杯茶,却得独处的自适。

听雪听风听雨听水听鸟鸣听蛙声,这种美感与惬意常见于古人诗文书画。古人诸多雪景里,有山有水,多有一人,或抚松或坐石或驾舟,或隐于窗后或坐于案前。此人是画家自己，身处画中看雪听雪。

黄公望画《剡溪访戴图》，层峦叠嶂，峰岭竞立，陡峰雄奇壮观，直插云际。山下是蜿蜒曲折的剡溪。小舟上，船家用力划桨驶离村落。山麓处村舍错落，屋内空寂无人，庭院盖着积雪。这积雪遥遥呼应王维的《雪溪图》，江村寒树，野水孤舟，白雪皑皑，天浑地莽，一片寂静空旷。这是天地之雪，也是人间的雪。

古人画雪，雪景极其铺排，人却微小，几近于无，常有舟船。譬如赵佶《雪江归棹图》、王诜《渔村小雪图》、高克明《溪山雪意图》，况味如《前赤壁赋》所云："驾一叶之扁舟，举匏樽以相属。寄蜉蝣于天地，渺沧海之一粟。哀吾生之须臾，羡长江之无穷。挟飞仙以遨游，抱明月而长终。知不可乎骤得，托遗响于悲风。"

冬天下点雪才有意思，小雪怡情，大雪壮怀。有时雪太大了，出门几十米竟也白了头。

人在城里，玩雪是奢侈事，比不得过去在乡下，可以玩山丘雪树林雪竹枝雪茶园雪草地雪庭院雪。

玩山丘雪如看古画，况味如明清山水手卷，底色是苍莽的。

雪天的山林，青白相间，浮漾湿湿的白光，青而苍绿，白而微明。清晨起来，站在屋檐下远望，看见那发白的山顶，大片的是绿的松，马尾松，密密匝匝。那些马尾松是乱长的，大小高低不一，一棵一棵挨着，依山势上下起伏。

竹枝雪是水墨小品。一枝雪，淡淡冷气裹在三五片竹叶上，况味如宋人宫廷画，尽显幽清之态。茶园里的雪一垄垄洁白，没有风，雪色下平静安谧。草地雪仿佛一张大宣，不忍落墨不敢落墨，不忍落脚不敢落脚。庭院雪最有趣，像个大馒头。如在山东初见的枕头馍，枕头那么大，吓人一跳。

下大雪，庭院的荷叶缸中落满了雪，盆栽里落满了雪，老梅枯枝上的积雪一寸厚。

北国雪如豪侠，江南雪是文士。江南的雪是娇羞的，轻轻然，又像是旧时未出阁的少女，涩涩地飘舞着，落个半天，才放开胆子，肆意地撕棉扯絮般簇簇而下。顷刻间，田野皑然。

雪片飞舞，伸手去接，直落掌心，一片又一片，湿漉漉的清凉。

江南的雪下满湖堤，下满板桥，下满勾栏瓦肆，下在农人的黑布衣上，下在文人的油纸伞上，下在乌篷船的斗篷上，也下在田间地头，下白了山尖，下白了塔顶，下肥了峡谷，下厚了屋檐。在白的世界，时间似已静止，只剩昼夜。

于一个南方人而言，没有什么比冬天里下一场雪更动人心。一年后的再次重逢，雪色依旧，人事全非，颇有一番思量。独临于屋檐下，泡杯热茶，默默打理往日岁月遗留在体内的燥热、喧嚣与不安，聆听雪落大地的声响。

午后，流连于水乡弄堂。窄长的石板路，灰褐色的老墙，墙角边有菊花盆。菊花残了，枝杆兀自立在雪白里。空气里没有什么声音，巷子停滞在旧时雪色的意兴阑珊和波澜不惊中。

空旷的大路边，天空泛出灰蓝色。

暖国的雨，向来没有变过冰冷的坚硬的灿烂的雪花。如今不在江南，而在江北，滋润美艳之至的江南雪，无从得见。江南雪，灿若冰晶，握手盈盈成一团球。很多年前，还是个爱玩的少年，落雪天常常抓把雪藏在掌心，任其融化，蒸发，或者有一部分吸收于体内，永存在七经八脉与五脏六腑之间。

如今，旧时雪团带给我的触骨冰凉，随时间的推移，变得模糊，已经转化为暖暖的记忆。只是没有人知道，当年还有一丝雪片从天空飘至树梢，从树梢落到眼底，冷泪盈眶。是以这么多年，别人冷眼看我，我也冷眼观人。去餐馆吃饭，不点冷盘，上来就吃热菜。

南方下雨，北方落雪；南方是花城，北方是雪国。穿过县界长长的隧道，便是雪国，夜空下一片白茫茫。一本来自异邦的《雪国》，打动了多少男男女女。

记得有一年落雪，竹子、茶树、松柏都冻住了。雪压着它们，晶莹中但见一抹深绿。窗户玻璃上也布满了冰凌花，像贴了无数白色的星星，不过这是别人家的景致。我家窗户照例只用光连纸蒙着，纸变潮了，湿汩汩搭在窗格上，隔住一窗风雪。

落雪的时候，总想出去玩。去看屋后的池塘，还有屋前的田垄。赏雪之地要幽要阔，幽中取静，阔处见深。

雪中的池塘，风情十足，盈盈盛一汪清水，寒冰覆面，走上去，提心吊胆，十步而折返。站在塘埂上溜达，芭茅裹着冰雪，细溜溜如一杆杆白缨枪，不怕冷的鸟犹自在其间跳跃。

雪地的鸟是孤独的，聒噪着，找不到食物，乱蓬蓬灰色的羽毛，映着洁白，刺眼的一团野趣。用脚扫出一块干净空地，掏出口袋里细碎的爆米花，撒上，不多时，有鸟落下如小鸡啄米般点头吃食，不时警觉又怯生生四顾看着。

田垄上看雪，情形不一样。清冽的寒气顺着鼻孔吸入肺部，胸际一凉，脚底似乎飘飘然浮了起来。辽阔的梯田，盖在棉绒似的雪下，阒然无声。细长的电线上糊满了雪花，臃肿粗大，逶迤架过小河，横在山间。人迹难寻，雪白惹眼，这时坐在屋内火炉旁就更妙了，天大地也大，人却觉得天地都收在眼底下。

天晴了，雪渐渐融化。日影光明，雪入水中。

屋檐下终日响着滴答答的水声，偶尔会有一滴凉滋滋的雪水落在头顶或脖梗，顺着后背往下滑。树枝、檐角、晾衣绳，到处挂着亮晶晶的尖耸耸的冰凌，像倒插着一把把锥子。冰凌圆润，细长，像老冰棍儿。很多孩子拿根竹棒，敲棕榈叶上的冰凌，敲下来吃，冰得嘴唇凉凉的，舌头都被冻木了。

落雪不寒，化雪冷。冷，我并不怕。记得有一次，接了一澡盆冰水，再放入许多雪，跳进去洗澡，洗得浑身蒸腾着热气。一个瘦小孩，在雪水里洗澡，被雾气包围着，影影绰绰，这是留在脑海中童年最后的影像。人往往是一夜间长大的。

雪后的园地仿佛一卷宣纸，踏雪寻梅更是踏雪寻春。红梅落在雪地里，密有密的风韵，疏有疏的神采，如胭脂点染，疏朗清雅，入眼靡瑰，春意比杏花枝头足。

有僧问："何为摩诃般若？"青耸禅师答："雪落茫茫。"摩诃是大，般若是智慧。大智慧就是雪落茫茫。百丈怀海禅师以雪山喻大涅槃。茫茫的雪意是智慧的渊海，沉稳、内敛、深邃、平和、空无。无边的雪光也是智慧的渊海，沉稳、内敛、深邃、平和、空无。

夜雪初霁，雪光混在云里雾里，混在山石与草木上，幽幽闪动，无处不在，充满了所有的空间。甚至穿过窗户，投入室内，与室内的石灰白融为一体，人心骤然充满光亮。

　　室内雪光大亮，给器具杂物上镀了一层很淡很淡的柔光，像时间形成的包浆。阳台上衰败的藤草，在雪光的蒙蒙光亮中仿佛前朝旧物。此时，室内空气也是冷白的。如果是下午，夕阳的金光与雪光的冷白交融，定睛细看，空气里浮动的尘埃以金黄的冷白色或者以冷白的金黄色在半空中自由无声地缓缓游弋。

　　雪光很凉，没有暖意，却异样清澈明亮。

　　雪后遍地银白，反衬天色益觉无穷的湛蓝深远，在头顶上空无边无际地展开。冬日雪后的天空似乎更大了，人忽觉渺小。

　　暮夜交接时分，在雪地里看星空。山顶阁楼亮起一盏孤灯，风很冷，顺衣领而下。河流凝住了，波纹不生。寒空中星星闪闪，半弯月亮悬挂在旷野天边。冷冷看着那星月，星月冷冷看着人，对视久了，忽生凉意，忽有悲欢。独行雪地，两行足迹从山顶到山脚，孤单决绝。转身回望，定在那里，突然痴了。

　　少年时敞头淋雨，中年后撑伞避雪。

♥ 胡竹峰

　　1984年生，安徽省作家协会副主席。出版有五卷本《胡竹峰作品》《击缶歌》《南游记》《民国的腔调》《雪下了一夜》《惜字亭下》等作品集近三十种。曾获孙犁散文奖双年奖、紫金・人民文学之星散文奖、刘勰散文奖、丰子恺散文奖、红豆文学奖、林语堂散文奖和三毛散文奖等。部分作品已译介为多种文字。

♥ 本文荣获本届大赛二等奖，作者壹点号：胶东散文

孤　岛

● 祝舒晴

我有一艘船,在心里停了好久,今天我要远航。

在我出发的准备中,我带好了所有的情绪,把它们一一分类做成包袱,没有系死结,方便我使用的时候打开。去哪里？去找一座孤岛——四季分明的一个地方。在岛上重新开始我的文明,我想,我只用半个岛就行,另一半保持野生。

春

在这半岛上种满鲜花,火红的玫瑰、橙黄的迎春、粉色的桃花、紫色的丁香……我的船驶近岸边,照理说这本应该是一片姹紫嫣红,但闯入我眼帘中却是——风吹开的花儿只有一片白色,但是我想,春天有颜色,我心里有颜色。就在我的目光被苍白凝滞,突然有一朵花儿从眼角掠过,那花瓣的形状和数量我都一目了然,反应过来,疾步向前。白玉兰花？我何时栽植的这一株白玉兰树？我望着那一朵朵素白的花儿，又心生疑惑：玉兰花，为何你就不会被改变颜色呢？

我要这荒无人烟的半岛上是漫山遍野开满鲜花的，开花的时候我再来登岛，这样它们的花瓣都是仅为我开放的了，这样它们就可以用色彩填满我的失望。可此时此刻，我并没有感到喜悦，甚至依然失望，白玉兰不在我心中最想栽植的列表中，况且我连何时种下这棵树都没了印象。

看着我精心栽培的"快乐花"失去了原有的颜色，映入眼帘其实并非只有白，还有绿——被我认为是陪衬鲜花的绿叶。在这片竞相开放的白中，白玉兰是更胜一筹的。人都有固有认知，当这些认知被打破后的短时间内，他们肯定会感到不习惯、不自在，白玉兰本身是白，所以对比其他花儿从五彩缤纷被改造成白色来说，白玉兰更让人接受，而且它的白最纯真、最无瑕。想到这儿，我似乎又更失望了，因为白玉兰不是我所想要的，我甚至很自私地想过：如果是白玉兰被改变颜色就好了。这时，微风温柔地拂过，所有的花儿在枝头迎风摇晃，一股花香扑面而来。我如梦初醒般，对呀！没有颜色但还有气味儿呀！但没过多久，我又像一个泄气的气球了，比香，还是白玉兰最香。

白玉兰花，没有绚丽的色彩，那细腻的花瓣，开得很是灿烂，却没有人欣赏。我带着失望和遗憾离开了这座岛，待夏日，我再来寻我想要的。

夏

夏天，天气是那样炎热，仿佛一点儿星火就会引起爆炸似的。所以我打算去孤岛乘凉,这一次,我没有抱着春天的期待。今天是个天气晴朗的日子,我搭建了一个粗糙的茅草屋,一个狭小且简陋的避身之所,供我在夜里安然地睡去,不必担心凶兽的惊扰。

在退潮时毫无顾忌地、赤裸地躺在沙滩上,任由火热的太阳炙烤我单薄的身躯,任由狂风暴雨吹打我稚嫩的脸庞。用捡来的贝壳装饰我的屋子,把它们做成头饰、做成项链、做成耳环,做成任何我喜欢的样子,放在任何我喜欢的地方,不被任何人评头论足。

花费好几天时间才找到合适的材料,做了几个趁手的工具,我懒洋洋地望着这满是粮食的山林和海洋,心中只有无尽的满足。我开始慢慢变更我的作息,一开始放纵自己,月挂中天不睡,日上三竿不起。慢慢地,日出而作,日落而息。

有一天,我有一些无聊,便去山间捉了一只小兔子。隔天清晨,起床时我向它问好,它灵动的耳朵会立马回应我的欣喜。但是,我只能喂养两天,我们只能短暂地相遇,短暂地相处,因为我们同样都只属于这座岛。

夏天的雨是肆虐倾盆的,是骤然降临的。这天,台风来了,冰雹来了,我躲在一个离茅草屋不远的小山洞里,我看见,我脆弱的茅草屋,和我一起经历了一个多月的风吹雨打仍旧顽强地屹立在岛上一角的茅草屋,这一刻它终究还是倒塌了。两天后,"不速之客"终于走了,在我灵巧的小手和聪慧的大脑愉快的合作下,我的小屋子重建了,并且更加坚固。但终究也只是木头、泥土和石头建造的小屋子,它坚韧,可是它也脆弱。如果能用机器打个坚实的地基就好了,如果它是钢筋混凝土结构的就好了,我这样想着。可在下一秒,眼泪忽然毫无预兆地滑落。或许，我该回去了。我的小屋子，重建了，可沮丧的情绪却在我的五脏六腑横冲直撞。但总体来说，我还是开心的，因为我还有这样的一座小岛，一座只属于我，只有我知道的小岛。

海风吹拂着我的面庞，带着一点点咸，吹动我枯燥的发丝，带走一丝丝苦味。我背靠小岛，望向这广阔无垠的海域，逐渐释然，而后豁然开朗。

我终归还是有一片栖息之地的。

秋

黄昏时分，夕阳倾斜，阳光安和地洒向宽阔的海面，闪烁着金色的光芒。在这美好的季节里，我为自己建了一座咖啡屋。不需要多么精致的装潢，用木板便能搭建。屋里有一个简单木制的吧台，猫咪可以伏在案上看我制作咖啡。我还定制了一套最柔软的沙发，这样不管是下雨还是晴天，我都可以窝在沙发里小憩，抿一口咖啡，想自己的心事。我把窗户换成大大的玻璃窗，框子涂成白色的，这样，我探头就可以看见屋外的风景，看到屋前那片火红的枫树林，看落叶怎么慢慢铺满地面。我用旧的牛皮纸装订了好几本日记，我可以在上面尽情地涂鸦，划我的人生规划，涂我天马行空的情思。这一刻，在背向所有喧闹的世界一隅，我尽可静美绽放开来。门前的一小块空地，我装上了一顶遮阳伞，风清月明的时候，我就可以在外面享受阳光或夜色了，那时咖啡的香气会轻柔地飘出来。

今天，金风送爽的清晨，我手捧一杯热茶坐在屋里的角落，听一首喜欢的歌，任思绪随着熟悉动听的旋律舞动，让秋意在音符中拉开帷幕。雨果曾说，音乐表达的是无法用语言描述，却又不可能对其保持沉默的东西。

今天，微晒的午后，在屋子里，我拿起一本心仪的书，坐在角落静静地待了一天。

今天，霞光万道的傍晚，我穿起好看的裙子，伴着扑簌落下的枫叶，拍下最动人的照片。

……

经日之后，我开始感觉很累，一种不知名的疲惫感蔓延全身，充斥在细小的血管之中，散漫地蠕动着。

你走的时候，冬天还没到，秋天的野菊还在翩翩舞蹈。

这天，我站在像脊背的孤岛上发呆，以前觉得是很惬意的事，可是有了你以后就再也不是了。我想和你去抚摸血红色的枫叶，感受山上的浓雾，看火烧过的晚霞，呼吸深秋来临时的凛冽；我想和你在秋天树叶金黄的时候捡最好看的一片做书签，困了就腿搭着腿入眠；我想和你一起去吹吹海风，喝喝啤酒。秋天就要过去了，我也知道这样的日子总是不会有。

我坐在飘落的枫叶上，细数每一片飘零的往事。岸边的孤风，一头扎进了海里。海鸥在叫，我却不懂它的困惑。可是，不懂又能怎样，海风依然在吹。飘落的阳光，侵占了整个海面，魅影里的船帆，只能驶向心的孤岛，在不懂生活人的眼里。

我会在秋天这个浪漫的童话般的季节，驻足在一棵树下，闭上眼，让阳光在脸上跳跃、幻想，变作一片毛茸茸的叶子，轻轻地纵身从枝头一跃而下……

冬

说实话，我不喜欢冬天，因为冷。尤其在不供暖的南方，低温裹挟着强风，或者夹带着冷雨，真是叫人头疼。我不喜欢冬天的冷，却很喜欢冬天的雪。长于亚热带的南方人，儿时幻想童话般的冰雪世界，我曾数不清有多少次，天真地仰望冬日天空祈祷：晚上下大雪吧，就下几天，那该多好哇！哪怕积雪有两米厚，也不要融化，那该多神奇呀！

我把自己裹得严严实实，像个粽子一样，登上这座岛，我只待到下雪后两天就离去。

入冬后的小岛更加冷清了。我的猫在不久前意外死去了，又是我一个人了。呵，没关系，只要我心里一直想着它，它便一直陪着我。我想给这冰冷的寒冬增添颜色，我种上了紫罗兰，但由于过于寒冷，几天后，我不得不看着她渐渐凋零，那残败的花蕊，更徒增了几分悲凉。于是我将其践踏成泥，又毁了那方土地，回归一如既往的沉寂。我所拥有的，不过海风和波浪而已。我看见了别人的岛上如何繁华，思量着自己的荒芜算不算一种另类的美丽。我选择了随遇而安，学着欣赏这满目的苍凉，时而引吭高歌，时而低首沉默。然而，夜晚的寒风又令我瑟瑟发抖，我只是渴望着哪怕一丝丝温暖。终于我无法忍受这无边的孤独，又种上了几棵小树，至少以后能为我遮风挡雨。带着点滴期许我安然睡去,可当我醒来时眼前又是一片狼藉。风刮得很紧,雪片像扯破了的棉絮一样在空中飞舞,没有目的地四处飘落,我的树苗也被狂风连根拔起。

终于下雪了!我糟糕的心情被这场突如其来的大雪治愈了,看到窗外大雪纷纷扬扬地飘,心里一软,像是活在一场铺天盖地的浪漫里。

雪停了,我迫不及待开门出去玩雪,玩累了,坐在雪地上,四周出奇的静寂,不会有行人走过。这么美的雪景就我一个人欣赏,真是奇怪。

现在我不就真的身在这雪的世界里吗!我弯腰双手捧起雪端详,真美呀!那雪花由无数晶莹六角组合成,好凉呀!那些美丽晶莹的雪花,在我手掌中蠕动起,融化为水滴,从我指间流下。冷得疼痛,直冷到心里了……我起身拍拍裤子,好了,我要离去了。

野生

一座孤岛留了半座,给野生用。我很少迈进这半座岛,因为它是多变的,每次来都会是不一样的情景,或许是一场大雪,或许是阳光明媚。据说一只蝴蝶也生活在这座岛上,每天都淋着雨,我想有机会我一定要见见它,所以我便来了这半座岛。

它没有森林,没有藤蔓,没有花,没有草,没有虫鸣鸟叫。我不禁疑惑,这鬼地方怎么会有蝴蝶!

在这片荒无人烟的土地上,黄沙漫漫,冷风呼啸,愈行愈艰,茫然无措。我突然很后悔自己萌生来这半座岛的想法,我是那么的无助、落寞,我拖着自己疲惫不堪的身躯一点一点地坚持着,无数次想过放弃和逃离,却又无能为力。

不知过了多长时间,漫天飞舞的黄沙化作尘埃,安静地归于土地,呼啸肆虐的刺骨寒风化作温柔的双臂环抱住我的身体。突如其来的平静让我不知所措,我慌乱地环顾四周,看是否有人闯进了我的心里。多么可笑啊,我害怕寒风和孤岛带给我的无助感,我渴望春风和日光,却又在幸福到来时感到如此陌生和担心。我停下了前进的脚步,静静地坐在地上。我用双手遮住那愈发刺目的太阳,厌恶地低下头,可那光却还是透过指缝刺到我的身上。于是我变得狂躁,我抓起周围的石子砸向那令人难过的光。它们背叛了我,感受到温柔后它们毫不犹豫地向我刺了过来,让我遍体鳞伤。

于是我开始玩命地奔跑,我丢弃了身边的一切牵绊,我跑啊跑,终于,那扰人的光不见了,却又踏上了另一片荒无人烟的土地,这里的黄沙更加肆虐,这里的困境更加让我无力前行。

我变得失落,我开始沿着来时的路后退,却发现在漫天的黄沙中我早已迷失了方向,我又开始变得渺茫,又开始走上和曾经同样的路,周而复始。

无人懂得我是多么绝望,跨过了浅滩我迈向大海,就让波涛埋葬我吧,埋葬我吧,反正也没人为我悲欢。可冰冷刺骨的海水让我感到恐惧。我怯懦,选择了退缩,似乎我还留恋着,那布满阴霾的天空上飘着的那几朵白云——风将云卷成几面幡。放弃了死亡,但我没看见希望,或许我的孤岛注定荒凉,也不会有蝴蝶。

再别

孤岛啊,我的心船已经入港,你却只顾着自己徜徉的那片海洋,你喜欢一条鱼,却不喜欢我的手。我把屋子建成了,我把你当成我的朋友,我说的话你却爱搭不理。你只顾及那野生的一半,自然就是不自觉,我解开我所有的情绪,把它们全部抛在你这里,让它们野生!

跟你说一声再见,在想你的时候,我会回来看你的。孤岛……

随着时间的流逝,耳边的声音逐渐嘈杂,身体逐渐有了知觉,意识逐渐清醒。我疲惫却平静地睁开双眼,直勾勾地望向泛黄的天花板,眼泪毫无预兆地滑落。

有机会去做鲸鱼吧

潜伏在海里,发出一些声音

等有一天

不小心搁浅在孤岛的海滩上

我想把尸骨留给地面

♥ 祝舒晴

生于 2001 年,自由撰稿人,是一名喜欢思考,追求思想自由,认为读书是最高级享受的"00 后"女孩。2019 年至今在网络上发表散文、现代诗歌、短篇小说近 100 篇。

♥ 本文荣获本届大赛二等奖,作者壹点号:边缘文学

时间在正阳路没有离开

❖ 于 蓉

早一些时候的正阳路南段止于兴海路。兴海路以南是大片的田野、菜园与村庄。

最早的正阳路市场就在兴海路南,市场西侧不远是公安局,东侧是水利局。很荒冷的市场,四周都是麦田,孤单地支了几个柱子,顶上加了几片石棉瓦板。市场里简单的两排石头台子,供附近的菜农来卖菜,固定的摊贩很少,只有两三家。那时上班还是小城居民最主要的人生选择,即使是在某个效益不好的单位里做个小工、合同工也很少有人会选择来做个体户。冬天的时候,风肆无忌惮地从东南西北各个方向吹过来,冰冷刺骨,来买菜的都被冻得缩头缩脑地哈着气,跺着脚,赶紧买上再赶紧离开,而在此摆摊者的辛苦自是不言而喻了。夏天虽然凉快一些,然而各个角落里发出的菜叶腐烂的气味令人窒息。这里掩藏着一个闭塞小城的破败日常。

市场里台子的两侧盖了几间简陋的活动板房出租。顾小勇就在这市场其中的一间板房开了一家书社。这一定是她见过的最破落寒酸的书社,比望海路上最早的陋室书社还要破。只有不足十平方米的狭窄逼仄的空间里,一南一北靠墙摆了两个书架,书架上零散地摆了几百本书,一个架子上是当年流行的武侠与言情小说,另一个架子上则是在这个小城很难淘到的诗歌与纯文学。因为这两架子书,她成了这个书社的常客。她办了一张借书证,经常会来借书还书。

正阳路与兴海路的交会路口,转角处有一座砖红色的形状别致的小楼。一楼的大厅对着两条大街,视野开阔。路过的人都会向大厅里好奇地张望一眼,茶色的玻璃阻碍了他们的视线,却不知大厅里的人也正在看着他们。

大厅里的人坐在大理石砌成的冰冷的柜台里,长时间注视着街景,无数个黄昏,夜幕降临的时刻,正阳路变得喧嚣嘈杂,下班的人,放学的人,做小生意的人……安静的街道一时变得热闹起来。路边新栽的柳树枝条随风轻扬,被夕阳涂抹成虚幻的橘色,一度令她产生了幻觉,这两条街多么像两条时间的河流啊,她想。河水涨上来,河流变得饱满,激荡,晚风徐徐,夕阳余晖洒在河面上,河岸边的柳树随风摇荡,昏黄光影里的人乘舟渡河,幻象中的两条街如两条交错相接的河,它们从不同的方向滔滔流来,最终交错向东,汇入东边的大海。

所有时间的河流最终都是要东归入海的吧,那么这个虚幻的人生到底有什么是我们能够抓住的呢?如果一切都将流逝,那么我们存在的意义又是什么呢?坐在柜台里的人怅惘地想。

桌子上是刚刚看完的某一本书,阅读后的痛楚令她几乎无法呼吸,那种被撕裂的感觉,无人倾诉。她其实还年轻,额头光滑,头发乌黑。并没有经历人世间任何的挫折与不幸,甚至人生都还没有算正式铺陈开来吧。她刚刚从一所技术学校毕业分配到这里,她与真正的生活之间其实还隔着一层茶色的玻璃。她是被父母保护得极好的那种女孩子,有着完美的童年和少年时光,可是从无限的阅读中她却过早感知到了这个世界的无奈与辛酸,在生活正式开始之前,她已经感知到了人生的悲凉。这不知是她的幸运还是不幸。

她坐在柜台后面,工作单调乏味,谋生的艰辛远未到来,未来似乎一眼就可以看穿,这样的人生什么时候才是头呢?要怎样在这里度过平庸的一生呢?在那样的时间里,她迫切需要找到能与她分享人生感受的一个人。但这并不容易。

那日复一日重复刻板的生活,几乎让一个热情的对世界充满幻想的少年窒息。

这人生确实是逼仄的。柜台里的人无数次站在落地窗前眺望着正阳路与兴海路上的烟火人世。一想到将在此度过平庸无望的一生,就会感觉透骨的绝望。其实她的忧愁里有一种虚张声势的夸张与矫情,然而她并不自觉。那些惨烈生活里的嬗变还远未到来。她其实只是站在玻璃幕墙后边远远看到了在雨中狼狈奔跑的那些人。那些在命运的大雨中狼狈奔跑,左冲右突却无法从雨幕中突围的人,看上去像在演一部默片,滑稽、好笑,也悲伤。那时的她或许还不能清楚地知道,每个人的一生中都会有这样一场雨,或迟或早,时间让大雨早晚都会落下来。而这闭塞小城的破败日常每一天都在上演,在那个时候,她几乎看到了这浮华人世里困顿的一生,这永远也无法走出的正阳路,像一个时间的谶语。

唯一的拯救是小城里的几个书店,那是信息不便的年代里一个年轻人瞭望世界的唯一窗口。她找到所有能找到的书店，攒钱买下喜欢的书籍。玻璃屋里的人就是如此与板房里的人遇见了。他们彼此所处的环境是不同的，然而对这个世界的感知却是相通的。对于书籍的热爱很快让他们成为无话不谈的好朋友。即使在那个年代，承认自己是文学青年也是需要勇气的，若干年以后回望来路，却还是不得不承认那不争的事实。这几乎与书为伍的一生，文学像一道光照亮了她黯淡的生活，但同时也像一把刀，惨烈地切开这个貌似平和世界的虚假表象，让她窥到这惨淡人世间的一点真相。阅读带来的这一道伤口，将横亘在她的一生中，她要用无数的阅读来治愈这阅读带来的荒凉与痛楚。然而那个时候的他们并不知道，所谓文学或许并不能拯救什么，或许还会带给人生巨大的毁灭。

有时候，清醒比麻木更痛苦，抗争比顺从更惨烈。

顾小勇写剧本，也写诗。他常常在夜里书屋关门之后才开始动笔。这个只有几平方米，窗子都无一扇的小房子，夏天酷热，冬天酷寒，很多年以后，还是无法想象在那样逼仄的环境里，顾小勇怎样写下了几十万字的长篇大剧。那种对文字的狂热与赤诚，即使时隔多年想起来，仍然令人双目湿润。

那些遥远的夜晚，夜色笼罩下的这个黄海边的小城，波涛微微荡漾，海水呜咽着，轻轻拍打着海岸，陆地有如孤岛，被海浪摇晃着。所有的人都睡了，一个被理想与激情锁住的年轻人在斗室里流着汗，或许也会流泪吧，他笔下的人物或许都是稚嫩的，却每一个都充满了热情与张力。

在逼仄的空间里，顾小勇赋予他们以生命，以人生，以喜怒哀乐，以悲欢离合。或许从落在纸上的那一刻起，他们其实就已经被赋予了灵魂。他们就是顾小勇本身，顾小勇就是他们。顾小勇以笔书写编撰着他们的人生，那么又是哪一只手在编撰我们的人生呢？会不会我们，其实也是一部剧本中的纸上人呢？会不会这长长的正阳路正是某部戏剧中的一个布景呢？多么经不起推敲的一生啊。所有的情节都令人喟叹。如果我们的一生也不过是被某一个人虚构出来的剧本，那该是怎样的荒唐与萧索啊。相遇或离别，困顿或挣扎，原来，都牢牢掌控在别人的手里啊。棋子一样的一生。傀儡一样的一生。所谓命运，如此不堪。

冷风涤荡的正阳路市场，风吹着棚子顶上的石棉瓦板，发出"啪嗒啪嗒"的声音。时间的飓风从正阳路掠过。活动板房里一个咬紧牙关的青年在奋笔疾书。

有一个晚上，夜很深了，她在值夜班，背向着正阳路坐着。顾小勇轻轻敲了敲窗子，她转过头，被他悲伤的神情吓住了。她跑出来，他却不说话，在门口的台阶上坐下来。她不知该说什么，也坐下来陪着他。街对岸的几间店铺早早打烊了。路灯还亮着，然而大多数的灯罩下已没有灯泡，多被闲散的社会青年酒后用石子击碎了，剩下寥落的几盏，灯光昏黄，整个正阳路被笼罩在这昏黄之中，只有新铺的沥青路在暗夜里发出青幽的光。

顾小勇从口袋掏出一个皱巴巴的烟盒，从中弹出一支叼在嘴上，又弹出一支分给她。顾小勇点着烟，在烟雾的遮蔽下，她看不清他的脸。她听到他轻轻说，海子自杀了。在那个夜晚，她第一次听到德令哈这个地名，她也牢牢地记住了这个名字。它在遥远的西域边陲，他们用一生也无法抵达的地方吧。在正阳路昏黄的路灯下，顾小勇用低低的颤抖的声音吟哦：

姐姐，今夜我在德令哈。

楼上宾馆临街口的客人们大约都已经睡着了，整栋楼安静着。正阳路人烟俱寂。热闹散场，浮华散尽。我们其实都是这不堪人世的漂泊者，从肉体到精神。从出生开始，我们就在流浪，在时间的长河里，随波逐流，一切的抵抗是徒劳的，一切的挣扎也是无谓的，命运的洪水滚滚而来，它吞噬世间一切的理想与热情，所有的火焰都将熄灭。正阳路也罢，兴海路也罢，其实都不过是我们人世漂泊的一个载体、一个道具罢了。正阳路是河，我们就是岸畔苦苦等待的渡河人。每个人都在自己命运的河流里苦苦挣扎跋涉。

风从正阳路北端呼啸而来，柳树的叶子不知什么时候开始泛黄了，风一吹，柳条摇晃，无数的叶子簌簌落下。秋天来了。路灯熄灭了，正阳路一下子落入无边的黑暗中。

顾小勇熄灭手中的烟蒂，轻咳两声，起身离去。他步履蹒跚地走向马路南头的正阳路市场，夜色中的正阳路市场像一只张着大口的怪兽。黑暗吞噬了他。

很多年过去了，文学早已式微。那些曾经狂热的热爱文字的人呢？也早已经湮没在世俗的人海中。所有被文学浸润洗礼过的人最终将回到生活本身。那些看文的人，那些写文的人，那些以文为生的人。文学并不能完整地诠释人生，生活本身却很好地诠释了文学。

多年以后，她诧异地发现原来文字也不过是一些人谋生谋名的一种手段罢了，人创造了文字，利用了文字，最终或将得益于文字，当然，也或将得救于文字。

那些他们曾无数次坐在正阳路拐角台阶上讨论过的曾经灿若星辰的名字也终于渐渐黯淡了。纯文学、理想、爱情,所有高尚真挚的情感注定会在快速奔跑的生活里衰落。生活像一只巨大的搅拌机,所有的梦想都被搅拌成一团泥浆。

很多年以后,她还会想起那些个夜晚。他们坐在正阳路红楼门口的台阶上,热切地交谈着,顾小勇的脸庞因为兴奋涨红着,他的双眸发出星子一样璀璨的光芒,手比画着,一支接一支地吸烟,有时,又会陷入长久的沉默。他将头埋在屈起的膝盖上,双肩轻轻抖动,等他抬起头来时,眼睛湿润了。他将目光投向远处,远处是漆黑破败的正阳路市场,散发着烂菜叶子腐朽的气味。然而也不是全无希望的吧。正阳路市场的南端是一条铁路,从石臼所东站驶来的夜行火车缓缓驶过,"咣当咣当",只要随便搭上一列就会去到向往的远方。远方有什么呢?后来她去过很多很多的"远方"之后才知道,远方除了遥遥一无所有。走吧,走吧。顾小勇喃喃地自语着,创作的痛苦与欢愉折磨着他,那邈远的未来,文学的光,像一柄利剑,刺痛了他。

顾小勇偏爱先锋派,着迷于意识流、魔幻现实主义,那一套套的名词理论几乎都是从他那里听到的。他深爱格非,所写文字也多奇崛、晦涩,偏离现实。数不清的退稿信最终击垮了他。那部他耗费两年心血写成的剧本最终也石沉大海。连同纸上的那些人生。他们并不能掌握自己的命运。正好像我们,并不能掌握我们的命运。在正阳路时间的大河里,一切都将沉没。

正阳路向南修以后,市场搬到了稍北一些路西的长巷子里。八村的地盘。新市场收拾得稍微像样子一些,租金也水涨船高。顾小勇的小书社终于无力支撑了，生活更加潦倒，几重的人生困境下顾小勇患上了抑郁症。

有一天早上，顾小勇来向她告别。

他的父亲来找他回家了。那是个老实巴交的农民，满面愁苦地站在马路边上。

顾小勇站在窗外，彼时太阳尚未升起，他的身后是无边的晨曦。她站在窗里，推开窗，他们之间隔着一层薄薄的晨霭，凛冽的寒风吹过来，街道拐角处风追杀着几片落叶，整条街上行人寥落，看上去肃杀，萧瑟。

可能像我这种人是不配拥有理想的，更不配拥有爱情。

顾小勇平静地说。她看到他眼睛里的火焰熄灭了。

那是20世纪80年代末，一切都在蓬勃发展，时代的坚冰慢慢融化，可是横亘在城乡之间的还是巨大的难以逾越的沟壑。留给一个数次高考失利的农村青年的道路是逼仄的。顾小勇也不例外。他拒绝了父亲好不容易托人给找的临时工作。抗争，逃离，然而在逼仄的现实面前，顾小勇还是退却了。他曾喜欢过邮政书店里的一个扎马尾辫的姑娘，给她写了厚厚的情书，却又不敢寄出不敢表白，那些狂热的情感啊，曾怎样折磨过一个深情的青年人。都作罢了。在狭窄的人生面前，顾小勇似乎已无路可走。

顾小勇转过身，想了想又回过头，他从那只洗得发白的帆布书包里找出一本书递给她。转过身和他的父亲一起消失在正阳路茫茫人海里。那是一本格非的剪贴本合集。他收集了所有报纸上能收集到的关于格非的短篇文章或报道。在白纸粘贴的封面右下角，慎重地写着他的名字：顾小勇。

在正阳路时间的河流里，一个人渺小得如一片漂萍，没有人会注意到你的离去，正如没有人会在意你的到来。离去或到来都是庸常人生里的一种常态。放眼望去，苍茫人世的河流里，无非是我来了，我走了，你来了，你走了。在正阳路，在人世间，每个人都将直面自己的命运。

顾小勇没有回头。他不会知道，玻璃幕墙里的朋友注视着他，一直到他的背影消失，她默默流下了眼泪。那个时候他们都不会知道，这就是他们人生的永别。谁会相信呢？

顾小勇回乡两年后，就因意外离世了。

❣ 于蓉

　　日照市作家协会理事。有作品发表于《散文·海外版》《草原》《山东文学》《青海湖》等刊物。曾获第三届（日照）散文季刘勰散文奖提名奖。

❤ 本文荣获本届大赛二等奖，作者壹点号：海曲忆旧

等一条鱼赴约

● 王新雷

一

小城向西四五里有一片不小的野树林。夏日浓绿如墨,冬看灰苍似烟;夏有蝉嘶虫鸣百鸟伴风舞,到了冬天,光秃秃的枝丫间便只露出灰老鸹搭建的粗糙的巢。

树林不远处有一方野塘,远看白亮亮一片耀人的眼,走近细瞧,这塘虽是无源死水却极清澈,野生蒲苇散漫在水里,软软的水草摇曳绿色的波纹……

天蓝如野湖,湖蓝如青天。

柔柔的风,暖暖的阳,这样的秋日于我而言,最适合觅一处草绒铺就的毡地,懒散散地斜躺着,看天上飞过的鸟,听耳边滑过的风。

野塘边,歪歪斜斜几棵老榆树。由这几棵老榆树,我知道这野塘存在的岁月已委实不短。老榆树已很罕见,因为它生长周期太长,不容易换现钱,人们哪有耐心陪着它慢悠悠成长,所以那挂着一串串肥嘟嘟鲜亮亮榆钱儿的老榆树便只能长在我童年的岁月里，我真担心哪一天，关于榆钱儿的所有记忆也会随着一代人的消失而消失，就像村头打牌晒太阳的老孙老杨和老李，前些日子还好端端地打牌逗乐呢，不几天的日子，老孙走了，老杨走了，老李坐在马扎上孤零零地向着天空发呆，待了没几天，老李也走了。每天斜阳烧着晚霞的时候，空中依然会有鸟儿飞过，野外的羊群依然会咩咩地叫唤着回到圈里，没有人会提起曾在村头打牌的老孙老杨和老李，就像没有人记起去年曾在某处见过的麻雀或蚂蚁……

塘是自然形成的低洼地，全无半点人为痕迹，塘沿土石交杂，坡势很缓，杂花并野草灌木围着塘沿丛生，乱石嶙峋裸露于杂草间。老友领着我劈开野草，一步步走近野塘。脚下细叶腐土，踩上去软绵绵的，似乎那细碎的窸窣声从脚底传到心里，整个人一下子松弛下来，一种莫名的喜悦泛上心头。

老友古道热肠，性格耿介，满肚皮不合时宜，油腻中生存却偏想清淡，自然免不了时时碰壁。随着年龄增长，他的性情渐渐淡去了许多火气，除了喝酒，迷上了钓鱼。而我天生懒散，乐静怕烦，生活琐屑向来是避之不及，终日喜欢沉于文字里呆想。我们两人的关系就像那锅文火慢炖了几十年的狗肉汤子，各种滋味早就混在了一起，因此，虽然我理解不了他的钓，他看不惯我的呆，但空闲的日子总不经意地混在一起。

就像今天，他寻好了下钓的地点，支好了座位，甩下钓钩，然后惬意地把身子斜放在马扎的靠背上，静静地看水中红色的浮子。我呢，在他不远的草窝，把身子完全散开，头枕着双手，嘴里嚼着秋草的枯枝，呆呆地望着蓝色的天空。

天空并不空,时有细小的尘埃闪着阳光的色彩;时有一只两只的飞鸟,掠成一道灰色的影;时有微微的风卷起碎碎的叶,袅娜飞腾。

塘边时有喜悦的声音传来,然后就见谁的钓钩在水面上摇摆,或大或小的银白色鱼儿在钓钩上扑腾,水花迸溅着阳光的颜色。

老友的浮子却浮在水面一动不动。老友斜望了人家一眼,坐正身子,入定的僧一般,把目光定格在水面上,似乎向野塘发出了质询。

水静静的,没有回应。

老友静静的,脸上看不出任何表情。

可附近的钓竿却一次次拉起,摘下欢快的鱼,伴着钓者的惊喜,又一次甩入水里。

老友偶尔左瞧一眼,右瞧一眼,瞧一瞧水中的浮子,又把身子斜拉向马扎的靠背,望天,望水,偷偷地长舒一口气。

"不好受吧,伙计,坐不住了吧?"我坏坏地笑问。

"怎么了?"他倒反问我一句。

"醉死不认那壶酒钱。守了大半天,钓了个空。"

老友嘿嘿傻笑,摇了摇头:"要说高兴那肯定是瞎扯,哪个钓鱼的不想着自己的竿上鱼?"

"你这钓徒的境界太低,看过余秋雨的文章吗?人家说遇到过一位假日钓鱼的人,一整天鱼篓空空却依然一路欢歌,说什么鱼不咬钩是它们的事,自己却钓上了一整天的快乐!"我一直想不明白钓鱼到底有什么快乐,所以逮个机会就想揶揄他。

"扯淡,典型的文人扯淡!"老友撇了撇嘴,满是轻蔑和不屑,"文人最让人讨厌的地方就是装,明明内心里满是欲望,却非要装出圣人模样!钓了一天结果两手空空,还什么一路欢歌,除了瞎编就一定是扯淡!"

"在钓不在鱼,你懂啥?"我忍不住回击他。

老友生气扭头,终又忍不住冒出一句:"哪个钓鱼的不是为了鱼?钓上钓不上来是一回事,可你不能打肿脸充胖说什么钓不为鱼!"

二

钓到底是为了鱼,还是为了钓?朋友的话让我陷入了沉思。

我甚至扒底网络,恨不得把钓鱼界的名人全扒出来。

我想钓鱼界最有名的得算姜子牙。他终日在渭水河畔钓鱼,他的钓法让正常人目瞪口呆:短竿长线,不设任何鱼饵诱惑,更奇怪的是钓钩竟然是直的,如果这些还没有惊到你,这老先生钓鱼更绝的是钓钩根本就不垂到水里,离水面有三尺高,稍微有点智商的人都知道他这根本不是在钓鱼而是在作秀!后来一个叫武吉的樵夫,大概也是个实诚人,看到不挂鱼饵的直鱼钩,嘲讽道:"像你这样钓鱼,别说三年,就是一百年,也钓不到一条鱼。"姜子牙微微一笑:"我的鱼钩不是为了钓鱼,而是要钓王与侯。"

这姜子牙说到底,他钓鱼还是为了鱼而不只是为了钓。他剑走偏锋的怪招其实就是鱼饵,不知就里的"吃瓜群众"风传渭水河畔出了个脑子不大好的钓鱼老头,无形充当了他的"炒手"和"信息发酵机",

最后姜子牙钓来了周文王，钓来了自己的一世功名千古传奇。

求官而得官，钓鱼而得"鱼"，姜子牙不光是钓鱼高手，更可以称得上"千古作秀第一"了。

还有那号称"烟波钓徒"的张志和呢。一提张志和，肯定会想到他的《渔歌子》吧：

"西塞山前白鹭飞，桃花流水鳜鱼肥。

青箬笠，绿蓑衣，斜风细雨不须归。"

那意境，简直想想都能醉。张志和据说16岁科举中第，被当朝皇帝赐名"志和"，可见一时恩荣，后来因罪被贬，从此看破红尘浪荡江湖，每垂钓，不设饵，自娱而已，以至"垂钓烟波不归家"，自称"烟波钓徒"，可谓钓迷之祖了吧。

姜子牙七十而钓，直钩悬钓而不设饵，最终得其所愿，钓来了周文王，可谓"钓"得其所，那张志和年少得意，中途浪荡江湖烟波为家又是为了什么呢？他显然不是为了水中鱼，既然不为鱼又是在钓什么呢？他算不算至高境界所谓之"在钓不在鱼"呢？

显然也不是！他依然钓有所图，即使不是"王与侯"，甚至也不是看得见的功名富贵，也一定有他内心所欲的东西：有人说他钓的是山水自然，是内心平静与从容，是得失俱忘的"无我之境"，可这"无我之境"却偏偏要用钓来获得，这不明明钓的是"自我"吗？如果套用时下流行过的一句话，大概"哥抽的不是烟，是寂寞"吧。

我坐起身："姜子牙你总得知道吧，你们钓鱼界的祖师爷人物？"

老友明白我的意思，撇起的嘴角嘲讽味儿更浓了，似乎根本就不想与我讨论这个事儿。我最看不惯他这嘴脸："有啥屁就放，别憋着！

你不就是嫌我天真幼稚吗？"

"知道还说……稗官野史，哄哄小孩子高兴便也罢了，你还真信？"

我受了羞辱似的走到他面前，把他支着的钓竿扯起，整个人蹲在他面前："真与假的事咱不争论，但人家姜子牙直钩悬钓，钓钩离水面三尺多，你能说人家钓是为了鱼？"

"当然为了鱼，不为鱼，他拖着将朽之身坐在河边干什么？说你幼稚还不信，你仔细想一想他摆出的这种姿态难道不是为了'鱼'？他钓的不是水，也不是水中鱼，他分明钓的人，钓的是人中龙！"

如雷鸣电闪，我一下子怔在那里，无话可说。

"算你高明，那个'斜风细雨不须归'的张志和呢，你总得听说过吧？"

老友想了一会，看了眼一动不动的浮子，扔下一句："我不确定，但很可能钓的是不平，要么是满肚子的郁愤，要么是想让山水麻醉自己，这样的段子多到海了，不稀奇。"

我不得不承认这家伙的深刻，刻薄而深邃，不给人丝毫情面，确实是满肚子不合时宜。

"那柳宗元呢？那个写《江雪》的柳宗元呢？"

"你说的是'千山鸟飞绝'吧？"

"当然。"我不自觉吟出那首诗，"千山鸟飞绝，万径人踪灭。孤舟蓑笠翁，独钓寒江雪。"

"你说这柳宗元钓的又是什么，你总不该说他钓的是雪吧？"我不由得沉醉在柳宗元所描绘的画面里，正如老友嘲笑的那样——躯壳在这里，灵魂却早不知道飞到哪里。

"一想是很美，也不怪无数的画家总会以此诗入题。"老友啧啧点头，"可他在钓什么呢，难道不是鱼？"

"写这诗时，他过得怎么样？"

我拿出手机，迅速搜索资料，然后大师般淡然回答："他此时是以戴罪之身被贬永州，蛮荒之地，挂着有名无实之闲官，脸上虽没刺金字，心里却镣铐枷锁缠绕，属于'问题官员'吧。"

"够冷，够空，够寂寞，你不觉得读这诗一股寒气扑面而来吗，伙计？"老友嘴里喃喃自语，"想想那画面多冷多幽多孤独吧，天地之间似乎唯有他那一只小舟，只有披着蓑戴着笠的老头子蹲在船头，在纷纷扬扬的大雪中钓鱼。哦，我怎么突然觉得这极寒极寒的文字后面全是火，分明是诗人愤怒的宣告，简直是恶毒的对抗啊！"

我用搜索而来的文字攻击老友："明明是表现清高孤傲的内心，你却说人家是恶毒的对抗，难怪你钓不到一条鱼！"

老友抛过一束凉凉的白眼："别说人家，也别说我，你不也是在钓鱼吗？和我相比，你更蹩脚。哈哈！"

他扭过头，再也不理会我，任凭我的目光如浸了毒液的利刃在他背后划来划去。

三

我也在钓鱼？老友魔咒似的讥刺魇住了我。

是啊，我怎么就没想到呢，我们每个人的每一天，何尝不是在钓鱼？

虽然使用的钓竿不同，下的饵料不同，垂钓的方法也不尽相同，可哪一个人不是在钓着自己想要的"鱼"？

风雨中奔跑是一种垂钓，侯门里穿梭是一种垂钓，坐拥书城何尝不也是一种垂钓？

于我而言，沉醉在无用的文字里呆想，虽然自嘲为一种颓废，可内心，何尝不也在想着自己想要的东西？

悚然而惧，我不由把目光又一次钉在老友身上。

老友惬意地把身子摊开在马扎的靠背里，淡淡的烟圈，袅袅地升腾在戈壁滩一样荒芜的脑袋上，散开，消失……

每日闲下来的时候，老友总是围着自己的钓竿和网笼打转转，总是想着法子调弄着饵料，或者抚着钓竿对着阳光发呆，偶尔把钓竿在空中甩一个花儿——我难道不是和老友做着一样的事情吗？我不也是大把大把的时光泡在了自己的"钓竿"和"网笼"里，不也是绞尽脑汁地调弄着自己的"饵料"吗？那打开的书本，那空中飞舞着的思绪，那对着阳光或墙壁发呆的暗影以及在纸上胡乱涂抹的文字，不正是我的钓竿我的网笼我的饵料吗？

当我对着打开的书卷，今也罢，古也罢，东也罢，西也罢，各色各样的文字便是池塘，是小溪，是江海汪洋，临水而坐的我，不也是静静地甩下了自己的钓竿，等待水中的尤物咬钩吗？

此时，文字是江海，眼睛是钓竿，那静静流逝的时光不就是我下的饵料吗？

在沉醉于别人的文字里，往往一待就是大半个日子。我又钓到了什么？目光亲吻文字的激情？灵魂邂逅灵魂的兴奋？如沐春风醍醐灌顶的震撼和幸福？

似乎是，又似乎不全是。

那当我摊开稿纸或者敲击键盘试图把内心吐露给文字时，分明是化笔墨为竿，灵魂为钩，而那苦苦的等待就是唯一的饵料了。

在我的等待中，水面的浮子是否也如老友今天的浮子那样淡定，我不敢确定；是否懊悔过怨恨过甚至决绝地远离，我也不敢确定。可10年过去了，20年过去了，30年眼看又要过去了，我不是依然一天天一年年地看着浮子等着鱼儿咬钩吗？

我不确定自己是否钓到了"鱼"，至少到目前为止我没钓到心目中想要的那条鱼。看着别人不停拉起的钓钩，看到别人钓钩上不停摇摆的大大小小的鱼，我肯定一次次地眼馋过、嫉妒过，怨恨过自己的愚钝，咒骂过上天的不公。于我而言，自己清楚地知道自己固然喜欢钓，但也更想早日钓到属于自己的那条鱼！我确确实实沉醉在钓鱼里，像眼前的老友那样，虽然大半天一无所获，却依然呆呆地坐在那里，守着水面，虽然外表看不出失落和怅惘，但内心却总会涌起这样那样的情绪，我承认，自己只是个庸常的钓者，一无所获却依然一路欢歌的洒脱的层次，自己终其一生也许无法企及。

读着先贤圣哲的文字，读着与我一样寂寂无闻然而不乏赤诚的草根作者的文字时，时常会有零乱的想法撕破暗夜般闪过我的脑海，击中我的灵魂。此时我就会激动地翻身坐起，拧开灯，拿起笔——全不顾时针指向了半夜还是凌晨，此时的我俨然以笔为钓竿，以纸页为汪洋，以那倏然而来却极可能也倏然而逝的"灵感"为饵料，垂钓梦中渴求的文字之"鱼"。

"秦皇汉武"姑且不论，姜尚管仲咱也休提，单就说历代以笔墨为钓竿的"文人骚客"吧，司马迁忍常人难忍之辱钓出了《史记》，"诗成泣鬼神"的李太白钓出了大唐文学的大半个江山，品尽人生甘苦冷暖的曹雪芹更是钓出了不朽名作《红楼梦》，他们都是高山云巅般的存在，自己无力抵达，可扪心自问难道真的不希望穷一生之力写出的只言片语最终能慰藉自己的灵魂？"闻达于诸侯"不敢奢望，"救济苍生"的宏愿也无从提起，但渴望留在纸上的文字至少带有自己不变的体温和心跳，一撇一捺透着灵魂对世界的感受和凝思，我不奢望我写出的文字是刀枪是闪电是苦药抑或针刺，但绝不能是垃圾——这也许是我内心赤裸裸的真实。

四

"如果你只盯着鱼，钓便是苦，而不是趣！"老友冷不丁地甩过来一句。

"好大一只马蜂！"我反唇相讥。

老友扭过头来，煞有介事："你想想，假如真只为了鱼，早晨起来逛一圈市场，什么样的鱼买不回来，何必受这风吹日晒的夹板气？"

确实！

坐上大半天，等上大半天，极可能空手而归，即使钓上三两条火柴棒一样的鱼牙子，也绝不是心中想要的样子。如果只是为了鱼，傻傻地等待和坚守肯定不是最便捷的方法！

往更远的地方说,即使你投入了全部的精力和热情,你钓到的是否就一定是别人眼中的那条鱼?

我一时惶惑,继而震惊,不由得对老友另眼相看了。

我立刻想到了荷兰画家凡·高。

凡·高短暂的一生中共画了900多幅画,作为画家,这900多幅画就是凡·高钓钩上不停欢跳着的大大小小的鱼儿,他也算收获颇丰的钓鱼高手了吧,更何况这900多幅画几乎每一幅都成为传世之作,其中《雏菊与罂粟花》以含佣金6180万美金(合人民币3.77亿元)的价格拍出,并为亚洲私人藏家所收藏,更有热心人精心计算出3.77亿元换成一百元面额的人民币将重达4.33吨。

如果你只关注这些数据,那么你一定认为凡·高是位成功的钓者吧,可如果你看过凡·高的传记,了解凡·高的生平遭遇,所有的光鲜可能一下子被雾霾遮住,你的内心翻涌的全是苦涩和悲凉。

电影《至爱凡·高》里有一句话,"你关心他是怎么死的,可你曾关心过他怎么活吗?"你关心凡·高那些名作的金钱价值,可你知道凡·高活着的时候他孤独寂寞而又挣扎的内心吗?

他贫穷,他曾想着用自己的画笔来改变生活,可在凡·高活着的日子里,他只出售过一幅画,就连最亲近的兄弟也直言他的画没有市场,可怜的凡·高也只能依靠兄弟提奥的救济惨淡地生活。

他没有朋友,在爱情上也屡遭沉重的打击,而他孤僻偏执和神经质的性格让他完全与现实生活隔离开来,他除了不停地画,除了用画来填补内心的痛苦,他什么也不能做。

那900多幅画并没给活着的凡·高带来任何具体的好处——粉丝、

友谊、爱情、财富、地位和荣誉。在别人眼里,凡·高就是一个不正常的"疯子",一个让"低到尘埃里"讨生活的乞丐都心生轻蔑的可怜虫!

没有人知道他的天才,他的画作有时候甚至连块霉面包都换不来,你说这凡·高每天不停地画还有什么意义?那些动辄拍出两三亿天价的"向日葵"对于一个干枯的名字又有什么意义?那举世的膜拜和赞美除了给后世的商人们创造财富外,凡·高得到了什么?

从这角度讲,凡·高是彻头彻尾的失败者,也许他是想用那些画作来钓他内心的惶恐疑惑无助和悲哀,可在大多数眼里,他钓到的只是嘲笑和讽刺。

还有那部已经养活注定还将继续养活无数专家的《红楼梦》,还有那些早已消失在人类长河里的明亮或者灰暗的肉体,虽然他们的价值会在不同的时代像女性的时装一样"红极一时",可对那些逝去了的生命来说,除了名字被人一次次开发之外,他们同样也没钓到什么!

我突然理解时下人们信奉的"出名趁早",理解人们对文字舍本逐末的敬畏和炒作,理解了一批批聪明者为了"出位"而不惜一切的勇气和魄力;我突然理解了无数草根文友所遭遇的白眼和嘲弄:"你天天傻子一样写啊写有什么意思,能变成银子和名声吗?"

老友依然静静地坐在那里,目光盯着一动不动的浮子——我终于明白了能够和老友天天混在一起的原因,即使真的钓不到什么鱼,可这份期待也是支撑日子的最温暖的力量。

"如果你只盯着鱼,钓便是苦,而不是趣!"我的耳畔又一次惊雷般地响起老友的感慨,我又一次把身子完全铺开在草绒铺就的塘沿上，衔起一根黄枯的草茎，把目光投向塘水一般的天空……

❗ 王新雷

　　高级讲师，常用网名"唐风汉韵""唐长老""唐僧没有肉"。业余弄笔小说、散文及诗歌自娱，热心传统国学尤其唐宋诗词的传播和个性化解读，有长篇小说《第99次回眸》出版，电子书《七个字读懂李白》在亚马逊书城上线。

❤ 本文荣获本届大赛三等奖，作者壹点号：唐长老

生命的圆环

◆ 韦庆龙

看海

我看到一个满脸疲惫、步态疲沓的男人,从一栋昏暗的楼房里走出,穿过拥挤的十字路口,朝着马路对面的海滩走去。见到大海,男人不由自主地昂首挺胸起来,迎面吹来的海风将凝结在他脸上的愁容吹散。男人索性脱掉鞋袜,尽情感受着被海水冲刷得紧实的沙滩。

海边人来人往,热闹喧嚣。拍照的游人、并肩缓走的情侣、肆意玩着沙滩排球的青年,海水裹着细沙,粘在他们的腿上,在阳光里闪着光芒。男人伫立海边,敞开怀抱,迎接着一波波的海浪由远及近,向他涌来。海水搅动着他的裤腿,在深蓝色的水面下,像一团扭动的海藻。男人弯下腰,掬起一捧海滩的沙子,水晶一般剔透的沙子下,隐匿着几只残碎的贝壳,男人好奇地拨弄着它们,细细地数起岁月在它们身上刻下的纹路。

在那一刻,时光无声无息地停止了,世界不再沿着时间纵向前行。

男人清晰地看见大海在他面前呈现出一个巨大的剖面，就像掌心的贝壳一样，布满了密集的轮廓。在密集的年轮里，他看见了自己，看到了记忆深处那些山川、草木、田地和天空的云朵，它们就像摇篮一样，又一次与他紧紧相拥。

踩着父亲在田间地头那两行洒满汗水的脚印，男孩跑到不远处向阳的坡上，那里长着一棵笔直壮实的大橡树。橡树下，男孩头枕青草，透过爬满沧桑的枝丫，阳光温暖地洒在他的脸上。他嗅着青嫩的草香，耳畔传来啄木鸟敲击树干的声音，那声音犹如老摆钟，把时间一下子渲染开来。男孩俨然看到树上已经长满了黄亮亮的橡果。他骑在父亲的肩膀上，高举右手摘着树梢那些圆鼓鼓的橡果，父亲额头的皱纹在他的左手掌心绽放。

当橡果做成的哨子吹响，铺天盖地的秋天来了。母亲给男孩装好了满满一行李箱的美食——炸得酥香的咸菜丝、金灿灿的花生米、香喷喷的煎饼，甚至还有缀着晨露的青菜。青菜是母亲早上刚刚为男孩采摘的，男孩捡拾起青菜上正在慢慢行走的蜗牛，嫩绿的叶子边缘留下了它们啃食过的优美线条。

男孩奔向城市，求学、工作、结婚，循着大部分人前行的轨迹。在奔跑的路上，他看着天边慢慢晕开的晚霞，寒风袭来，把男孩吹成了低头垂目的男人。男人伸出手，伸向那抹夕阳，看着落叶凌乱地飞舞，看滴露渐已成霜，昔日徘徊于云间的雁，早已一字排开，开始准备向南的归程。

男人也终于回到了那个给他整个童年结满黄亮亮的橡果的地方，只是老橡树早已被砍伐，山坡之地也被一条笔直的高速路横穿而过。

树桩在马路不远处矗立着，上边一圈又一圈的年轮，仿佛记录着它和当年树下乘凉的男孩分别的日子，那日子里诉说着一个又一个美丽的故事，橡果哨子吹过、啄木鸟啄过、小蜗牛爬过，它们是一个个鲜活的生命，背着壳、裹着核，风吹雨打，历经四季，从青涩到暮年，在一次次与风霜的搏击里，男人在漫长的岁月中得以升华。

抚摸着眼前这细小的贝壳，这一刻，男人看到了贝壳抵抗海水冲击的倔强，这个过程里有懵懂、倦怠、毁灭与希望，也有他与这个世界的脉脉沟通与种种协调。海啸壳鸣，天高海阔，男人抬头看向那一朵朵卷起的浪花，浪花拍打着岸边，溅起一簇簇微凉，落在他掌心细碎的纹路上。纹路之上，我噙着泪水，满目光明，分明看到从前的自己与现在的自己之间，跨越时空的邂逅。

驶向彼岸

清晨，男人慢慢走在海边，一团又一团的薄雾吹来，在他的睫毛上结成绵密的水珠。这个时候的海边，鲜有人群。男人微小的身影，在雾气的浸染下，仿佛被上帝遗弃在了时间之外。男人坚信，自己与海水有着复杂的牵绊。多年来，他兜兜转转，始终徘徊在海边，试图将灵魂慢慢滋养壮大。

渐渐地，海边变得疯狂又混乱，越来越浓烈的汽笛声、喧嚣声、追逐声，混合着汽油与香水的味道，让空气显得光怪陆离，男人的视线开始模糊起来。他急忙躲避着一张张耐人寻味的脸，不知所措的腿，踉踉跄跄。明晃晃的沙滩上，早已干涸的海藻让他惶恐，没有什么比脱水而亡更加残暴的酷刑了。海藻析出的盐在炽热的阳光里闪烁，像男人的灵魂一点点往外蒸腾。

男人再也忍受不了逐渐滚烫的沙子，他故作轻松地踮起脚尖，竭尽浑身的力量将肌肉紧绷。终于，海边的城市，像一艘灰蒙蒙的巨轮，在泛着白沫的海面上，离他越来越远。海的彼岸是什么样子呢，一样充满躁动的欲望？还是荒无人烟的寂静？男人并不清楚。

这一刻，对于拼尽全力脱网的鱼而言，所有的探索都是对生命的救赎，即便那是又一场流亡。这样的决绝，充满恐惧，也充满诱惑。男人义无反顾地驶向深邃。理所当然的，暴风雨如约而至。闪电像一把把利刃劈开天空，投掷在摇摇晃晃的海面上，一波又一波浑浊的雨，携裹着彻骨的冷，涌进船内。荡起的浪花混合着咬碎牙齿的血腥味，刺激着味蕾。男人的喘息愈发湍急，他双手紧握船桨，像一只风暴中迷途的鸟，扑打着翅膀。

这是一场有关生与死的选择——要么沉沉地睡去，要么彻底摆脱长久的枷锁。可男人太累了，或许只有睡眠，才是他抵抗黑暗的唯一途径。在这孤独的航程中，海水卷起了一个个魅惑的漩涡，凶险得像是施了魔，那些彼岸的未知，夹杂着无尽的疲惫，让男人在旋转中逐渐迷离。恍惚中，一只低垂盘旋的海鸟落在了船头。在这个挥着狂风暴雨的海面上，它扇动着两只洁白的翅膀，像天使一样，翩翩而至。那身姿让男人忽地想起远方的岸上，那个清晨里的自己，弥散出的恒久的悲伤。

彷徨、惊喜、惧怕、奋不顾身……他们眼睛看着眼睛，灵魂伴着灵魂，在无边无际的虚无的海中，碰撞出碎碎的火星，燃烧成照亮彼此的渔火。一场声嘶力竭之后，男人静静地倚靠在小船上，像一只刚刚蜕壳的螃蟹。

慢慢地，渔火熔化了黑暗，化为一抹潮红撒在了海上。清晨混着血与泪灿烂地盛开了，日光、云朵、鸟群也灿烂地盛开了。在那盛开的海天交接处，一片俊秀挺拔的椰树高耸入天，它们摇曳着碧玉般的树冠，像把大蒲扇一样，搅动着天上的彩霞，在彩霞的最深处泊着红彤彤的太阳，好似记忆深处那氤氲着温暖的大红灯笼，默默地等候远方的男人。

生命的海

百川赴海，汇集成海的庞大。海水蒸腾，变成雾、变成云、又变成雨，雨水落下，化成溪河。这是宿命，是轮转，是星辰运行的永不停息的环。男人看不见这环的起点，但他笃定它的存在。

男人在起伏的浪涛中缓缓前行，绽放开身体的每一寸肌肤去聆听海的故事，像海上翻涌的一粒沙，可他却无法完全听懂它的言语——海的神秘，用心幻想都难以理解。

男人的脚踩到一株珊瑚，他的生命顿时裂开：是那棵溢满一圈又一圈年轮的橡树桩吗？是钻井平台的钢架上密密麻麻的贻贝吗？还是海边的栏杆、市井和稠密的俗世？也许是天空飞过的那一群鸟吧，它们挥动着翅膀，犹如天边卷起的朵朵浪花。这浪花徐徐荡漾，撑开了男人生命的画布，有闪耀与暗淡，有富足与穷苦，有浮与沉的反反复复。

男人把头埋进泛着猩红的海水，那清亮而深邃的镜面下，五彩斑斓的珊瑚一层又一层地叠加在大片颓萎的灰色礁石上。死去的礁石托起新生的珊瑚，新旧纷呈的生命共同聚合成了这一瑰丽宽宏的幻境。四季交替，风云变化，男人也在画着白色横条纹的大路上一路奔来，就像鱼儿沿着固定的轨迹迁徙——任何东西都不能游离于法则之外。

男人的身体慢慢被海水浸没，他的呼吸和脉搏随着海水起伏，融进了海。男人相信海是包容万事万物的神祇，是一切秩序的掌控者，它的每一个漩涡、每一朵浪花、每一座冰山，都是有生命的。在它们周而复始的幻化中，聚集着越来越多的智慧，这些智慧，在不知不觉间，让海变得无比强大——它可以无坚不摧，顷刻间把船只和虚伪撕得粉碎；它也可以温柔到极致，只需要一滴水，就足以填满男人无垠的荒凉。

男人的粗鄙，在海上展露得一览无余。海以无限辽阔的身躯容纳着他的得失，在海浪的抚慰里，他心底的污垢得到彻底剥离，他窒闷的心胸得到无限扩展，他卑微的苦痛得到恒久平复。他掀起了他生命的潮汐，他成了他生命的海。

海浪奔腾，淘洗着五颜六色的沙子，将一片片破碎的贝壳送上岸。此刻，男人的羽翼、绿洲、方向，在无尽的时空里重现。他看到了那生命之环的起点，洞悉了有限和无限的真谛，也终于听懂了海的耳语——生命本是流动的，潮起潮落，聚散兴衰，只要灵魂不丢，就不会在生命的海里失重。

❗ 韦庆龙

85后,山东人。中国诗歌学会会员,山东省散文学会会员,《诗星光》现代诗编辑。出版散文集《云散开的声音》。文章散见于《诗刊》《中国诗人》《奔流》《中华文学》等纸媒。

❤ 本文荣获本届大赛三等奖,作者壹点号:韦庆龙的诗

灵魂和海相遇

● 王梦灵

旅途

一个人陷进旅途的夜色，包括他的海、城区和港湾，都在自身的光亮里为世界所探照。在这里，梦想和自由成为具体的事物，并且吸入天涯的远方之美，那里有另一个被海喂养的我，灵魂泛出淡淡咸腥。

我的旅途在南方的阳光和水流下，和无数发光的人们汇入海洋。在那里鱼汛缓慢开放，春天缓慢开放，深藏于光明的铁器缓慢开放，光明落入寂静，叶落于水中，燕子年青的身体低回于苍茫的大地，建筑和港湾以海命名，信仰以火焰融入生命，我看见远方来临，它是一束闪电，一束明日的花，开放在我的记忆里。

海风

这些年我行走海岸吹拂海风，渐渐爱上满目苍茫、耳鬓寒霜，热爱落在身上的微小砂粒。或许我就是一粒砂,看人世消磨,相伴两岸风景落进夜色茫然不知。

我的生命包括了柳、榆和黄杨,忧郁的悬铃木,长途车站,重型车辆,异乡人和本地居民混杂而居。海水抚慰着它们,并给予它们梦幻的表情。

仿佛一场旧年的积雪,苏醒在依偎的树木间,动作轻柔得如婴儿,而深藏于闪光灯的肢体还未出生,就看遍了两岸风景。

繁花似锦,人世如镜,承接渐变的流水,海风含着点点灯火,吹过我逝去的亲人,吹过渐老去的我,吹过迟钝的心,吹过我深爱的、柔软的人间。

孤独者

孤独是那么神秘,它是无形的海,以其强大的力量吸引着我们,当人类漫步在潮起潮落的海岸,看到浪花拍打岩石之时,孤独就进入了另一个世界。

灵魂是孤独的,它需要一个伴侣来陪伴。而海则是一个温暖的场所,人在它温柔的怀抱中暂时忘却一切而得到抚慰。

灵魂和海相遇,心灵获得远离、洗礼和救赎,那些困惑我们的世事变得微不足道,人类不再那么害怕面对未知的领域,不再害怕孤独。

但这也让我们的旅途变得更加艰难,我们会遇到各种困难艰辛,但灵魂和海洋相遇在生命中,我知道,它们会和我会彼此陪伴、永不离弃。

我不断尝试新的事物,不断发现新的风景,成长的过程中,我懂得了生命的意义,在无数个瞬间,灵魂和海相遇的一刻,注定成为孤独中的美,美中的永恒。

海螺之心

一颗海螺之心注视着大海,包容了浩渺无垠的浪漫,它默默流淌着独特的感受,是内心深处的存在,守护我不可名状的情感。

每当我沉浸于思绪之海,它倾听我的心跳;每当晨曦拂过海面,柔和的光芒穿透浮游生物的群舞,海螺之心清晰地回响着古老的歌谣,流淌着海的凄美与苍凉。

夜幕降临,海螺之心曾经依偎在云翳下的夜空,细听闪耀的流星之语,眺望星辰的舞蹈。那些闪耀的灵魂之火融化寂静的黑暗,绽放金色的美丽。海螺之心传递着一种讯息,它如同一个沉默智者的内心:纯净、温暖,与宇宙共鸣。

海螺之心,用深邃的眼眸凝望世界,是象征,是浪漫的诗篇,忧伤的旋律,幸福的微笑,是灵魂深处的哲学,追逐梦想的轨迹。愿你永远守护灯盏并点亮前行的路程,让我成为那个无畏而自由的人,拥抱生命的辽阔和宇宙的神秘。

停留

我到过这些地方:水流平缓的海岸,我的哭声起于松软的沙地;而后静止于小县城街巷日落时的沉静和安详;在上海,迷茫于黄浦江入夜的灯光；也曾随一群人闯进灰暗的民居，在高大的徽州商人的祠堂，惊扰了他们陈旧的睡眠；进彝寨，穿行于西南部的大雪山，沿白水河匆匆行向天路，同彝族小姑娘留影于无名草原……

我不是朝圣者，这些激越的，迷茫于自我的旅行，为日光留下短促的印记，仿佛生命未曾为它消停片刻，却已经慢慢成熟。

留下来，我的灵魂为海滨小镇潮湿的风吹拂，这是暂时的居所。虽然它还不懂消费和爱情，但它存在，并包容于我，在尘世微微动荡变化着，这让我曾经惊喜，却不属于我的另一颗心。

贝壳

茫茫大海之畔，一只贝壳有一颗孤独的心灵，在广袤无垠的海洋中，闪烁梦幻般的光芒。

它躺卧在沙滩上被浪花轻轻拥抱，沉默地倾听大海的声音，它的壳是寂寞的牢笼，将自己沉浸在无尽的孤独中。壳上复杂的纹理映照出经历的曲折与坚韧，承载着心碎的回忆，却也是成长的证明，每一道裂缝都是奋力前行的记号，散发自我救赎的勇气。

它曾经是大海的一部分，游弋在碧波之中与鱼儿共舞。然而命运的波涛将它抛上岸，离开大海的怀抱，被困在了这个陌生的世界。贝壳思念着远方的大海，渴望再次融入那无垠的蓝色，与风浪相伴。它的内心充满了渴望，渴望重新找到属于自己的家，追寻失落的记忆。

贝壳是寂寞的存在，是一座孤独的城堡，守护着内心深处的秘密，守望着远方的希望；是一颗迷失的灵魂，在孤独中寻找着自己，在无尽的等待中期盼着救赎。

愿贝壳重归大海与自由相拥，再不被囚禁。

愿我的心能够找到自己的家与浩渺的海洋相依偎，开启新的旅程。

听海

波涛汹涌，寻觅着一片广袤的归宿。

我是一名静谧的倾听者，海的漩涡将我卷入，淹没在生命的汹涌中，这是一场沉重而深刻的相遇，沉默的力量抚平内心的波动，存在的孤独和壮美。

我聆听，我领悟，海的声音在我内心回荡，灵魂沉浸在海的深处仿佛被卷入生命的洪流，感受到自由的力量，聆听着无尽的浩渺，但又被它的广阔击溃。

灵魂在海的边界交汇，思绪舞动，漩涡纷扰，如同海的浩渺深度，浸透岁月的沧桑和忧伤。我站在岸边凝视无垠的大海，它仿佛是另一个世界的镜像。海风拂过我憔悴的面庞，那远古的声音里有辽阔的沉迷，它让时间的长河流淌得更为缓慢、粘稠……

我站立在岸边凝视海的深渊，与永恒的力量对峙，亦与自己对话。在这无休止的起伏里，我是微小的弦音，将自己悸动的心映照在碧波之中。

故道

大海和落日，孤独和热爱。被锻炼的时间透出瓷器之美，它汲取人类凋零的身体，天空的明亮水流，大地永不褪色的技艺。

从波斯，玛曲，楼兰古城，阿拉山口，长安万户……命运和苍天之下的人类交换，直至心中一轮明月渐渐安静。

而今，村庄和城市仍然生生不息。那些光洁和坚硬的水流，滋养了汉人、匈奴人、鲜卑人、羌氐人的灵魂。敲击它，它是钟吕，飞鸟，断弦，离歌……闪耀着卑微和艰辛的尘土之心，在周而复始中留下片刻的宁静。

我漫步岸边，它的血液灿烂了苍天下的人类，这也是时间的心脏，飞渡沧海两岸。那些故去的黄金在混沌的时间和天象里诞生，沉迷于工匠涌出的一阵茫然战栗。

夜遇

当黑暗抚摸着工厂、街道、塔吊和港口，这些伟大灵魂的残片吹起铜号，而它的孩子们回答以睡眠。海在夜里真实地存在，发出不为人知的声响，它的鳞甲黝黑、迷人。缓慢穿过城市中央，携带人类的幻想，低低叙述着它的爱情。在遥远的村庄，人们击石取火，强壮有力的猎手和淘金者满载而归，接着大地升起了炊烟……

海在夜里呈现出多种颜色，多种语言，我通常在它的怀抱中触摸那些消失的事物，这是我存在的秘密，是我和海要共同恪守的秘密。

白昼，我们用昆虫的触角探测天气，而黑夜，海让我重新触摸到它新鲜的精神和身体。

我是站在阳台上看海的人，请给我语言，给我风暴；给我多刺的玫瑰，给予我欲望的光芒，给我一身灿烂的血液，而海赋予我各种形态的分身。我知道，世界上还有很多和我一样的人，是我看见或者看不见的海，各自闪烁。

海鸥

我站在海边听着海鸥的鸣叫，它的声音如天籁，有一种宁静和舒适。它们在天空中翱翔，目光里是深邃的蓝色，充满了对自由的渴望。

天空是它们心中最宝贵的东西。在它们的一生中，它们常常面临各种困难和挑战，但是它们从未放弃过自己的梦想。它们在追求自由的道路上，始终没有放弃过。

海鸥明亮的眼睛仿佛能看穿世间的黑暗，对周围的一切都保持着警醒，它那温暖的羽翼，为风雨的海面带来一丝生命的温暖。它们知道，只有在自由的环境中才能真正感受大海的宽广和深邃。

我被海鸥深深地打动了，被它们所具有的自由和对生活的热情所感染。我愿意成为海鸥的一员，用我的生命和爱去践行自由和幸福，去追逐它们心中的理想和幸福！

海鸥，飘荡在蓝天的翅膀，在寒冷的冬天也像一只渴望飞翔的羽毛，将天涯视为自己的归宿，为这个世界带来更多的光芒和温暖。

夜航

夜航，是一场无形的冒险。我坐在甲板上眺望星空点缀的天幕，夜空中的星星闪烁着，它们仿佛受到了某种指引，星空下可以看到大海闪耀着璀璨的星芒，仿佛整个世界都被照亮。

夜航船在黑夜里如朦胧的灯火，诉说着神秘的故事。海风拂过，船身在水面上缓缓行进，泛起海浪的拍打声，仿佛有什么东西在追逐，又仿佛星空下有人在静静弹奏一曲神秘的乐曲。甲板上的我被这种宁静的氛围所感染，仿佛置身于一个充满神秘色彩的梦境中，感受到航行的美妙和宁静。

海上夜航是与内心的对话。在寂静中内心的声音被唤醒，思绪飘荡，回忆涌动，抚摸过去和未来的边界。这是一个与自己相处的时刻，无需言语，只需感受。

"夜航"，一个充满神秘感的词语，一种奇妙的体验。船在夜色中航行，如同置身于一个神秘的世界。船，在夜航中，带着神秘的魅力，指引着我们走向未知的未来。

当黎明的曙光冉冉升起那一刻到达终点，心中的自由与勇气将伴随着海上夜航的美丽，永远留存于记忆的彼岸。

海港

每个深夜里，无数只工蜂飞向你明亮的花房，在大海，港湾，塔吊间闪烁星辉。

那是你在伟大的海面舒展朴实的心脏,你的脉动,带着风声、雨声,收留了寂静的山岭,葱翠的树木。尝遍人间烟火,让海边的人怀抱歌唱的激情,把身体和灵魂相继打开。这是你给予我的想象:南海,山峦,渡口,航线……

一粒粒星辰之光割开我卑微的言辞,感悟你日新月异的秘密。

和平,宁静。孩子们轻声低语——城市,海港,万顷柔光里鸟语花香。

抚摸你厚重的年轮,我沉浮在海边的故乡,声声汽笛长鸣,点点船影穿梭。来往的航船打破了你的宁静,黑夜的灯火延续着你的足迹——沉静,深邃,睿智,博大。祖国怀抱中的海港走进时光深处;或在风口浪尖上弄潮而舞,或在平静的大海中静静回味。

沿着你的足迹,在月光深处,在浩瀚的海洋,梦境交织一片蔚蓝,这是你的微曦之光,呼吸天涯的远方之美,其中有一个被光浸透的我,被大海之水喂养,萌发出行动力的淡淡咸腥。

风雨之夜

狂风呼啸,大浪滔滔,只有无尽的黑暗、滚滚海浪和惊心动魄的雷声相伴。

站在甲板上,看着风暴中汹涌澎湃的海浪,感受到一种强烈的生命力。强大的自然力量给人带来震撼和敬畏,同时也让人感受到自己的渺小。

海浪越来越高,仿佛要将船压入深海。大雨如瓢泼,那些熟悉的画面变成了一种狼狈和无助。在这个世界,风雨之夜带给人们的不仅仅是视觉、听觉的冲击，更是那份震撼灵魂的体验。敬畏与不安踱步在人的心头。这一刻，人的内心会对自然力量产生无限的想象和畏惧。

这一刻，想起了乘船穿越海峡的经历，不过那时候却是风和日丽，阳光溢满船面。海风拂面，船轻轻摇晃的感觉让人十分愉悦。而只有当夜晚来临，狂风怒吼，暴雨倾盆，才会让人真正地感受到关于生命在自然中的渺小和无奈。

海上风雨之夜，如同一场意象交织的永恒梦境。我们的心灵变得更加柔软，也能变得更加坚韧；但无论是恐惧、敬畏还是震撼，都是那些难以形容的力量在沸腾！

鱼群

没有感情，没有记忆，更没有思想，只有自由自在地游弋。

在碧蓝的海面上如同孤寂的灵魂，随着时光流逝，鱼的生命也在慢慢褪色。

它们就像一条条黑色的长河流过，仿佛在诉说着一些沉重的历史和感情，那些逝去的岁月，那些不可磨灭的伤痕，那些在心中留下的伤痛，都让我感到深深的孤独和失落。

我知道，鱼的一生并非一帆风顺，它们都曾经受过伤害，遇到各种各样的困难和挫折，不可能一直游下去；但也是幸运的，它们的生命充满了未知的挑战和机遇、经历各种磨难，它们渴望成为大海一部分，融入其中找到自我与归宿，但却始终是个孤单的旅人和过客，生命融化在永恒而空旷的海水里。

我很喜欢鱼，因为它是一种让人感受到生命的奇妙和希望的动物。虽然我无法感知它们的情感和灵魂，但却向往它们在水中的快乐和灵动。

愿伤感的鱼群最终找到一片宁静，在苦涩的海洋中亦能品味爱的滋养。愿它们化身成时光琴弦，弹奏出忧伤又动人的旋律。

灯塔

灯塔像一位勇敢的战士，在黑夜中勇敢地坚守。灯塔是那片海的守护者，它见证了海浪的涌动，见证了海潮的汹涌，也见证了人类的心灵。每当我仰望灯塔，心中的思绪总是让我无法自拔，仿佛整个世界都被我的目光覆盖，只有自己站在灯塔之上，静静地感受那一份静谧和神秘。

在灯塔上，我看见了一位老人望着遥远的地方，眼神中充满了深情。他向我微笑，我听到了老人的声音，仿佛看到了一种神秘的力量在传递。

我知道，灯塔不仅仅是为了我们而存在。在灯塔的背后，是无尽的信仰，是对生命的热爱和对宇宙的热爱，于是，我开始更加努力地去寻找那只灯塔，让它成为我心中的灯塔，让我在茫茫人海中寻找到属于自己的方向。

夜幕降临，灯塔用闪亮的光芒，照亮我们孤独的身影。每当我想逃离黑暗时，我就会想起灯塔，它就像无数探索者的灵魂，让我不再孤独。

海浪

海浪如同大海的呼吸,一次次起伏,声声呼唤着人们去感受它的魔力。

我站在海岸边,看着浩瀚的海洋,心里不禁对大自然的力量感到敬畏。那些奔涌的水流从无穷无尽的深海里涌出来,像骏马一样向前奔驰,带着无尽的力量,发出咆哮般的声响,将大海的深度和广度展现给世界,仿佛在谱写着自己的生命之歌。

大海美丽而神秘,它们总是在不断地变化,有时候它们平静如镜,有时候又狂烈如火。它们可以带来欢乐和舒适,也可以带来毁灭和痛苦。

海浪也不是孤独的存在,与它们共生的是无数的海洋生物。一些小小的动物趁着海浪的涌动,飞快地游泳前行;大型鲸鱼则沉浸在海浪的涛声中,享受无尽的自由。这些动物们与海浪之间,形成了一种神秘而又和谐的共生关系。

海浪永远是人类的美丽之梦。当我在海边停留,环顾四周,可以享受这世界上最壮观的景象,惊叹它的美妙和神秘之处。让我记住美丽的海浪,记住它们所呈现的画面,它们永远不会消失,只会更加永恒。

守岛人

岛屿,像一颗孤立的珍珠,散发着独特的光辉,它静静地漂浮在大海之上。有人说,岛是大海的孩子,而守岛人则是孩子的保护者。他们默默守护着海中的大地,既是孤独的守护者,又是拥有无限想象和美好的人。他们收获的不仅仅是大海带来的美景，还有一种内心深处的寄托。

守岛人，默默等待着海浪的拍打声，默默地等待着归人；年复一年地守护着这片孤岛，在大自然的洗礼下，他渐渐成长，变得沉稳而坚强。白天，他从岛上挖掘出来的珍宝，是阳光温暖的陪伴；夜晚，他沿着海岸用慢节奏的步伐，在海面下许下自己的愿望。他用平凡的生活，堆积起了这片岛屿深邃的灵魂。

孤岛接受洗礼，接受着海洋的考验，如果你是海鸥，你可以在它的旁边腾跃飞翔，如果你是鱼群，你可以在它的周围嬉戏玩耍。它是守岛人的家，也是所有海洋生物的家。岛上的一草一木，一石一水，都像在活生生地呼吸着，深情地孕育着。它们经历了无数风雨岁月，成为孤岛的重要组成部分。

虽然独自守护着这片孤岛，但守岛人不曾感到孤独。因为有一颗火热的心在他们胸膛内跳动着，有岛上的动植物在他身边悠闲地生长，有大海的宽广在他们内心涟漪一样地扩散。他坚信，守护着自己的家园就像守护着自己的心。

守岛人，用平凡的生活积淀着特殊的精神。他的守护具有至高价值。在大海的环抱下，守岛人逐渐扩展为一个有力而充满温度的群体，他们的生命因此变得更加丰富而有意义。

灵魂和海相遇

像是在探索，寻找遥远的记忆，曾经的梦境清晰浮现眼前。

灵魂和海相遇，遥远的海有深邃的眸子，倒映在灵魂中难以捉摸，像是互相缠绕而又互相伤害的恋人，被风轻轻吹过，又被一片片汹涌的海浪阻隔。飘荡在大海的怀抱里，被海浪轻轻拍打的远处的岛屿，对近处的海面发出呼唤的声音，像极了一颗孤独的灵魂在对夜归人讲述古老的传说。

一只飞翔的鸟，在苍茫大海中飞翔。海，就像一面明亮的镜子，把灵魂照得清清楚楚，灵魂与海相遇时仿佛融为一体，它在海的阳光下沐浴，海在灵魂的阳光里荡漾。

这样的相遇彼此交融，灵魂的光芒照亮了海的黑暗，而海的光明，也照亮了灵魂。

在这交织的时空里，海用静谧与狂暴将我摄入它的怀抱。我感悟到存在的意义和渺小，找到了自己的答案。当我离开，回归尘世，再次迷失于寻找的律动。直到站在海边，让灵魂和海相遇。

我将倾听浩渺的呼唤，在无穷无尽的苍茫里。

❣ 王梦灵

1979年8月生，编剧、导演、副研究员，文学作品千余件发表于《光明日报》《青年文学》《星星》《散文》等报刊，编创《霍家拳之威震山河》《幸福的小满》等多部影视作品在国内外上映，曾获全国戏剧文化奖、江苏文艺大奖、江苏省"五个一工程"奖、鲁藜诗歌奖、万松浦文学奖、金陵文学奖等奖项，出版著作《暮色》《情梦敬亭山》等六部。

❤ 本文荣获本届大赛三等奖，作者壹点号：王梦灵

长在月亮里的小镇

◆ 徐光惠

斜阳西下,藏在了远山峰峦背后,落日的余晖褪去了最后一抹酡红。

暮色四合,夜,像半透明的墨油纸慢慢铺展开来,从浅灰、浅蓝到深蓝,直到染遍整个苍穹。万灵古镇像一个慵懒的少妇,散发着倦态、迷离的光。

万灵古镇,原名路孔古镇,位于重庆荣昌区,依山临水而建。古镇之名,来源于一段民间传说。相传明朝有位叫曾傲的和尚,云游到此,发现这里奇山异水,游鱼戏水,一派祥瑞之象,于是不再云游,要在这风水宝地建座庙继续修行。在岸边高山选址时,他发现了六个洞穴,似与河相通,便往洞穴倒入糠壳一试,不久,糠壳果然从河中冒出。于是这里就被叫作"六孔河",后来又喊作"路孔河",路孔场、路孔镇也都因此得名。

宋、明时期,这里建了一些供行商休息、住宿和堆放货物的店铺,叫水码头,客商往来如织。清嘉庆五年(1800 年),当地绅士及乡民为了防御川东白莲教大起义的战火,将水码头扩建成了更具防御功能的寨堡——大荣寨。同时,万灵古镇也是清朝"湖广填四川"的集散地,享有"移民水乡"的美誉。

斑驳古老的城墙上,那棵千年古榕树历经风雨,依旧枝繁叶茂,默默见证着古镇的历史与变迁。坚固、高耸的日月门至今屹立不倒,守护着一方百姓的平安。

水,让小镇变得更加温婉雅致,有了江南水乡的风韵和味道。蜿蜒的濑溪河环绕古镇静静地流淌,孕育、滋养着勤劳淳朴的万灵儿女,大荣桥像一张弓架在河面上,河水从大荣桥下流过,不急不缓,在白银滩前,水流形成一道银色瀑布,倾泻而下。河岸边树影婆娑,临河而建的民房顶上升起几缕青灰色的炊烟。有农妇沿河道石梯下到河边,在河水中浣洗。河里戏水的麻鸭爬上岸边,甩甩头,拍打着翅膀,大摇大摆往家走。木船上,船夫熟练地摇动船桨,河面上荡开一圈圈涟漪。不远处,寺庙里传出的钟声悠悠回响。

寻一处沿河而建的木屋饭店,踩着吱嘎作响的窄窄的扶梯上到二楼,临窗而坐,店家倒上热腾腾的茶水。来上两碗河水豆花,一盘豌豆凉粉,一大钵地地道道的滑肉汤,红烧一盆刚从濑溪河里打捞上来的"母猪壳",再炒上几个新鲜蔬菜,味道巴适极了。来了万灵古镇,米酒是一定要喝的。一人端一杯,谈天说地开怀畅饮,米酒的醇香在屋子里飘溢,唇齿留香,不知不觉已至微醺。

街边店铺早早掩上了门,透出几丝氤氲的余光,屋檐上挂着的红灯笼亮了起来,像一个个熟透的红柿子,在夜色里散发出朦胧的红光。街上的行人不多,三三两两。朋友们"勾肩搭背"游荡在小镇的青石板路上,摇摇晃晃,说着一些不着边的酒话。

来之前,我特意换掉了高跟鞋,唯恐鞋跟坚硬的敲击声惊扰那些尘封久远的故事。小镇的月夜,没有城市的喧嚣和霓虹,这里每一个角落都沉浸在一片古朴静谧之中,静得只听见我们轻盈的脚步声。

不知何时,月亮悄悄地越过濑溪河边上的丛林,从容地爬上了夜空。习习凉风迎面扑来,夹带着淡淡水汽和花的清香。银色的月光,如流水一般缓缓地倾洒下来,无声无息地弥漫着,柔柔地照亮小镇。霎时,恍若穿越了历史的尘烟,踏入了一幅尘封千年的柔美画卷中。

月光穿透茫茫夜色和狭长的小巷,洒在光滑的青石板上,将地上的影子拉得很长很长。小镇好似披上了一层软软凉凉的轻纱,远远近近的屋檐翘角都看不清细节。一石缸边,突然窜出一只小花猫,警惕地瞄我们几眼,"喵呜、喵呜"两声,打破了小街的宁静,随后迅疾消失在夜色里。

街巷转角处的雕花木窗下,谁家的媳妇抱着孩儿,轻声哼唱着摇篮曲。孩儿在母亲温暖的怀抱中安然入睡,小手却还紧紧抓着母亲的乳房。

月亮更高了,夜空隐隐浮现出几朵淡淡的云彩。披一身月光,穿过日月门,绕过烟雨巷,青石板铺就的街巷曲折、幽深,那白墙黛瓦的建筑,深深的庭院,古朴的木门,曲折的回廊,仿佛都在无声地向人们诉说着曾经的繁华和沧桑。从宋、明时期客商云集的水码头到防御大堡寨,再到如今的美丽宜居古镇,数不清有多少英雄好汉从这条古街经过,数不清有多少战马铁蹄的印迹烙在这青石板路上。

月上中天,月亮倒映于水中,仿佛少女害羞的脸庞,月光清澈、柔美,带着一丝丝凉意,轻抚着脸庞。此时的古镇似乎并没太多睡意,或许是已经沉睡了近千年,也该醒一醒了。明月映照着小桥、流水、民居,河岸的垂柳在月光下随风摇曳,轻歌曼舞。湖水里突然"咕咚"两声,碧波之上漾开来,闪现出无数个月亮。

河面亮晶晶的,闪着光,似散落一地的碎银。溶溶月光流淌,坐在桥上,吹着清凉的夜风,听河水潺潺,如临梦境,眼中、心里,柔柔的,润润的。忽闻一阵清远的笛声远远飘来,婉转悠扬。

我们走,月亮也在走,它悠悠地走过我的头顶,月夜下的小镇比白日里更添了几分朦胧与诗意,愈加婉约、柔美。月光如酒,醉了我的心房,醉了我身旁这个如诗如画的小镇。

走在前人走过的青石板路,沐浴着前人沐过的明月,不禁让人浮想联翩,荡涤尽心灵的阴霾和尘埃。夜色越来越浓,夜空如墨,月亮半眯上眼,为小镇盖上一层薄纱,鱼儿睡了,鸟儿睡了,小镇睡了。躺在木床上,枕着溪水,沐着月光入眠。

万灵古镇,一个长在月亮里的小镇,山水皆入画,韵味悠长。我在它的心里,它也在我的心里。

❗ 徐光惠

重庆市作家协会会员,作品散见《人民日报》《人民周刊》《散文选刊》《散文世界》《工人日报》《杂文报》《新民晚报》《三联生活周刊》《雪莲》《中国电视报》《四川政协报》等报刊,多篇作品入选中考阅读试题和作文阅读训练,出版有散文集《梦回故乡》。

💗 本文荣获本届大赛三等奖,作者壹点号:快乐鱼儿

老四是条狗

● 孟宪兵

真的,老四就是一条狗。

老四并不纯正,有位养狗人士很确定说过它是京巴和斗牛犬的后代,至于它妈是京巴还是斗牛犬就无法确定了。反正它就是一条杂交犬。从相貌还可以看出老四有斗牛犬的基因,巴掌大的圆脸上虽然缺少了皱纹,但是不失应有的丑陋。牙齿明显外呲,一张大嘴广阔得既不和谐又让人有点害怕,以致在它打哈欠的时候都让人浮现出"虎口脱险"的联想。而且它两只硕大的眼睛格外引人注目,所以也为此招来了很高的回头率。两只眼珠就像镶嵌在那儿的一对圆溜溜的玛瑙,晶莹剔透。在它目不转睛地盯着你的时候,你保准会不禁心生怜悯,这杂种就是用这么一副可怜相,让人毫不吝啬地把手中的食物投送给它。老四的体型虽然有京巴的样子,身材却是斗牛犬一般五短健壮,短小精悍的四肢粗大有劲,走起路来"噗噗"有声,伴随着明显的罗圈腿的摆动,晃悠着圆鼓鼓的身躯,充满可爱。它的身体固然有京巴的样子,神情有时也不合时宜地偶尔流露出京巴的温柔,却掩藏不住斗牛的憨态,活脱脱一条"地主家的傻狗子"。

我与老四结缘是在12年前的一个黄昏,冬末还是春初已经记不太清了,确切时间是在路灯还没有点亮的黄昏时候。我一如既往地散步在小区外围的一条小土道上,我基本每天都要来这里走走,因为这地方是城区难得的一块裸露土壤的地方,除了有几棵张牙舞爪的老杨树,就是一些随便堆放的建筑材料。

那天我正走着,突然听到"汪"的一声,声音不算很大,所以我没有害怕,反而感觉惊奇:这地方虽然经常有野猫野狗出现,但是它们天生胆小,发现有人都会迅速逃遁。我循声找去,在一堆大理石板旁边,一只灰褐色的小狗正蜷缩在那儿瑟瑟发抖。是它听到我的脚步声受到了惊吓还是在向我求助?我无从而知。我并不讨厌狗,但也不是爱狗人士。以前在老家的时候,家里先后养过三次狗,但它们后来有怎么样的归宿我都已经记不清了。所以此时,我对于眼前的这条小狗也是抱着一种冷漠的心态。正准备离去时,"汪",又一声短小又充满着无助的叫声直渗进我的心房。我不得不停下脚步,想仔细看看它到底怎么了。

我蹲下身子,看到这个拳头大的小东西首尾相触,缩成一团,一双乌黑瓦亮的眼睛可怜兮兮地望向我,却又怯生生地不敢正视。它对我多少还有些敌意,但是对我伸过去的手却没有反抗,反而很配合地顺从着我的携抱。我看它也就是刚刚满月的样子,起初还在我的手里不停地发抖,在我轻轻地抚摸了几下后,它平静了许多,还不时伸出温暖而又潮湿的小舌头舔舐我的手指,好像在表达谢意。

我肯定它是流浪狗的后代,此时我再没有理由不把它带回家。虽然妻子极力反对，但是她又拗不过充满欢喜的儿子。也许是因为我在此之前曾经养过三次狗，或者是有人开玩笑说我家已经有三口人了：儿子是老大，妻子是老二，我是老三，所以给这条狗起名叫"老四"。

从此，老四变成了我们家的一员。

接下来，给它洗澡、做窝、打疫苗当然都是不可缺少的事。喂食的时候也少不了妻子的参与，她经常地跟儿子因为老四该吃多少而发生激烈争执，很多时候，矛盾一旦升级到把我牵扯进去，最后的结局就是他们娘俩团结一致对我展开攻击。我总是感觉我的地位应该是排在老四的后面，我才是真正的老四。

老四成了跟我散步的忠实玩伴。习惯成自然，每天到点，它就是不吃不喝也要与我一起出去散步。每天的这个时间是它最兴奋的时候，这个傻狗居然摇头摆尾百般献媚，误认为是我在遛它，殊不知是它在陪我散步。

畜生毕竟还是畜生，即便是把它排行老四，即便有时候称它为毛孩子。

我们全家人因为老四的第一次分歧就是关于拴狗绳的问题：儿子极力反对，他用亲身体会来充分证明拴上狗绳的桎梏和压抑，他说不亚于天真烂漫的童心被关在枯燥无味的教室里！我用方圆与规则来反驳他，并用西方国家绅士出门要系领带或打领结，西装革履地装饰自己作为辅证，说那些绅士老爷出门不打领结不系领带就难受。儿子始终无动于衷。终于，在老四3岁那年的夏天的一个晚上，此事得到了论证。

那天晚上我和老四与往常一样出来遛弯。在路上我就感觉到了老四的反常，它不但频繁地撒尿，用尿圈它不知道圈了多少次的地界，还不时地把鼻子贴在某个地方深情地长嗅。那种嗅完的惬意，完全就像影视剧里吸食了毒品的瘾君子。而且此时的老四也极不情愿跟随我的脚步，反而是我跟在它的身后走。由于没有拴绳，转眼间老四就在我的视线里消失了！无论我怎么呼唤，渐渐暗下来的夜色里也一直没有老四的踪迹！

那一天儿子总算后悔了没有听我话拴狗绳。我们全家人疯狂地找了一个晚上也没有找到老四的踪迹，在彻底绝望的时候，老四竟然夹着尾巴灰溜溜地回来了。全家人的欢喜反倒成了老四的压力。它像做了错事的孩子一样耷拉着脑袋，蜷弓着背，不时地抖搂着满身上的泥污。我心疼地把它抱起来，给它洗了个热水澡。

那次老四一夜未归不知道它做了什么事，蜷缩在窝里足足睡了两天。儿子担心地贴近它的窝听到老四的鼾声方才确定老四不是病了而是累了，后来才知道老四那晚一夜未归是做爸爸去了。不管怎样，有此一闹，全家一致同意给老四拴了绳。

拴了绳的老四更显得温顺乖巧。只要有吃的，并且到点就出去溜弯，它就显尽所有的媚颜讨好你。

如此相安的，老四陪着我们度过了 12 个春秋。

这一年的夏天，我与老四一如既往地溜弯回来，它进屋就跑到水盆边痛饮，喝了老长时间也没有抬头，肚子明显撑了起来，滚瓜溜圆。起初我并没有当回事，直到发现老四一直趴着懒得动弹才觉察到不对劲儿。第二天，老四还是那样懒洋洋地趴在地板上不愿意动弹，我就伸手去抱它，它竟然咬了我一口！我的虎口处被撕了一个很长的口子，鲜血直流。人们都说狗嘴是臭的，咬了人伤口很疼。瞬间的疼痛让我失去了理智，抬腿一脚就把老四踢去了好几米远。这时候妻儿也都过来，边帮我清理伤口边责打老四。老四耷拉着脑袋一动不动,任凭二人责打。

从医院注射了狂犬疫苗回到家，看到老四依旧还是原来的样子趴在原处，如同忏悔一样。

看着老四的反常，我们全家决定带它到宠物医院找医生咨询一下。检查之后才知道老四患上了心脏病，已经严重到了积水。

这是一个噩耗。这一噩耗完全治愈了我手伤的疼痛。

接下来的日子，我们一家人都在围绕着老四的病情而忙碌。除了跑宠物医院就是从网上寻找治疗方法。看着老四瞬间消瘦的身体，大家都心如刀绞！宠物医生明确地告诉我们说，老四这种身材短小的品种最容易患心脏病，一旦得上发现积水后基本就没有恢复的可能，让我们做好善后的思想准备。

为了尽量延长老四的生命，儿子还买来了制氧机和注射器。心脏积水后就会压迫到肺，肺被压迫之后临床表现为张着嘴大口呼吸，舌头发紫。这时候就得及时给老四注射利尿剂并给它吸上氧，否则，老四就会在痛苦中死去。

我们曾经想给老四实行安乐死，但鉴于12年朝夕相处的感情终究没有下得去手。也许这样才是对老四最大的残忍，老四的状况日益严重，死亡之魔已经悄然来临。

老四的最后一天，明显地出现了回光返照。这天，它的表情看起来很坦然，也精神了很多。它拖着病重的身体艰难地在我们共同居住了12年的房子里转了一圈，最后四肢朝下趴在客厅里，安安静静地睡了过去……

至此，与我们相伴了 12 年朝夕的伙伴最后在无言中离别。虽然我们之间出现了很多不愉快，甚至我打过它，它也咬过我，但是我们最后还是化解了那些不愉快，最后以它生命的终结而画上了友谊的句号。

这段友谊，完完全全超越了人类的。

孟宪兵

曾用名孟宪宾，山东泰安人，文学爱好者。

本文荣获本届大赛三等奖，作者壹点号：左眼皮跳跳

一条被遗忘了名字的河

◆ 安世音

一

这个春天里,风甚是喧嚣。鸟儿也啼得很倦,它们正在春天里诉说生活。

而我在春日的午后,总是习惯了沿着这道长长的石坝散步。这里我无比熟悉,我的儿时就经常在这里玩耍,它一直伴我长大。那时,我们都叫它迎水坝。现在的它早已被修葺一新,立了石碑,名字已被叫做武烈河清坝了。碑文上写着这道堤坝是始修于1703年的。从康熙四十二年到现在,时光已让它变成了文物。

每每想到我正在文物上散着步,内心也会添了一丝的奢华。我沿着这道河坝,每次都会走出很远。我身边的一侧,是车马喧嚣人来人往的街道,而另一侧,则是青山葱郁万古流淌的大河。我总会习惯地把目光投向河的对岸,看着远山之下,黑顶子的伊犁庙,黄顶子的普乐寺,金顶子的须弥福寿,红墙的小布达拉,它们一路鳞次栉比。

我眼中的这座小城,也总会在黄昏里的某一时刻,被太阳镀铬得就像喇嘛庙的金顶一样闪着金光。然后它们再慢慢地随着日暮渐暗。

我站在这道坝上,就这样和它们一起陷落在黄昏。

那时,我忽然想到聂鲁达的诗句:

"夕阳用它微弱的光芒将你包裹。

沉思中的你,

面色苍白……"

二

我以前看夕阳从来不觉得感伤,但是有一天,当我在夕阳下面对这条河时,竟莫名地感伤起来。

因为,这是一条被人遗忘了名字的河。

我现在还依然能清楚地记起我的童年时代,我就住在离这条河不远的一条叫做"头条"的街道上。这条街道上有一个很大的院落,被称做肃顺府,在那个物质和精神都匮乏的年代,我的儿时并没有上过幼儿园,所以也不会有老师给我讲故事。但在这个院子里,却住着一位老爷爷。这位老爷爷那时其实也并不老,但是,我们还是很喜欢称他是老爷爷,因为,只有老爷爷才会讲故事。所以,我的儿时就经常搬着小板凳,和别的孩子一起去听他讲故事,就这样度过我的很多童年时光。我至今还能记得他给我们讲过的一个故事:

"在很久很久以前,我们现在住的这个地方啊,还是一片汪洋大海,你们看现在的棒槌山啊,那在过去就是定海神针。在大海里有座龙宫,龙宫里住着龙王和他的家人。在这些家人里,有一个又漂亮又善良的龙女姑娘。有年大旱啊,老百姓饥渴难忍,都喝不上水了,于是,善良的龙女姑娘,就偷偷地跑出来飞到天上,为大伙儿降了一场大雨,然后,大家就有水喝啦。但是龙女姑娘救大伙的这件事,被天上的玉帝知道了,他不但没表扬龙女做好事,还很生气。因为玉帝不想给大伙儿水喝,所以,他就派天兵天将将龙女压在大山下。但是,龙女姑娘没有害怕,她怕大家没有水喝,于是想到一个好办法,她在大山下不停地从嘴里吐水泡,水泡一钻出地面就变成了泉水,因为龙女姑娘吐出的水是热的,所以大家就叫它热河泉。热河泉又汇成小河,从此,老百姓们就再也不怕没有水喝啦。"

小朋友们听完都感动哭了,大家七嘴八舌地问:"这位善良的龙女姐姐在哪里啊?""吐泡泡的小河在哪里啊?"

等我带着这个好奇慢慢地长大了时,却发现这些问题实在不算问题。因为,我住的这所小城里的人们,包括那些被人们敬仰的老师们和博学广知长辈们,他们都无一例外地带着一脸的骄傲,向我们清晰明确地解惑了这个知识:

"同学们,你们知道世界上最短的河是哪一条吗?答案是:热河。它的发源地就在我们的家乡承德,这个知识来自《大不列颠百科全书》。"

老师们言之凿凿的态度影响到我。于是,我不但深信不疑,并且也把它当成一种骄傲,向我的朋友们诉说。

三

就像科学的发现，总是往往出于偶然。事情的真相大白，有时也不例外。

在我成年以后，我儿时所掌握的这个知识，终于迎来了它的挑战。一次偶然，我竟然意外发现了另外的版本。

这要从我的一位学习绘画的朋友说起。他是一位很有才华的画家，据说他专攻画兔子，但始终还是默默无闻。虽然他画的兔子可以"狡兔三窟"，但他却一直是个居无定所的"北漂"。所以确切地说，他是一位流浪画家。

那天他流浪到承德采风，我们一起去参观了承德博物馆，那时那里正在举办一场叫做"当扎什伦布寺遇上避暑山庄"的历史文物展。后来，我们就在附近的一个"苍蝇馆子"里把酒言欢。

那天，我们一开始的话题，是他热烈地和我讲了一个叫冷枚的人。冷枚我当然不认识。他说，之所以告诉我这个的名字，是因为他看到了那个人的那幅《避暑山庄图》的影印版就挂在展区的入口处。他告诉我，那个人也会画兔子的。

后来，我们从艺术谈到了现实，他的目光便黯然下来，他说，属于中国画的那个时代过去了，就像承德不可能再度辉煌一样。

流浪的生活早已让他变成了一个悲观论者，他认为只有乾隆时期的承德才是最美的，就像气势恢宏的《避暑山庄图》，但那个时代永远过去了。承德也早已失去了它曾经的地位。

我的朋友还是个怀旧派，他的怀旧有很好的代表性。

但我不喜欢悲观，于是就笑着说："那我们这里至少还有一个可以骄傲的地方。"他就问我是什么。我说："你知道吗，我们这里还有一个世界之最呢，世界上最短的河，一会儿我可以带你去看看。"

这次他笑了，回答我："不可能。"

他接着说，他打小就是好学生，经常参加知识竞赛，虽然他不是河流专家，但这个问题对他来说并不算是冷知识。他马上给我讲了一个事实：

根据 1989 年的吉尼斯世界纪录，美国蒙大拿州的 Roe 河是世界上最短的河流。之前，这个头衔属于俄勒冈州林肯市的 D 河，但这两条河的长度在不同时期测量都有所变化，于是两个城市的居民就为"最短河流"的头衔吵得不可开交。于是 2006 年，吉尼斯为了避免争论，干脆就取消了这个"世界之最"类目的评比。

所以说，世界上最短的河，现在虽没有定义，但肯定不是热河。

朋友讲得很肯定。但我不信，以为他在故意打击我，我们就以此赌酒。在这个无比快捷的网络时代，我们都有手机，所以很容易能找到答案：

亚洲最短的河流是印度尼西亚的 Tamborasi 河，大约只有 20 米长。

欧洲最短的河流是芬兰的 Kuokanjoki 河，竟然只有 3.5 米长。

北美最短的河流是美国的 Roe 河，大约 61 米长。

南美最短的河流是巴西的 Azuis 河，大约 147 米长。

从世界地图上来看，其他地方也还有比热河更短的河流，比如挪威的 Kovasselva 河，约 22 米长。

他说的是对的,唯独没有这条在我们这里有口皆碑的"热河"。

四

我在朋友面前自摆"乌龙"3个月之后,这个关于"热河"的话题又有了新的延展,这起源于我无意间看到的一档电视节目。

那天我正一边吃着晚饭一边看着电视节目,在这个时间段里,电视台正播放着一档回忆本地历史的访谈节目。节目里面正被访谈的是一位本地老爷爷,这个老爷爷可能是年纪太大了,因为他老得甚至已经起不了床了。

他在电视里颤巍巍地说着:"你们现在这些年轻人啊,哪还有多少人愿意了解这个城市的历史啊,你们采访我也没人爱听啦。就说这双桥,可不是武烈河上的那座水泥桥,咱们老热河的翠桥和虹桥啊,才是承德的双桥,那时候,咱们承德这个地方可是叫'热河'的,热河是指哪条河知道吗?热河就是这条武烈河,这明明才是热河嘛。哪里是热河泉里流出的那条,还立了石碑在那里以假乱真。现在你们这些年轻人啊,天天就看些电视剧里瞎编的野史。就说这纪晓岚和和珅,你看他们在电视上天天斗来斗去的,可你们哪知道,历史上他们俩明明就是好朋友嘛。再说他俩年纪上就差了26岁,就根本不是一辈儿的人。我为啥要提他这俩人儿呢,因为啊,他俩可都是为咱们这方土地做过史的人啊。年轻人要多读书,你们去查查《热河志》看……"

那一刻,看着电视里絮絮叨叨的老先生,我咧着嘴笑了,我又想起了我的那些童年时光,我搬着小板凳走在去听故事的路上。我没有想到，在很多很多年以后的一天，我又以另外一种方式，与他在电视中相见，又听到了他讲的故事。现在，他真的已经变得老得不能再老了，终于变成了真正的老爷爷。

岁月不饶人啊，这老爷爷现在可真的老糊涂啦，怎么在电视上胡说武烈河才是热河呢，我小时候，他可是对我们说过热河泉流出的吐泡泡的那条河叫热河的，难道我记错了？

五

《热河志》是一本什么样的书？

我沿着老爷爷指给我的方向，找到了这本书。我终于发现了一个对我来说惊人的真相。那一刻，我由衷地赞叹，"你大爷永远都是你的大爷"，这老爷爷一个字：牛。

我果然在《热河志》中翻阅到了这个城市中的这条河的历史：

时光倒流300年，那是个大河奔流的时代，武烈河河谷一带分布有大小9条河流。"热河有三源，即今之西源鹦鹉川、中源茅沟川、东源头沟川，鹦鹉川最长为正源。三源合而西南，经黄土坎行宫及钓鱼台行宫之东，行宫内又有温泉流出注之，始名热河，南流折而东，复折而南至下营子入滦河，即古武列水"。

清乾隆四十六年所撰《钦定热河志》中说得清清楚楚："热河即古武列水，避暑山庄在焉。"

承德，史称热河，这个由建避暑山庄而形成的城市。为了保护避暑山庄的建筑群，清政府拨款对热河沿岸进行水坝修筑。这项工程始于 1703 年也就是康熙四十二年，当时皇帝下令从河道西岸的惠迪吉门的北侧开始一直修到了德汇门，长度超过了 2300 米。

而承德避暑山庄澄湖东北隅，有热河泉，现水温 8 度，在寒冬时节，依然是热气蒸腾，热河泉旁立有一刻石，上刻"热河"二字。泉水经澄湖、如意湖、上湖、下湖过水心榭顺流而下，从德汇门东侧武孔闸排出与护城河之水汇合注入武烈河。此"热河"指"热河泉"。

而真正的"热河"，则为武烈河。

在那个九河奔腾的时代，这条带着温度的烈水，它流淌过的土地，都要以它的名字命名，它的名字才叫热河，那是属于它的英雄时代。

我从书本中很戏剧地发现了一个"张冠李戴"的故事。

300 年的沧海桑田，就这么在时代的变迁中，在口口相传中，"武烈河"它原有的"热河"的名字竟被遗忘掉，又被谬误所替代。

但拥有过，即是永恒。

六

我总是走在这条古老的堤坝之上，吹在我身上的是更古老的风，它吹过黑顶子的伊犁庙，黄顶子的普乐寺，金顶子的须弥福寿，吹过红墙的小布达拉，我眼中的这片热河之水滋养的土地，山河依旧壮丽，城市依旧喧闹，小鸟儿在鸣唱着生活。

我每天都喜欢在这道石坝上散步，夕阳下以河为伴。这条河它如同是一个我自以为熟知的朋友，但后来却发现，其实它从未向我透露过它前生的名字。

我很庆幸自己在长大之后,并没有成为一个喜欢伤感的人。

因此我要感谢我儿时度过的那些快乐时光。感谢这座城市里我遇到的那些人,是他们一直用故事把这个城市的历史延续,并用一种快乐的方式传递给我们,影响我们,伴随我们一生。所以,我无需为我眼前的这条叫"武烈"的河而伤感。

我的确是一个乐观的人,所以,我该带着一点小庆幸去想这个事情。"武烈"这个名字想来也不错,虽不如"热河"来得妩媚温婉,却展示了它阳刚的一面,那就是燕赵之地的威武悲壮。

我望着夕阳之下,这座热河之水淌过的城市,想到如同枣庄丢了兰陵,淇县丢了朝歌,西安丢了长安,南京丢了金陵,石家庄丢了常山这些名字,承德丢了热河的名字,仿佛也并不是那么不能接受了。

你好,热河。

你好,武烈。

"Me gustas cuando callas porque estás como ausente"

"我喜欢你是寂静的,仿佛你消失了一样"

还是聂鲁达。

❗ 安世音

祖籍山东莱州,现居北京。60 后,建筑工程专业高级工程师,自由撰稿人,部分作品散见于《齐鲁晚报》《顺义文艺》《承德晚报》等。

❤ 本文荣获本届大赛三等奖,作者壹点号:心湖积雪

叁 齐鲁风情

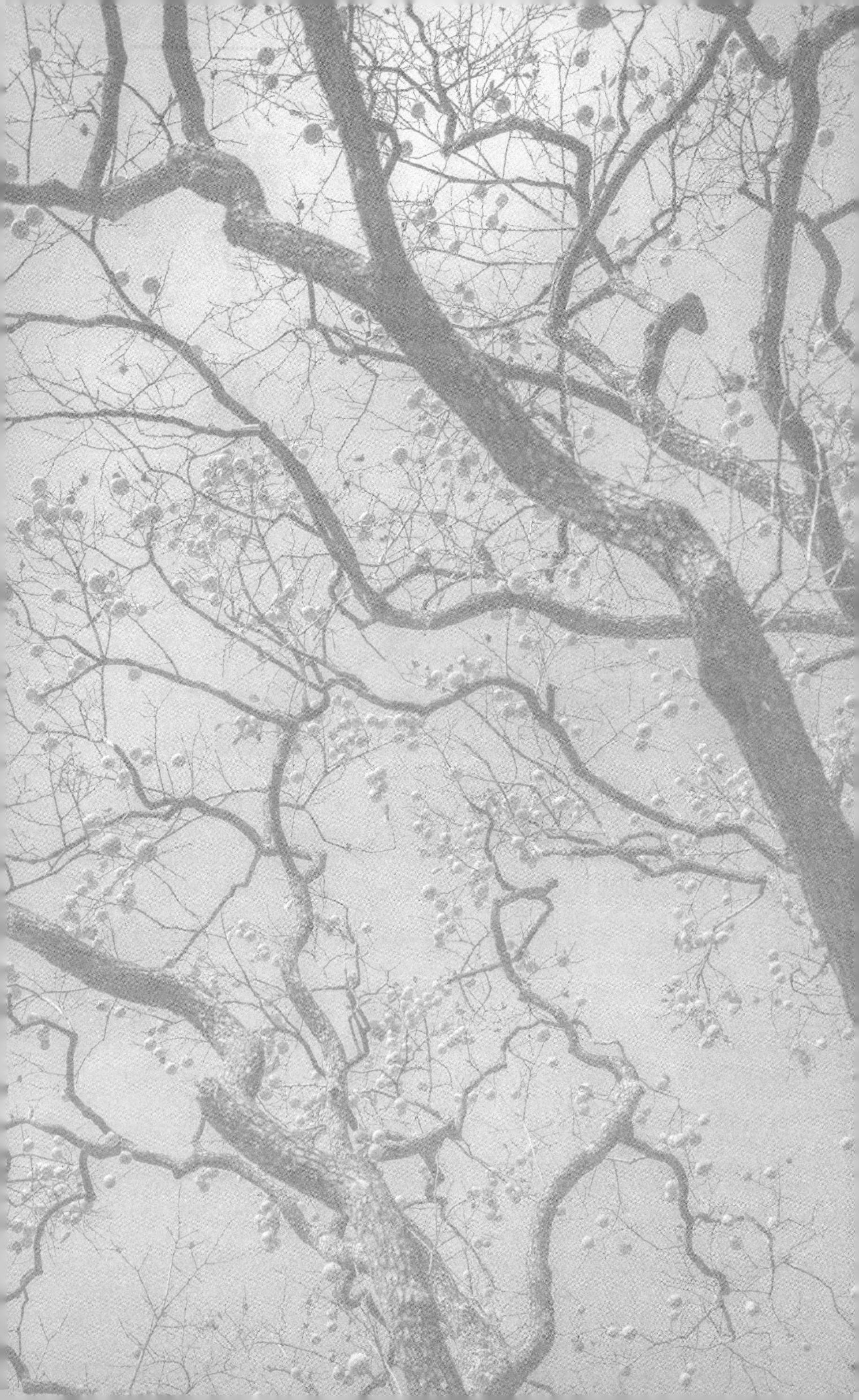

吟唱的扁担

● 魏忠友

故乡扁担的吟唱,是从黎明一个个温暖的肩膀上开始的,他们是一年四季里最美妙的歌谣。

一

乡村的每个黎明,最先被嘹亮的公鸡打鸣声唤醒,而后被一串串扁担吱吱咂咂的吟唱贯穿起一天的人间烟火。

一根扁担,两只水桶,一头系着全家人的吃喝,一头挑起六畜兴旺以及田地里瓜果蔬菜的渴望。

扁担没有左右之分,只有反正区别。一只经年许久的扁担,如同一位驼背沧桑的老人,依然颤巍巍前行。无论男女,只要手扛肩担,那便是一条劳动担当最美的弧线。

故乡哪一个孩子,只要长到十一二岁高过扁担了,都要学会担挑。

我 11 岁便学会了挑水，在父亲的教导鼓励下，我拿起爷爷做的一根桑木扁担，光滑通亮的扁担闪烁着金属的光芒。先要把扁担铁链往扁担两头缠两圈，以免水桶高、扁担下颤担不起来、碰脚跟。先是学着担半桶水，长到 13 岁就能挑满桶水了，只是上下坡时担不稳容易溅水。有时赶上假期担水抗旱，我的肩膀总被压肿磨破，可总不敢在严厉的父亲面前抱怨一声，只有晚上，母亲偷偷塞给我一条热盐水烫好的毛巾护在热辣辣的肩膀上。油灯下的母亲眼浸泪花，她强忍难过鼓励我学会坚强。她总语重心长轻轻对我诉说，咱农田活苦，庄稼人累，只有好好读书才能有出息！

我的故乡在鲁西南大地上，那时没有柔韧的毛竹，只有柔绵挺拔的桑树和坚韧粗壮的杨柳，唯有桑木是制作扁担的好材料。只是选材有些挑剔，制作过于缓慢。

桑木扁担要选七八年树龄的小桑树，树龄太小了扁担过窄易折，十年以上的桑木则制作麻烦又缺少了柔韧性。即使选好了一棵中意的小桑树，还要打光皮，两边锯扁刨平，然后火烤烟熏，再晾干晒透，一遍遍刨光打磨，而后赶两个集市，寻找一家适宜的铁匠铺，量身定做一副铁打的扁担链钩，打眼盘好钩才算完成。一把好的扁担要一两个月才能制作得心满意足。

光溜溜的扁担做好了，家境殷实的人家还会买来清漆桐油刷上两遍，这样新做的扁担不但油光滑溜，而且经久耐用。而那些贫困落后的汉子，处处没有争先要好的思想，连一根扁担都懒得去侍弄打磨好。他们垂头丧气地在河边水沟旁，顺势用铁锨或斧头砍截一根胳膊粗的柳树，回家有气无力地用斧头砍掉树皮、树疖，然后漫不经心地用菜刀简单刮平，不管直曲，不问顺手不顺手，连两头的水桶钩都凑合得可笑：随心寻找两个槐木抑或枣木的树钩叉，简单刨掉皮刻一圈吊绳的木槽，用几根麻绳绑好，吊在扁担的两头，极像叫花子的小辫子荡来摇去，即使碰到铁皮桶上，也是"嘣嘣"两下沉闷得很。

由此可见，一个生活积极的人，总是积极认真地生产生活，而一个思想懒惰的人总想着敷衍了事，往往缺乏责任与担当，把同样的生活岁月过得潦潦草草。

扁担分为长、中、短型，也有宽窄之分，不同的长短宽窄担负起不同的重任。长扁担都是人高马大的劳力专用，小的扁担往往由妇女和小孩担挑。扁担劳苦功高，但从不居功自傲，负重时留下奋进的身影，卸担时躲藏于房院的一角，如同老实木讷的父亲，独自丈量着岁月，回味着四季的甘苦。

二

艰难困苦的岁月里，吃饭洗衣，刷锅喂猪，挑水浇菜、种地，生活中的用水全需要肩挑手提。听奶奶讲，自她记事起，乡村哪里有什么车子用，祖辈们收种庄稼，买卖粮食、蔬菜全部是肩担手扛。一根小小的扁担，维系着全家人的生活与未来。

母亲说，姥爷是十里八乡有名的木匠。他制作的扁担大小适宜，轻巧有力。我大舅刚满16岁，姥爷就特别为他定制了一根扁担。它是姥爷在祖坟边早留意的一棵桑树制成，这棵约大臂粗的桑树鹤立鸡群、出类拔萃，不但树身笔直挺拔，而且树叶墨绿油亮，夏天结的桑葚果儿颗大紫红，入嘴甘甜。

姥爷在一个深秋的傍晚，极其虔诚地用斧头砍下了这棵桑树，凉飕飕的雾霭顿时团团袭来，他不禁打了个哆嗦。第二天，姥爷因昨日出汗着凉有些头疼脑热，不过没有耽误干活，更没有影响他精心为大舅赶制这根扁担。姥爷先是刮皮晾干这根丈余长的桑木，而后精心用斧头砍扁，然后以大刨刀、小刨子一遍遍地刮，刮几刀就拿起来顺势看两眼又刮，一直刨了10多天，才小心翼翼地用木炭火烘干定型。定型后又一次次反复打磨，不厌其烦。

大家终于在立冬后的第一场小雪降临时，目睹了这根扁担的模样。这根将近一丈长的扁担，中间有三指厚，而后依次向两头变薄，至扁担两头，只约有一指半厚，扁担两头还箍了铜皮。整个扁担中间弧度很小，如不仔细审视几乎看不到。大家有些怀疑这么精美的扁担是否中看不中用呢？姥爷高兴地说："来，我担着，一边上一个人儿。"大家争相举手，结果两个大人都真能担起，而且扁担没有被压得过弯。人一下来，扁担又腾地绷直了。左邻右舍惊异，这真是一根令人羡慕的扁担！

从此，16岁的大舅整日扛着这副扁担挑着姥爷打制的马扎、板凳、锅杯赶集贩卖，回来时又挑着买回来的蔬菜与粮食。大舅步伐稳健，虽不多言，却英姿潇洒，成为大家一时羡慕的偶像。

1947年6月，刘邓大军顺利渡过黄河。姥娘家附近金堤上的两个碉堡被一夜间端掉。在一个雨天，因解放军辎重较多，前进中急需群众肩挑车推支援。当晚村民动员会上，姥爷第一个给大舅报上了名。

在鲁西南一场场的战斗中，在滚滚支援前线的洪流中，大舅没有辜负姥爷的期望，他总是抢在前头赶，总是拣最重的弹药箱、粮食担。可惜在支援羊山最激烈的战斗中，大舅阵亡了。传说那次拉锯战中一直下着瓢泼大雨，大舅担着200多斤重的物资只顾摸路前行了，突然被一块横飞的炮弹皮击中头部，刚满18岁的他两手紧紧地攥着那根扁担倒在了血水泥泞中……

大舅的光荣证书送到家许多年后，姥娘还一直埋怨姥爷不该动祖坟上的那棵桑树，更不该把大儿子推进支援大军中！一次，姥爷恼羞成怒，脖子上青筋暴起，他低沉地训斥姥娘："你娘们家懂啥？解放战争牺牲那么多战士、将领，人家都动祖坟一草一木了？你活着能看到新中国，咱老丁家豁出个儿子，值了！"姥娘从此不敢再多言语。

故乡每一根或长或短的扁担，都有着生活的沧桑与叹息。但无论经过多少岁月风霜，他们总是忠诚地陪伴着一家人，而不像那些季节性劳作的农具，比如镰刀、抓钩、木叉，在完成了一个季的收获工作后如释重负般弹掉果皮、柴草，甚至借一阵风儿吹去一身的泥土，干干净净地依偎在院落的某个角落盘算着心事。而扁担不行，一日三餐都需要她的勤奋，一家人的吃喝拉撒都需要她的支撑，她每天穿行在胡同与田间，累得甚至有些气喘吁吁，没有一丁点儿空隙埋怨或与谁争执。

三

承担一家人的生活重担是一根扁担的责任，勤快的扁担没有丝毫怨言,她喜欢在主人肩膀上颤颤悠悠的感觉,她乐意陪伴主人的脚步轻轻吟唱着每一日的跋涉和岁月之歌。

一副好的扁担,都需要一个厚实的肩头支撑,更需要一双大手的摩挲和汗水的滋养。日子越困苦,扁担越粗糙,而殷实幸福的生活,总会被一根细心的扁担打磨得溜光耀眼。

岁月里,四季中,只有仔细听,你才能听清扁担一曲曲的吟唱。无论是大街小巷、胡同院落,还是河沿或者坑塘边,每一根扁担的节奏都不一样,她会随一个人的个子高矮、脚步急缓发出不同的音符。小个子的扁担是慢悠悠"吱吱咛",高个子挑水干净利落"吱吱呀呀",步伐疲惫迟缓的当然"咿呀咿呀""吭吭哧哧"地负重前行,而那些急性子的生活好把手,总是步履匆匆,左肩挑一阵,右肩担一段,扁担被颤悠地几乎喊破了嗓子,一会"唧唧呀呀",一阵"咯咯吱吱",从日出到日落,只有热烘烘的风听得清,只有脚下的尘土飞扬明白。

不知多少个月明星稀的晚上,无论扁担躲在院里哪个角落,她都能听见屋内的父亲在床上辗转反侧:几个孩子新一学期的学费,明年早春要垒的院墙都令他彻夜难眠,黢黑的窗里一声叹息、一阵咳嗽都揪得扁担鼻腔酸疼,满眼潮湿。

可是黎明,打开房门的父亲双臂用劲向天空一伸,大声咳嗽两声,又抓起来扁担开始了一天精神百倍的劳作,已被昨夜露水打湿的扁担小心地压着嗓子,不再夸张地呻吟,唯恐扰乱了父亲早已盘算好的新一轮的劳作计划。

一根扁担是有生命的,她也有疼痛,也会伤痕累累。经历了无数岁月风霜的承担,也会像一位老人苍老而不再年轻力壮。有时主人忘了她的年轮，急性子用她顺势打狗赶牛，她会突然咔嚓一声折断，主人的心一声悸动，好像自己断了胳膊腿儿一阵疼痛，内疚中急忙找些铁丝、麻绳把折断的扁担小心翼翼包扎好，而后再用起来就会倍加小心了。

在故乡，即使一根苍老的扁担断了，不能再用了，主人也不会丢弃或当柴使用，他们会把她用作窗棂来压塑料布，或用做遮风挡雨的支撑，抑或作为篱笆支柱，农家人能够给予扁担的最后善待便是不舍不弃、永远伴随。

这多像从前合作社劳作的爷爷。有一年深秋，他为生产队驾牲口耕地，不小心被尥蹶子的骡子后套上的木耙绊断了小腿，由于一心想赶着天黑前犁完耙好这方麦田，爷爷忍着疼痛一瘸一拐地坚持耙完最后一遭。而后，他的小腿因严重骨折几乎卧床了半个冬天才能下床走路。即使后来不能干重活了，爷爷也一直把自己当做老民兵不甘落后，坚持挑着他那一根桑木扁担给生产队喂了10多年牛，还曾受到过表彰，这根扁担成了我们家的传家宝。

爷爷说过："只有重担在肩，你才是一个大写的'人'！"

一条扁担，就是一个男人追求的生活经，也是一个家族奋斗的文化魂。一条扁担能传承到祖孙的肩膀上，那便是扁担无上的荣光。

岁月无情，时代变迁，哪一个后辈乐意终生与扁担为伍呢，飞奔在高速发展的新时代，我们传承的只是一个家族的担当与希望。今天，虽然我们肩上的扁担不用挑了，但心里的担当不能丢，一些生活的责任更不能抛弃。

一根扁担，一副担子；扁担虽小，责任重大。扁担尽管平凡无奇，可维系着一个家庭的生活梦想，甚至担负起一个民族和国家的希望。在家乡这方热土上，曾发生过著名的郓城攻坚战、鲁西南战役，身在后方拥军的群众肩挑车推，日夜兼程支援前线，大小扁担源源不断，谱写了一曲曲军民鱼水情歌。

如同乡亲一样朴素无华的扁担，横过来是一段坚硬的肋骨，关键时刻立起来，也是一段挺拔的脊梁。岁月深处，审视一根扁担的沧桑，如同敬仰一座丰碑，虽无文字，每一条裂痕纹都是一行行动人的诗篇。

❗ **魏忠友**

中国电力作家协会会员、山东省作家协会会员，山东省第二十五届青年作家高研班学员，有散文、诗歌作品见诸报端。

❤ **本文荣获本届大赛一等奖，作者壹点号：三友轩**

山东师范大学教授、山东省写作学会会长韩品玉代表组委会致颁奖词：

《吟唱的扁担》

来自深山穷林，来自峡谷山涧，出身的贫寒却淬炼了你的肝胆，挺直了你的腰杆。以凄风为管弦，以苦雨为行腔，貌似下里巴人，却奏出了中华民族朴茂进行曲的独有韵致，成就乡村的极致木铎金声，这便是一根扁担吟唱的美篇。

村庄上空的纸鸢

● 董玉军

癸卯仲春，二月中，北方的大地尚未返青，灰霾的天空下星落着一个个沉默的村庄，随着鲁南丘陵的起伏而俯仰。

这一天，我奔波在回老家的路上。经过太平岭顶的小村时，无意间抬起头，从车窗里看到一只色彩斑斓的风筝飘摇在村庄的上空。"忙趁东风放纸鸢"，是我下意识的一个念头，接着意识流起来，想到哪怕不是纸鸢，而是塑料或者化纤材质的风筝，又想究竟是谁、为何要在这高地上牵起通往天空的线？于是在车过村庄之后，我又回过头去凝视那只越来越小的风筝。

二月天的风筝，像是一个迫不及待的预言，在后疫情时代勇敢地探出头来；又像是一幅寓意深刻的画面，色彩越是张扬内心越是孤绝。灰色的天幕下，那风筝的身影孱弱而又倔强，直至化成一种难言的情绪，闪烁于记忆的重雾之中。

我想起自己在初中时受到过老师表扬的一篇文章，那是我年少时虚构写作的"唯二"文章。"唯一"篇是在小学时把一块木头幻想成一个声光电技术齐备的军舰,用鱼雷击沉了敌方潜艇,让老师信以为真;"唯二"这篇则有点"真作假时假亦真",我以自己在田野中游荡时碰到的看林老人为原型,写了他教我制作风筝的过程。实际上,我的整个童年中,除了在书中和影视剧里,现实中根本没见过风筝。儿童散学归来早,"忙趁暮光放黄牛",是有的,至于"纸鸢"两个字不过是课本上的墨迹,是可望而又不可即的玩具。所以我在作文中安排了看林老人为满足我的童年愿望,而制作了一架古往今来最值得怀念的风筝。我从砍倒竹竿开始描写制作过程,当然这完全出于我的白日梦,我描述了竹子倒伏时的状态、声音以及劈削竹篾时的气味种种细节,完全沉浸在梦想中不可自拔——最后风筝在蓝天下飞了起来,辽阔而高远——但自此以后,我再也没有见过那位老人。这是一个有意图的预设结局,留有几分遗憾或者说是少年式的莫名惆怅。

我想起那篇文章,突然意识到人生之诸多巧合,犹如那篇习作,那个和蔼可亲的老人再也不会出现。真的,人生就是这样,一旦错过,就成永远。就像我和我的父亲。我这次回老家照例是看望父亲的,他从去年患了阿尔茨海默病,几个月的时间内,从失去时间和空间概念到言行失常,病情如溃堤的洪水一泻千里。从此,他再也不是那个沉默寡言、举止稳重的父亲,再也不是那个对我谆谆教导、含辛茹苦的父亲,再也不是那个重情重义、一言九鼎的父亲。与以往形成断崖,他完全成了另一个人,在某种意义上,他的精神已经消失了,只剩下身体为本能所支配。

那个和蔼可亲的老人再也没有出现,一切都回不去了。那曾是我虚构出的一个人物,弥补过我对父亲形象的想象,没想到如今会照进现实。我从青春叛逆期开始，就没有从对抗父亲的权威中获得成长，没有破除过父权的神话，可能这与我是山东人有一定的关系，但更多的可能是性格上的缺陷。一个男人如果一直在父亲的阴影下，是成长不出健全人格的，他必须像雄鹰一样离开巢穴才能独立——我们说"父爱如山"，却很少考虑自己去负载一座山会是什么样的结果——要么垮掉，要么硬撑，苟且在世俗的评论中。可惜的是，有些道理，我们往往明白得太晚，等意识过来，人已经老了，而父亲却成了老小孩。他完成了人生角色的互换，剩下毫无准备的我们在风中凌乱。

在青春的那些日日夜夜中，我曾如此痛恨农村时空的停滞。无限循环的枯燥生活，远方消失在田野尽头，故事发生在村庄之外，城市里的红男绿女灯红酒绿以及爱恨情仇，精彩的世界竟然与我无关。村庄封印住了我，用亲情的绳索捆住了我的手脚。那时候我多么期盼一次痛快的决裂，飞扬而去，追求一种热烈的生活，哪怕赴汤蹈火，哪怕成为瞬间绽放的绚烂烟火。但是后来渐渐适应了城市生活，没过几天安稳日子，又突然萌生了"乡愁"，认为乡村就得原生态千古不变，把曾经否认的一切停滞、枯燥、重复种种重新赋予价值，拒绝接受城市化改造。这时，乡愁又宛若牵挂的线，一头勾勒编织着理想大言炎炎，一头垂钓着精致的自私自利。当故乡成为他乡，当牧歌时代已经结束，为什么你不希望现代文明改造农村，为什么你不希望农村人可以有更体面的环境和生活？仅仅因为需要满足你吃土鸡的口福和流连于古旧的石屋泥墙的情怀？村庄的形成不是亘古存在的，村庄也像水流一样，随物赋形，点到即止，随遇而安，它是变化的，是演化的，是进化的。村庄和我们的联系，不仅仅是乡愁，而是源流——就像树的根系，就像蜘蛛的网络,牵一发而动全身,一滴水里辉映着一个世界。

风筝在岭顶村庄的上空悬着,静止不动。越来越远,越来越小,直至变成一个黑点。我知道那底下有一条细细的丝线保障着它的安全,制约着它的高度,却也成了它的羁绊。我在中年以前曾经决绝地以为自己再也不会回到村庄,不会叶落归根,会完全成为一个新人。但我现在知道,人生会有多少的豪言壮语或者完美的计划被时间摧毁,时间能够使一切衰老,时间也能使一切重生,这是一个大循环过程,在这过程中保持着所谓的能量守恒,让你的人生从命运的磨难和报偿中得到平衡。无论少年狂,还是人到中年费思量,无论你飞得多高多远,村庄一直和你有着隐秘的联系,就像风筝的线一样牵连着你的内心,虽然它影响了你上升的高度,但也保障了你的安全。无论你怎样费尽心机去切割,它恰似捆仙绳般如影随形,因为自从你出生在那里之后,它就随之潜入了你的血脉。人如此,文化亦如此,人和文化都不是哪吒,可以和过去清算完全,贯穿其中的是从不断流的历史,因为人和他置身的文化本为一体。实体的乡村是袒露在天幕下的,但还有一个属于精神的乡村是深藏在人心底的。

那只孤独的风筝渐渐看不见了。我开始在记忆中搜索关于风筝的场景。我想起了某年冬天在济南夜游大明湖,惊讶地发现天空中有两排青云直上的灯光,同行的友人说:"真的有天上的街市呢!"由于好奇,我们追着那两排灯光到了泉城广场,才发现原来那是一只硕大的镶嵌光带的风筝。风筝线轮躺在大理石地面上,放风筝的人则逍遥地背着手谈笑风生。偶尔还有后来者,弯腰驼背背着风筝和工具蹒跚而行,看样子分量实在是不轻。爱好使得人受累,可一旦得到释放便引来喝彩，他的荣光就在这广场上绽放开来。这些超乎寻常的风筝，已经超出了放风筝的原始意义，而是能力展示、价值认同。要不然，又不是阳春三月，寒风凛冽的何必出来挨冻呢？从这一点来看，所谓风筝文化亦是人类行为的累积，是城市文明的附庸；所谓的意义和价值则是风筝的衍生品，而风筝的本身却与其无关。

我还想起了在潍坊的某个夏夜。潍坊号称风筝之都，可是在那个夜晚，风筝广场上却没有放风筝的人，只有一群踢毽子的人，用灵巧的腿法踢得毽子犹如天女散花。"风筝"也不是没有，但都是一些钢铁或混凝土的雕塑展示，不能够随风飘扬是肯定的。所以在这里，风筝更像是一种信仰或者图腾，成为一种地域标志了。提起信仰和图腾这两个词，于是又联想起马来西亚的新月风筝，新月风筝形制上就与宗教信仰有关，它的尾端像是一弯新月，其上的彩绘图案都有特定的寓意。新月风筝是马来西亚的国礼之一，图案被印制到了硬币上，更是被马来西亚航空公司用作标志。有的新月风筝的线上掺杂着玻璃粉，锋利异常，可以在空中割断对方的风筝线，类似于《追风筝的人》里描写的斗风筝的场景。但《追风筝的人》里的风筝不但形制上与新月风筝有很大差别，"斗"的意义更是不同。在阿富汗，天空也是战场，也是英雄的舞台，与马来西亚斗风筝的游戏和表演性质有着明显的民族特性之区别。南橘北枳，即便人类文明同出本体，但一棵树上也不会有完全相同的果子，不同方向的枝干也会有不同的收成。

我能想到的，济南的、潍坊的、马来西亚的、阿富汗的，那些飞向天空的风筝，那些御风而行的精灵，无不彰显着人类追求飞翔、追求自由的梦想和激情。按照中国的传说，风筝由墨翟发明、公输班改造，起初材料为木竹皮革,至汉代造纸术兴起后才有了纸鸢,才有了比兴纸鸢的诗赋,才有了每到三月就会鼓荡的春风词笔。风筝从中国出发,飘到世界的各个角落,传播了中华文化,更带动了各民族各具特色的创新发明。可是唯有那根细细的丝线,终究是风筝的组成部分,是不能改造和生发的。风筝无论是华丽还是寒碜、巨大还是渺小,终究还是需要看似毫不起眼的线的支持。如果没有风,风筝可以择时飞行;但失去了线,风筝就失去了天空。评论家说作家善于布局,往往用"草蛇灰线"四个字,可见"线"更是一种事先埋伏的逻辑,隐隐之中,决定了文章的成败。往大了说,所谓的"线"就是自然规律,就是民族性;往小了说,就是道德规矩,就是亲情。我们人生的篇章,其实就在这"草蛇灰线"的埋伏中。无论时代的洪流把我们带到何处,这条线悄无声息地系在我们的心头——要么人身回归,要么梦魂萦回——只要我们肉身未灭灵性犹存,就走不出身的村庄对自己的影响。

那只孤独的风筝完全看不见了。可是我知道它悬置在了我的精神深处,因为此身犹如风筝。史铁生曾经写过《命若琴弦》,那风筝的线何尝不是琴弦之一种,它决定了我们生命的高度和长度,影响着命运的旋律和规律。前路漫漫,村庄,树木,麦田,往昔的岁月都被甩到了车后;前路漫漫,村庄,树木,麦田,未来的时光扑面而来。我穿越过一座座的山一道道的岭一条条的河,却再也没有看到村庄上空有风筝的影子。

我下意识地在嘴里默念出"草长莺飞"几个字,记忆的洪流顿时缓慢下来。我知道,三月马上就要到来了,那又会是一个个燕舞莺啼桃红柳绿阳光明媚的日子,那时候村庄上空必然会有一只一只静默的风筝,就像一代一代人的传承。

❣ 董玉军

笔名东夷昊,日照岚山人。中国散文学会会员,山东省作家协会会员。出版有散文集《漫卷西游》《会于兰亭》《中楼的风景》等三种。曾获日照文艺奖、青未了散文奖等。

❤ 本文荣获本届大赛二等奖,作者壹点号:东夷昊

莒地黄酒味悠长

● 冯爱霞

　　　　　时光缱绻,葳蕤生香。总有一个季节会让你心动,总有一种醇香会让你回味,总有一个地方呼唤着你的脚步。

　　　　　　　　　　　　　　　　　——题记

冬至日最短,思念的夜最长。我不是游客,只是故人归。年少时的故乡,如黑白影片在记忆里回放,灯火阑珊处,蓦然回首,故乡已变了模样。

一

夜幕降临,莒国古城流光溢彩。进入城门,古韵悠悠,漫步在青石板路,穿行于高耸的马头墙间,触摸着精雕细琢的石牌坊,恍若跨越时空,那千年文脉次第展开,摊开了一张莒文化的地图。当步入"莒国酒坊"时,一个个瓷器酒罐,一幅幅考古图片,诉说着莒酒文化的前世今生。

当我把目光投向一张描摹远古场景的油画,似乎看到了古人劳作的场景。在夏、商、周时期,祖先刀耕火种,辛勤劳作,创造了原始农耕文明。随着人类脚步慢慢前行,酒文化也历经千年,在祖国大地上熠熠生辉。莒地酿酒历史可追溯到远古,20世纪六七十年代陵阳河考古的发现,让5000年前大量精美绝伦的酿酒陶器,重见天日,重现光彩,数量之大,品种之全,在考古界迄今为止的发现中堪称独一份。这些发现表明,我国的酿酒起码在5000年前已经开始了。我只知道中华老字号的黄酒,没想到酿酒的源头,莒酒文化,有如此源远流长的历史。

走出酒坊展厅,仿佛置身于"清明上河图",商业街铺一应俱全,酒店、茶社、莒国印象文创小店、国学馆……莒元素的非物质文化遗产产品琳琅满目,还有各种特色小吃。夜幕中不知何时飘起了雪花,一串串带"莒"的红灯笼随风摇曳。

"晚来天欲雪,能饮一杯无?"我和老友寻一酒馆,家乡人待客真诚豪爽,朴实憨厚,热情地招呼着:"都来了哈,快上屋里坐。"饭菜也足量,大盘、大碗、大杯。一位系着碎花围裙的老妈妈,提着一壶黄酒,来到我们身旁,那琥珀色的液体随壶嘴缓缓入杯,姜丝、枸杞、红枣随酒涡旋转,她亲热地说:"闺女是从外地回家的吧,多喝点自家黄酒,暖胃养颜。"我微笑点头示意。在雾气缭绕间,我恍然听到了母亲生前的声音,仿佛她正端着黄酒笑盈盈地向我走来。晕黄的灯光下,雾气氤氲,我轻啜一口,酒入喉咙的瞬间,醇厚芳香,韵味悠长，缓缓流入心底，暖暖地在周身弥漫，顿感与故乡血脉相通、根脉相连，心潮涌动。

老家、老友、老酒，岁月影像随着一壶黄酒，微微荡漾，忆往昔岁月，话美好明天。酒过三巡，菜过五味，我们感叹着时光如梭，光阴如酒，当年的青年，也都成了青年们的爹娘。老友举杯祝福说："愿你历尽千帆，归来仍是少年。"我也深情地对答："闻香回乡，毋忘在莒，不忘来时路。"

在幼年的记忆中，似乎老家是一个可以闻香的地方。每到冬天，走在乡间小路上，就会闻到空气中飘荡着甘醇的酒香，如同门前的沭河水，散发着泥土芬芳，孕育着万物，在岁月流淌中，唤醒着酿酒季节，酝酿着五谷丰登。

粮食，是上天的恩赐及大地的奉献；黄酒，是五谷杂粮中提取的精华。老家人有自己酿黄酒的习惯，每到春节前后，乡村巷陌便飘散着酒味，每一次在醇香中穿行，似被浓浓的亲情包裹。莒味的黄酒由黍米或糯米、酒曲、清水做成，经过浸泡、蒸煮、发酵、过滤等工序，经受高温、沉寂、黑暗、分解的磨难，缱绻着时光，慢慢溶解，渐渐沉醉，酿成了一缸缸、一坛坛、一瓶瓶美酒，陶醉着乡音乡情，承载着游子乡愁。

二

俗话说，"酿酒不借天时、地利、人和，酒无味。"不同季节酿造的黄酒，味道不同，且唯有冬天出的酒味最美、最醇。母亲总要在冬至做黄酒，因为冬季气温比较低，万物蛰伏，一些有害的微生物不能存活，正是一年中最好的酿酒季节。

母亲传承了上辈人的手艺，对酿酒，虔诚敬畏，恭谨庄重。她说："酿酒如同做人，要用好米、好曲、好水，每一步都不能马虎。"母亲做的黄酒，大黄米的偏香，糯米的偏甜，颜色正，口感好，妙不可言。

做酒先做曲。暑气正盛时，也正适合曲母菌发酵。天刚蒙蒙亮，月牙还挂在天宇，母亲把玉米、大麦、小麦按照一定的比例放在大中小盆里，挎着篮子步行到村头，用石磨碾压。每到这时，磨前就围着前来帮忙的农家大嫂，弯着腰，伸着脖，扫着磨盘边上的粮食，头上的发髻也跟着磨盘像圆规似的旋转，时不时地提醒："可不能磨细了，粗粒就好。"磨好后，母亲回到家，兑上清水加些麦麸和酒曲精，不停搅拌，在模具中按压成型。

母亲说，做曲也像抚养孩子一样，散养不行，娇惯了也不中。母亲把酒曲用干净的纱布包裹起来，埋入谷壳里，外面再搭件我穿过的旧棉袄。酒曲有了生命，不几天便长出了一层毛茸茸的白色绒毛。母亲一边打开包裹一边说："酒曲也要呼吸，发热大了会捂死的，变黑就不能用了。"等白色的菌丝蒸发干后，就可以晾晒储备了。

冬至一到，母亲就拿出新糯米或者大黄米，用簸箕筛去杂物，用清冽的井水，将米淘洗干净。而后，一粒粒米便开始了奇妙的旅程。

首先是浸泡，母亲将米泡在水中，米粒接受临行前的洗礼，在搓揉冲泡后，变得滋润白胖，充满着对未来的期许。厨房里有一个大锅，母亲将锅里添好水，放上蒸笼，蒸笼里蒙上一层干净的笼屉布。父亲添着柴火拉着风箱，熊熊火苗伸出了舌头。等到笼内浓雾腾腾，便可上米蒸饭了。母亲将米一勺勺地抖散，均匀铺开，然后再扎上几个孔，让米受热均匀，防止夹生。经过烈火中的蒸煮，糯米芳香四溢，外硬内软，透而不烂无团块。接下来是凉饭，当母亲把蒸熟的糯米倒入大平板晾冷的时候，米香就会把小伙伴远远地招来，孩子们舔着嘴，倚在门口，偷偷地向里张望，母亲抟几个米团，滚上白糖，人手一个，孩子们捧着笑着，一小口一小口嚼着。

漫长的发酵旅行开始了。当熟糯米晾至与人的体温差不多时，便可撒入酒曲粉不停拌匀。母亲常把米分成两部分，少部分米装入盆里，用手压实抹平，在中央挖一个圆窝窝，然后盖好盖子，一两天便能闻到清香，圆窝窝里涨满了乳白色米酒，清醇甘甜。这一般会留给孩子或送给坐月子的女人喝。我坐月子时，母亲也是亲手做了这甜润伏汁酒，放入生姜和鸡蛋，炖只母鸡，活血补元气，回味无穷。

其余的糯米放入大缸里封口，米缸用稻草包裹，以保温发酵。我学着母亲的样子，时常蹲在缸壁摸一摸，将耳朵贴紧缸壁听一听，渐渐就摸着了一种暖暖的手感，听着了一个个独立的气泡炸开声，高潮时还能听到吱吱啪啪的声响，好似有千万只蜜蜂在嗡嗡飞，有好几十活螃蟹在缸里爬。当我欢快地和母亲汇报时，她便说："米正在脱胎换骨，只有经受磨难才成仁。"我当时不明白母亲话的含义，后来在人生路上行走，才知道这是母亲在酿酒中教给我做人的道理。

我们最初都是一碗米，并没有什么本质差别，有的人自始至终没有脱离米的形态，庸庸碌碌，终其一生。而有的人却历经风雨，用苦难来发酵，用孤独来升温，在隐匿角落里慢慢修行，正如托尔斯泰在他《苦难的历程》中所言，要"在清水里泡三次，在血水里浴三次，在碱水里煮三次"。原来有些岁月经历，得忍受刀山火海，孤独和煎熬，委屈和挫折,在漫长的时间里慢慢咀嚼,方能出味成为美酒佳酿。

母亲像关照孩子一样,"摸、听、看、尝",何时开盖搅拌是很关键的一步。当发酵的声音慢慢沉寂下来,打开密封盖子的瞬间,热气扑面,酒香扑鼻,母亲用木耙不停搅拌着。后来才知道,发酵期间的搅拌冷却,专业术语叫"开耙",是为了让醪糟降温,补充新鲜空气,好让酵母生长繁殖。这一环节非常重要,全凭经验。为让酒劲儿大、酒味儿醇厚,后发酵阶段的酒缸便被放在阴凉处静置。

腊月里,天寒地冻,屋内暖意浓浓。邻居们跑来围观,当母亲揭开黄泥巴密封盖时,浓香四溢,小院都像被黄酒浸泡了。母亲把温热的黄酒分给邻居们一人一碗品尝,大家有的坐有的站,咂巴着嘴说:"好酒,好酒啊!"母亲又把黄酒端到父亲嘴边,父亲沿着碗沿吸了一口,舌尖在口腔里转动着,略有所思稍作停顿。一旁的母亲屏住呼吸,目不转睛地盯着父亲的嘴巴,等待着。父亲用鼻深吸一口气,忽地张大嘴巴从喉咙里长长地"啊——"了一声,然后又用手掌快速捂住口,似乎要堵住香味似的。母亲终于舒了口气,咯咯地笑着。为了杀菌保存,黄酒得倒入锅中加热,然后装瓶封口。当金黄透明的洑汁酒从过滤网中滴落下来时,那清脆悦耳的声音,宛如一首轻快的歌谣,与时间一起发酵着和弦。

"春种一粒粟,秋收万颗子。"一粒粒米,经过农人的春耕、插秧、拔草、收割,又经过酿酒人漫长的酝酿,方能涅槃重生。喝完酒的父亲面色红晕,微醺中讲起了革命故事。父亲参加过孟良崮战役、淮海战役、渡江战役、抗美援朝战争等,在战场上他们喝过壮行酒,誓与阵地共存亡,有的战友冲锋陷阵再也没有回来;革命胜利后,他们喝过庆功酒，含泪致敬牺牲的烈士们。父亲就在这抚今追昔中进入了梦乡。

三

"莫笑农家腊酒浑，丰年留客足鸡豚。"黄酒浓厚而温和，既没有白酒的辛辣、啤酒的清爽，也没有红酒的浪漫，但恰到好处的甘醇如老家人的秉性，厚道温和，淳朴豪爽，大度宽容，热情好客。

举杯叙别情，把酒话桑麻。年关，漂泊的游子循着黄酒的味道，踏上了回家的路。在村口老槐树下，等候已久的是那弯了腰的熟悉身影，在那浑浊的眼里，从那粗糙的双手中，游子接过那碗热气腾腾的黄酒，入喉的瞬间，温润醇厚，柔和甘美，细腻绵长，如向母亲倾诉衷肠，享受着母爱的温暖。

正月里，大街小巷充满着年味儿，男女老少互访，只要到饭点儿，不管到了谁家，就摆上几个菜：辣子炒鸡、油炸花生米、小葱拌豆腐、红烧鲤鱼、冷冻猪头肉、白菜炖粉条……烧一壶黄酒，一人一碗，解渴又上味，说说田里的收成，讲讲来年的打算，谈谈外面的世界，开怀畅饮，忆苦思甜。

岁月沉淀，品的是人生。成功时，品味到甘甜，爱拼才会赢；失意时，品味到苦辣，一切重头再来；惆怅时，品味到酸涩，不经历风雨，怎会见彩虹。那悠长的思念，漂泊的心灵，疲惫的身躯，在一杯黄酒中，化作云烟，经年多少事，诸付谈笑中。

四

家乡如酒,越品越醇,承载着记忆,承载着文化。

"一壶浊酒尽余欢,今宵别梦寒。"中年后,我随夫工作的变动要去往江浙一带,临行前,喝完母亲温热的黄酒,挥手别离。抵达后打开包裹,发现棉碎花布里有两瓶妈妈亲手做的黄酒,我顿时热泪盈眶。我知道父母是怕我在外想家了,累着了,烦心了,喝上一口,可以缓解心身之疲惫。去年中秋之际,在江南的一家商场,夫君竟发现了老家的黄酒,惊喜之余欣然买下。中秋之夜,招呼几位山东老乡聚在一起,品着家乡酒,说着家乡人,谈着家乡事,忆着家乡情。酒酣处,夫君拿出一瓶知名的老字号黄酒,和一瓶家乡黄酒,各倒一半于杯中,瞬间深浅颜色舞动交融,散发出独有的清香。他诗意地说:"无论北方还是南方,黄酒都是一脉相通,因为它们共有一个名字叫中国黄酒。"在一片欢声笑语中,大家举杯同庆祖国花好月圆。

"中国黄酒",是的,黄酒源于中国,是世界上最古老的酒类之一,与啤酒、葡萄酒并称世界三大古酒。好的黄酒含有丰富的蛋白质和氨基酸,及硒、镁、锌多种微量元素,具有舒筋活血、驱湿散瘀、保健美颜、恢复元气、调味去腥之功效,被誉为"液体蛋糕"。

黄酒是中国酒文化的源头,以其独特的魅力吸引着华夏儿女。浩瀚的历史长河一边滚滚东流,一边散发着浓浓酒香,吟咏着酒诗酒歌,遵从着酒礼酒俗……于是,便有了独具特色的中国酒文化。

曹操之"对酒当歌,人生几何",苏轼之"明月几时有,把酒问青天",

李白之"举杯邀明月，对影成三人"中所说的都是黄酒。正如有文所言："把人类历史，浇灌得跌宕起伏，将琴棋书画，熏染得色彩斑斓，醉了刘伶，狂了诗仙，张扬了曹孟德，书写了鸿门宴，湿了清明杏花雨，瘦了海棠李易安……"黄酒还以其独有的"温润"受人称道，始终以"敬老爱友、古朴厚道"为文化主题。平和的品性，展示出其含蓄与包容。

"落其实者思其树，饮其流者怀其源。"据有关资料记载，地球上最早的酒，是落地野果自然发酵而成的。而进入人类社会的黄酒，则从先秦时期就有了。

1987年8月23日得《新民晚报》刊发了一篇文章，标题为《中国最古老的文字在山东莒县发现——同时发现五千年前的酿酒器具》。家乡莒县，文脉绵长，是春秋时期莒国都城所在地，沭河流域就是著名的大汶口文化和东夷文化主要发祥地，5000年前，莒地先民在陶器上就刻上了图形文字。陶文被认为是古老文明伊始的标志，其所属的莒文化与齐文化、鲁文化被称为齐鲁三大文化。自有巢氏居住屋楼崮之时，就已有酿酒历史。《后汉书·东夷列传》记载，"东夷率皆土著，憙饮酒歌舞"，这说明莒先民自古就有尚酒之传统。1979年，在莒县陵阳河遗址发掘出土了1.2立方米的腐朽粟、稻谷焦渣，据考证都是与酿酒有关的材料。出土的28件酿酒器，225件饮酒具，如酒缸、酒釜、瓠、斛、鸟型鬶等器具，经专家论证乃周代产物。

周朝的酿酒方法，是在黄土大地上掘洞，然后放进黍米与水，使米发芽，最后再使用"曲"发酵，这种酒主要用于祭祀赐予皇帝威权的天神。据有关史料记载，公元前219年，秦始皇率文武百官自西向东，浩浩荡荡来到泰山举行"封禅大典"。山巅之上，猎猎天风，吹拂得他袍袖飞扬。他虔诚举杯叩首，祭祀天地，向诸神禀告天下统一，使用的酒就是过滤后的浊酒——山东黍米酒。后来，酒的酿造方式有了很大改变，酿造酒也有了很多品种，酒文化在华夏大地遍地开花，熠熠生辉。

据史载，春秋战国时期，莒酒酿造已相当繁盛，莒国酒、莒贡酒、浮来酒、龙泉醉等名称已叫响莒地，并被作为贡品上贡。《左传》载，鲁隐公八年（公元前715年），"九月辛卯，公及莒人盟于浮来"。春秋时期，莒、鲁两国不睦，后经纪国国君纪子斡旋，莒、鲁两国在莒国浮来山银杏树下结为盟国。相传莒国国君搬出了当时最好的"春酒"（春天酿造的酒）来招待，鲁隐公顺势与之谈笑风生，酒后言和。在清代乾隆年间，宰相刘墉酒醉浮来山，题词咏怀曰："早知莒酒使人醉，何必当初慕王侯"。

古老的工艺流程一般是以谷物的粉碎、制曲、发酵、蒸煮、过滤、窖藏为一体的原始做法，自晋代一路沿袭而来。在清代以前，莒酒酿造大多为家庭作坊式，至民国初年，莒酒作坊已达数百家之多。现莒地的白酒酿造技术也是从古老的传统工艺发展而来，采用纯手工酿制方法，有20余套酿制工序。

一方水土养一方人，一方水土酿一方酒。莒县目前仍有一些黄酒酿制技艺传承人承袭传统手艺，经久不衰。黄酒也被评为县级非物质文化遗产，成为乡村文旅游中一道独特的风景。虽然时代变迁，但随着市场经济的发展，期待莒酒文化能走得更远，飘得更香。

今天，我再也喝不到母亲亲手酿的黄酒了，但那醇厚芳香，成了我舌尖上永久的记忆，最悠长的回味。循着这酒香，我回到了故乡的怀抱……

❗ 冯爱霞

笔名小雨，中国散文学会会员、山东省作家协会会员、日照市作家协会会员，《齐鲁晚报》"青未了"副刊签约作家，山东省散文学会优秀会员。获刘勰散文奖、青未了散文大赛二等奖、青未了金融散文大赛一等奖、郦道元山水文学奖、首届吴伯箫散文奖、"经山历海看日照"征文大赛金奖等省级及以上奖项数十次；获奖作品入编《胶东散文十二家》《中国当代作家优秀散文选》《初光3》《日照市茶叶志》等作品集。

❤ 本文荣获本届大赛二等奖，作者壹点号：天街小雨

蓬莱小面

● 陈文念

蓬莱,城内有一个奇特景观:让这座海滨小城从睡梦中醒来的,不是清晨的第一缕阳光,取而代之的是藏匿于街头巷尾灯火通明的各家面馆。循着灯光望去,面馆里若隐若现师傅紧张忙碌的身影。这是师傅们正在为这座城市的早餐"积极备战"。早餐不是别的,就是满城人情有独钟,人人都爱吃的蓬莱小面。王福禄是这其中的一位响当当的小面师傅。

一

见到王福禄的时候,他紫红色宽大的办公桌上放了四盒已经煮熟的蓬莱小面,旁边还有各色图案的塑料袋装着冻干卤、浓缩卤、鲜卤……只见他聚精会神,一丝不苟地"望、闻、问、吃",对用四家工厂的面粉做成的蓬莱小面,从"色、香、味、筋、形"等几个方面做着细致甄别，以测知哪份生面做的蓬莱小面更筋道，不坨、不粘，更适合精湛工艺，落口更有面香……

"这是对蓬莱小面的第一道关口——面粉把关，每个环节都疏漏不得！"寒暄之后，王福禄看我一脸的疑惑，笑着给我做了解释。我心想：无怪乎不管是游客还是市民都愿到他的店吃小面，说他家做的小面好吃、鲜美，原来如此！

现年65岁的他，老骥伏枥，一如既往心无旁骛地做着自己喜欢的蓬莱小面，无论遇到多么大的困难，从不退缩放弃，从不为各种诱惑所动，自始至终割舍不了对蓬莱小面的那份情怀，一直执着坚守做着蓬莱人离不开的这碗小面，让正宗的蓬莱小面牢牢地端在自己手里。他以蓬莱人特有的耿直与细腻，精益求精地把拥有几百年历史的舌尖上美味从蓬莱的"博物馆"里请了出来，不仅做到了墙内花开墙内香，还让这个足不出蓬莱的"小家碧玉"掀起了盖头，以大家闺秀的姿态，高昂着头颅，神气十足地走出了蓬莱，吸引了越来越多的世界目光，接受着上至国家元首下至海内外客商的啧啧称赞。

看似平常的一碗小面，王福禄却含辛茹苦地付出了一辈子心血。48年来，他一心一意只为做好这碗面，从一头乌黑铮亮头发的小伙子变成了两鬓斑白的饮食大师。如今，蓬莱小面制作技艺已被列入山东省省级非物质文化遗产代表性项目名录，他成了这个美食项目的传承人。这个荣誉对他来说实至名归。

同时，他一方面在传承中创新，一方面在创新中传承，结合蓬莱小面的制作、传承和研究，做了大量发掘、抢救、传扬工作，通过追溯、挖掘和整理蓬莱小面的历史渊源与文化内涵，硬是把散落在民间的记忆、行走于江湖的技法、口口相传的"秘籍""绝招",去粗取精,以教科书的形式记录传承下来,不仅起草制定了《鲁菜 蓬莱小面》地方标准,还独具匠心地先后推出了八仙面、一窝丝、齐王面等 30 余种系列新品,让蓬莱小面再度成了蓬莱的又一身份标志。

二

俗话说:一方水土养一方人。蓬莱,一个梦幻仙境般的城市,自古素有"山海名邦"和"人间仙境"的美誉,神奇的海市蜃楼,美丽的八仙过海传说,东寻不老药的秦皇汉武历史,迷人的海天风光,奠定了蓬莱东方神话的策源地。更让人羡慕的是苍天偏爱蓬莱,在黄渤海交汇这块物华天宝的圣地上,早就巧妙地安排了大海珍品与陆地小麦的姻缘,勤劳朴实的蓬莱人千百年来不负大自然的馈赠,从山海精华中凝练出来了风味鲜美的蓬莱小面,让散发着神奇而诱人光泽的蓬莱小面成为地域美食文化的翘楚。蓬莱小面虽说算不上中华美食的"名门望族",但在仙境蓬莱,在胶东地区,绝对称得上是家喻户晓的名吃,在整个山东也负有盛名。蓬莱小面已沉淀出自己独有的专属美食记忆,成为一座城市的鲜明性格和符号,逐渐在全国享有盛誉。

旧时,蓬莱农家喜食面食,馒头、花卷、千层饼、包子、面条等,其中尤以面条为最。蓬莱小面是逐渐从蓬莱乃至胶东沿海地区民间日常面食打卤面为基础脱胎而来,打卤面是胶东老百姓的最爱,红白喜事,过年过节,招待客人,都要吃面。在这里,参加婚礼,不叫"吃席"叫"吃面"。"大喜他妈吃面——没有数",是人人皆知的歇后语,说明吃面深入人心。蓬莱小面演变为地方传统名吃,至今有200多年的历史,其间有兴有衰,但其影响日渐扩大。民间传说,蓬莱小面是由清末将领宋庆的父亲发明,后在民国时期一个叫衣福堂的人推陈出新,把蓬莱小面做到了极致,所以蓬莱小面又俗称"衣福堂小面"。衣福堂的小面做工及用料很是考究,而且他颇有经营之道,各路食客慕名而来。衣福堂小面每晨只售百碗,引得蓬莱城里及城外人一时以吃不到他的小面为憾事,小面却因此名声大振,遐迩闻名。改革开放时期,蓬莱小面的发展遇到了前所未有的良机,蓬莱大地上小面店如雨后春笋,一时间商家众多,店铺林立。而其中,王福禄的蓬莱小面脱颖而出,成为翘楚。经过48年的探索,从事餐饮行业近半个世纪的王福禄义不容辞地接过了历史的"接力棒",从最初的为谋生路而做面到后来的以振兴蓬莱小面为己任的责任担当,他已经成为蓬莱小面制作技艺第三代传承人,让这门古老的技艺在传承中坚守诚信底线,又在发展中被赋予了新的内涵,才得以使有200多年匠心之旅的蓬莱小面,成就了"小面乾坤大,精琢福禄长"的"非遗"光芒。

在胶东一带,许多美食都是以"大"为奇,以"大"为美,以"大"闻名,如大鲅鱼水饺、胶东大馒头……唯独蓬莱小面以"小"命名。这里的饮食多为大江东去派,总是大盘大碗吃得热热闹闹,红红火火,但蓬莱小面独树一帜,颇有些江南袖珍细腻韵味。蓬莱小面以面坯精致、柔软、卤汁多、汤鲜味美、风味独特而自成一派。它在用料、做工、火候上都十分讲究,制作技术要求高,工序很繁琐,包括和面、溜条、出条、制卤等工艺,操作难度高,是其他面条制作难度难以比拟的。做小面，和面最见功夫，手要一松一张，讲究"三遍水""三遍碱""九九八十一遍揉"。这样调制的面，柔中带韧，韧中见柔。在摔面师傅手中，一个柔软面团，经三拉四摔，几个回合，上下翻飞，面团即被摔成百条细细软软的银丝。将面条下锅煮熟捞出，冷水过凉，此时的小面黄里透白，爽滑劲道，碱香味好。如果满分算得十分，这摔面只占三分，如贾平凹对女人的评价："三分漂亮，七分态。"这小面的卤即是小面的态，正宗小面的卤一直沿用当地叫作加吉鱼的一种海鱼熬汤调制，十分鲜美。现在除了加吉鱼以外，还可以用辫子鱼、黑鱼、海蛎子等做卤，味道也很鲜美。制作小面的卤要先做底汤，就是把老母鸡和新鲜棒子骨放入清水中文火炖9个小时以上，然后捞出，留汤开卤。随后将加吉鱼洗净去鳞，剔下鱼肉放入底汤中煮10分钟。最后再依次加入葱花、姜末、黑木耳、食盐、老抽、大料、香油等作料，待汤烧开时，再将打散的鸡蛋撒上。面条浇上卤汁，一碗细如发丝，汤卤鲜美，热气腾腾的蓬莱小面即大功告成，不及下箸，已是垂涎三尺，有幸吃得，更是三生难忘，实在是一碗海滨风味的佳肴，食之几有仙气缭绕于身。

无论是柳芽返青的春季，还是白雪飘飞的冬季，每天清晨大街小巷的酒店、饭馆、早点小摊，都挤满了最钟爱、最渴望吃到蓬莱小面的人群。蓬莱小面成了市民情有独钟的早餐，满城只吃一碗面，似乎人们永远没有吃倦，更没有吃够似的。只要能来吃上一碗地道的蓬莱小面，鱼肉裹着刚出海的一缕缕海风席卷舌尖，风过处洋溢起鲜美无比的卤香弥漫周遭，顿感神清气爽、浑身劲儿十足。这可是再舒服不过的感觉了。什么是珍馐美味？大抵不过如此罢了。难怪有人调侃，"蓬莱小面金不换，赛过神仙不一般。"蓬莱小面除了作为大众消费的早餐，还在隆重丰盛的筵席上发挥着举足轻重的作用。席间如醉如梦之时，最后每人来上一碗现场制作的蓬莱小面，既表达了宾主之间绵长悠远的牵挂和感情，又能增进彼此互信，促进双方携手并进。畅快地打上一个舒服的饱嗝，那才叫真正的酒足饭饱。这些人间烟火味的隐约之笔，诠释了蓬莱小面画龙点睛的奇妙作用。

三

蓬莱小面，融进非遗技艺传承人王福禄的生命里，是从他年轻时就开始了。回想其中的甘苦，王福禄娓娓道来，仍陶醉在年轻时第一次摔面成功的喜悦里，脸上闪烁着幸福和自豪的光。

1975年5月份，17岁的王福禄到蓬莱县招待所当学徒，进门先干了3个月的杂活，每天凌晨4点起床，收拾客房卫生、用拖车外出拉水等。厨师分工不是那么细，红案白案混合一起干，过了一段时间，师傅看他这个小伙子勤快，舍得下力气，就开始教他学做鲁菜。那个年代，蓬莱小面还是"旧时王谢堂前燕"，还没真正地"飞入寻常百姓家"，不是平日随随便便能吃上的，大多数人手里的钱宽裕了，才偶尔舍得买一碗面吃。怀着对吃碗蓬莱小面的渴望，王福禄开始用心关注蓬莱小面，想跟师傅学这门手艺。

"那个时候学小面是个苦差事，一年四季起早贪黑，年轻人都不愿意学，厨师一身油烟味，社会地位也不高，也不好找对象，有许多人劝我另谋出路……"王福禄回忆了当时学小面的情景。

但好学的他逐渐喜欢上了蓬莱小面,心里的小面情怀在日益生长,他暗下决心一定要把制作蓬莱小面的技艺学到手,冥冥之中,他好像要与蓬莱小面相伴终生。一年四季,不同的季节,和面的水温要求也不同,尤其是冬夏两季,和面的水温最难掌握。师傅看他能吃苦,悟性高,便毫无保留地把和面的绝招窍门传授给他。"比方说夏天和面,那时候没有冰箱,头天晚上可以把和好的面装进水桶放入深井里,冰它一宿,第二天调面就是冰凉的,就好像用的是冰水一样,这样和出来的面软硬合适,便于小面制作。"王福禄回忆道。

经过他勤学苦练,师傅一次次点拨,他日渐技长,拼碟炒菜、打条摔面也都拿得起,放得下,基本能独立担责了。得到了师傅的认可,一年的时间他就出徒了。

说到这里,他眉飞色舞,回味起他刚出道不久外出制作蓬莱小面带来的快乐和荣耀:"农村乡下办喜事儿,师傅带着我去打个帮手,我高兴地用围裙包着头,就和现在当帽子用,穿着白色力士鞋,骑着自行车,带着工具,一路哼着小曲,高兴地到了喜主家。一做就是30多桌菜,我做的小面是压轴主食,在客人一声一声赞叹中将宴席气氛推向高潮。每每宴席结束后,喜主的夸奖和那份热情至今不忘,临走还要送我二斤桃酥……"这么多年过去了,他内心的高兴劲儿一如当初,甚至能让人听到他内心的欢笑声。

从乡亲吃小面的眼神里,从喜主的认可和感激中,王福禄敏锐察觉到蓬莱小面发展的前景,从此以后,他更坚定了学好蓬莱小面制作技艺的信心,小面情结在他的心中扎得更深了。这种触动心弦的美好或许就是蓬莱小面温柔的力量。

1978年,王福禄到化工部蓬莱水城疗养院独自挑摊干厨师长,真正意义地走上了独自制作蓬莱小面的舞台,拉开了与蓬莱小面间的一场忠贞不渝、地老天荒的爱恋与传承。

在他制作蓬莱小面的路上,也不是一帆风顺、一蹴而就的,不只有鲜花和掌声,也有人当场给他个下马威,令他脸面无光,满是难堪与无奈的时候。他给我讲述了一个至今忘不了的"扣盆"故事。

"80年代,改革开放的蓬莱涌现出一批兴办乡镇企业的先锋企业家——'新八仙',当时'新八仙'这几位都习惯在家里请客。有一次冬天,我和袁克伦、沙喜家二位师傅到一位企业家家里做菜摔面。和好面放在锅台上,我们喝起了酒。轮到我摔蓬莱小面时,在面案上操作几下,我傻眼了,心里极度慌张,浑身冒出一身冷汗。毁了,出徒多少年了,摔不出蓬莱小面了,给客人造成浪费不说,在蓬莱这些有头有脸的师傅面前也丢尽了脸面,当时我无地自容,有个洞儿就能钻进去……"但他知耻而勇,虚心请教师傅,沉下身子分析"扣盆"原因,终于明白是冬天水凉了,面筋大,和面水温、比例掌握不好而导致的。

这次败走麦城的教训,对他的打击很大,几天几夜他吃不好睡不好,情绪低落,这给年轻气盛略有心浮气躁的他上了一堂生动的教育课,他也深知了驾驭蓬莱小面的娴熟技艺还有很长的路要走,不是一朝一夕就能轻易成功的。

不经炼狱般的煎熬,哪来的高光与荣耀。年复一年,日复一日,王福禄全身心地投入蓬莱小面制作中,从和面入手,在小面制作的每道工序、每个环节上深钻、苦练。和面是第一个技术要点,他反复实践,对比，也不知他和了多少吨面，最终找出了和面成功的密码——"甩手水"。借助这一密码，他在和面工艺上反复锤炼，熟中生巧，直至游刃有余。醒好面后，进入第二道工序：溜条，也就是老百姓常说的"顺筋"。面在案板上反复摔打，有节奏地"啪啪"作响，可谓"嘈嘈切切错杂弹，大珠小珠落玉盘"，然后再渐渐拉抻，两端对折成"8"字形打扣并条，如此反复抻抖多次直到将面溜顺。接下来就是"出条"，出条是制作小面过程中最难掌握的一个环节。先将溜好的面条放在案板上，撒上醭面，用手将面条搓得粗细均匀，手中指朝下勾住打扣，手心向上，两手同时朝两边抻拉，如此反复7次，即7扣256根，面成细匀条，细如毛发。这一个动作常常要在面案上练习好多次，动作要有连续性，一气呵成，直到满意为止。一天站下来，腰直立不起，胳膊有时累得肿胀，双手举不起来，晚上睡觉也痛。

"夏天做小面是最苦的，穿着白色工作服，干一会儿，就汗流浃背，衣服湿得透透的，是对体力极大的消耗。夏天温度高，和面、打条速度都要快，慢了，面粘了，就摔不出来小面了……"王福禄一股脑儿说出夏天做小面的那种艰辛和付出。

春夏秋冬，蓬莱人，要在早晨吃上一碗小面才迎来新的一天，王福禄则是雷打不动每天凌晨4点钟就开始调卤了。

风霜雨雪，他在蓬莱小面的制作之路上矢志不渝地跋涉、攀登，他的魂魄已经融进蓬莱小面，熟知他的人都称他为"面痴"。写到这里，我想起冰心在《繁星》里的一句名言："成功的花，人们只惊羡她现时的明艳，然而当初她的芽儿，浸透了奋斗的泪泉，洒遍了牺牲的血雨。"

如今王福禄的蓬莱小面制作技艺，已是匠心独具，炉火纯青，现场制作时的仪式感令人赏心悦目，成为一道独特的饮食文化风景线。让你酣畅若狂的，不仅是鲜香趣美、柔韧有余、丝缕情长的蓬莱小面，还有那制作工艺给你带来的令人应接不暇的艺术般的视觉享受。

历经近半个世纪的小面制作生涯，王福禄深有感触地说："无论是和面时反复揉搓的坚韧，还是抻面时折返摔打的刚劲；无论是甩面入锅时的飘逸潇洒，还是选材时的精益求精，打卤时的一丝不苟，都承载着制作者对历史的尊重、对食材的理解、对人间烟火的热爱，是用心做出一碗好面的严谨和追求的完美体现。正是这些长年累月的粗犷中的细腻、精致与讲究，成就了灵动鲜活的蓬莱小面的前世今生。"

四

"在蓬莱地界，王福禄的蓬莱小面怎么这样火？"这是我长时间心中的疑问。见到王福禄，他独到的经营理念让我豁然开朗。

"信誉是用不完的资本，诚实是打不倒的品牌！这句话我请书法家写好放在店内最显眼的地方。蓬莱是个旅游城市，无论本地人还是游客，小面都是一个价格。有人说我傻，让我卖给游客贵些，但我不能那么做。摔良心面、做良心人，以诚实和信用经营，才能维护好蓬莱小面的名声。"王福禄的店是这样做的，身为首任蓬莱烹饪协会会长的他在行业内也大力提倡诚信经营。

王福禄的蓬莱小面在蓬莱家喻户晓，大家都知道他对食材很讲究，严把进货质量关，食材当天采购，当天使用，绝不积压。所有面卤的底汤一律采用新鲜大棒子骨和 500 天左右的老母鸡熬制，虽需要近 10 个小时制作，成本颇高，但也不改弦易张；勾制面卤，始终如一地采用地瓜淀粉，尽管操作麻烦，废料多，出卤量低，尽管市面上已有工序简单、成本更低的土豆淀粉可作代替，但他从开业一直延续着老辈使用的地瓜淀粉，这样开出的卤，正宗地道，味道醇厚独特，备受消费者喜爱。

"开卤的海蛎子，即使第二天海上刮大风，市场上海蛎子贵了，店内的面仍然不涨价，按原价出售。面条现吃现摔，如果哪天小面剩了，卤剩了，不管是 10 碗、还是 20 碗，第二天改作它用，坚决不卖给消费者！"王福禄说到这，从桌子上一个夹子里翻出照片给我看。

小面明码标价，均按标准化制作，每碗小面摇卤有几个海蛎子是有定数的，从不随机摇卤，保证每个碗里不少于四五个大海蛎子。

制作小面用水量很大，在店开业之前，后院打了一眼井水，有的员工建议使用井水来降低成本，但王福禄认为井水离小区污水管道太近，为了消费者健康，绝不能用井水开卤、刷碗，坚持一直使用净化水。

外地游客慕名而来，品尝蓬莱小面美食，若师傅在场，立即现摔；如是师傅下午两点下班以后，则向游客解释清楚，暂无现摔的小面，仅有师傅下班前制作的蓬莱小面，征求游客同意后再售，并赠送其他食品以示歉意。

"宁可生意不做，钱不挣，也不能砸了蓬莱小面这张金字招牌！"在始终坚守蓬莱小面制作标准这一点上，王福禄毫不动摇，寸步不让，有股倔强的血性和骨气。

曾经有一家企业上门找到王福禄，想与他长期合作蓬莱小面政府推介项目，但为了降低成本，建议他从面卤中剔除海参花和紫菜，卤汁里只打个鸡蛋，放点味精就行。

"那怎么行，既然合作，就要按照正宗的蓬莱小面标准去做！"王福禄面带微笑，郑重说出自己的想法。

对方从王福禄的言谈中，察觉到想让他降低蓬莱小面制作标准，恐怕是不行的，但还婉转地说："这笔长期合作的大生意你不做？有多少人是抢也抢不到手啊？"王福禄不是个糊涂人，听懂了弦外之音。

"蓬莱小面是蓬莱人民的，不是我王福禄个人的，如果我只为赚钱，看你的生意大，就不管蓬莱小面的声誉，那就是侮辱了我的人格，毁了我48年坚守的底线，我也愧对蓬莱小面传承人的称号！"王福禄一字一句掷地有声，最终拒绝了合作请求。

眼下，有许多人看好蓬莱小面这张美食名片，纷纷登门希望加盟。目前与他合作仅有两个店，事前签了合同，合同里最重要的一点就是规定凡店里售出的蓬莱小面，各个环节必须符合他制定的标准。王福禄不是收取加盟费一走了事，而是常常不定期秘密考察、走访，听取消费者的意见。果不其然，曾有加盟店违约，偷工减料，减少工艺环节，想要赚取更大利润，直接影响了蓬莱小面声誉。

"你砸了蓬莱小面的牌子，就休怪我端了你的饭碗！"

夜深人静，王福禄辗转反侧，思来想去，尽管没干到年限，尽管要赔钱，还是要立即解除加盟，在他心里，蓬莱小面的声誉胜却金钱。

他找来加盟商，有理有据，陈述危害，干净利索，毫不留情，责令停止加盟合同。加盟商摇摇头，但也心服口服。知道底细的人说王福禄真傻，到手的钱不赚，现在哪还有这样的人？

"蓬莱小面该如何与时俱进，冲出突围，走出在低质量中徘徊的困惑？"王福禄说这是他成为蓬莱小面制作技艺传承人之后思考最多的问题。

蓬莱小面在很长的时间里，价格一直停留在三四块钱一碗，与蓬莱飞速发展的旅游业不相匹配，容易让游客对蓬莱小面这一美食的质量产生困惑，经过市场调研，走访有关人士，他独树一帜，从提升店里软环境、提高小面的质量、改善服务态度入手，执行新的蓬莱小面质量标准，把小面价格涨到一碗6元，决心让蓬莱小面凤凰涅槃，来个华丽转身。

一时舆论哗然，说啥怪话的都有。然而结果是小面价格虽然提高，来他这里吃小面的人不但没减少，反而越来越多，常常是门庭若市，游客纷纷排队吃小面，他的店成为蓬莱小面旗舰店，成为全国游客品尝美食的打卡胜地。

五

近些年来，蓬莱小面名声越来越大，王福禄更忙了，公益传授小面制作工艺、"非遗"技艺展演、节目录制、接待外地人拜访学习，这两三年，他10多次参与中央广播电视总台等全国主流媒体有关蓬莱小面的录制和访谈，大篇幅、多频次、全方位的跟踪报道，提升了蓬莱小面的知名度、关注度和美誉度。

"这是我一生最幸福的时刻，2020年1月8日，我来到塞尔维亚共和国首都贝尔格莱德，现场展示了蓬莱小面制作技艺。"虽然过去三四年的时间了，王福禄谈起那次经历仍是一脸的兴奋和自豪。

自从他知道要去国外展示蓬莱小面制作工艺，激动之余想的更多的是如何做得更完美，如何能通过蓬莱小面，淋漓尽致地体现"中国美食"的味道。

为了让自己的味蕾更敏锐，他不抽烟，也戒掉了多年的喝酒的爱好。

"这样可使味蕾保持最佳状态，尝尝面，喝喝卤，棒子骨汤新不新鲜，隔没隔夜，达没达到标准，一下就可泾渭分明！"王福禄满有把握地说。

每天早晚，他主动练习太极拳，让身体保持柔软韧性，体壮形美。

临行前几天，王福禄虽然高兴，但也掩饰不住内心的压力，这毕竟是第一次走出国门展演。

"晚上失眠，心想千万不能让年轻时'扣盆'的事件重蹈覆辙，一旦'扣盆'，丢掉的不只是我王福禄的脸面，更重要的是损害了祖国的形象！"王福禄说起当时最担心的事。

到了塞尔维亚首都贝尔格莱德，天寒地冻，白雪飘飘。他顾不上休息，第一时间走进超市面粉专柜，却发现这里全是全麦面粉，这种面粉筋道但不好摔。

第二天就要现场表演蓬莱小面制作技艺，怎么办？

"连夜调好面，稀一点。"他根据经验，面筋隔宿会增大，到了第二天再调块面兑上，这样面筋就适度了。

这天，总统来了，大使来了，美食专家来了，爱好美食的异国朋友来了……

寒风凛冽,王福禄信心十足,精神饱满,马步站在面案前,端庄大方得体,双手握住一团面,打条像柳燕飞,强大的力量支撑两臂上下舞动,左右开弓,面团神奇地舒展成胸前的无数细条,齐刷刷悬着,行云流水,似画家的工笔画,紧接着双手举起亮面宛如大鹏展翅,刹那间将面下锅似天女散花,麻利捞面像海底捞金,最后一道工序将面盛在碗里扣成绽放的荷花一朵,浇上鲜美喷香的面卤,动作连贯,一气呵成,现场沸腾了,迎来阵阵掌声……

蓬莱小面的鲜、香、趣、美锁住了异国他乡朋友的味蕾,为这次展演活动绘就了浓墨重彩的一笔彩韵。"蓬莱小面好吃,中国小面最棒!"王福禄的小面赢得了外国朋友的连声称赞!总台《新闻联播》栏目和塞尔维亚共和国各大主流媒体对活动进行了报道。蓬莱小面由此开启了"领略非遗之美、传承文化之根"的巅峰之旅。

一碗小面一生情,不用扬鞭自奋蹄。为了使蓬莱小面走得更远,让全国各地的朋友都能吃上人间仙境的美食,王福禄花费巨资用两年的时间研发创新,生产了即食蓬莱小面,匠人传承,鲜香如初。如今,王福禄早已过了耳顺之年,筑梦追梦的脚步依然铿锵。他说:"只要活一天,就要将蓬莱小面向前推进一步!"

❗ 陈文念

曾任《蓬莱岛》杂志主编;中国作家协会会员,山东省作家协会会员,蓬莱作家协会负责人;著有长篇小说《大忠祠》《杨朔传记》《蓬莱阁那些故事》;散文集《走进蓬莱》《品读蓬莱阁》《题诗作画游蓬莱》《八仙过海在蓬莱》《文念散文精选》；公安纪实文学集《仙境神剑》《与女囚有约》。作品散见于《人民文学》《人民日报》《人民日报》（海外版）《山东文学》《天津文学》《人民公安》《蓝盾》《法治日报》等全国各类报刊；几十次在全国征文比赛中获得奖项。

♥ 本文荣获本届大赛二等奖，作者壹点号：海市

大地,从我的身边流淌而过

● 崔洪国

"新年都未有芳华,二月初惊见草芽。"每天,我们双脚行走在脚下的大地上,日子在我们每天的忙碌中匆遽而过,去了还来,回不来的是过往,迎着的是向前的曙光。大地在我们每个人的身边流淌,也是去了还来,去的是那些渐行渐远的沧桑,迎着的是每天都在变化的气象。

——题记

上

每次回到故乡那片魂牵梦绕的大平原,我都要到村外的田间地头接接地气。故乡的平原辽阔广大,一条一条的连村水泥路把平原和田野切割成无数的方块,站在每一个方块的尽头,头顶是蓝蓝的天和洁白的云,那些云在近处是一片一片,一朵一朵悬着,飘着,到了远处就汇聚成跌宕起伏的云涛和云海,有时是浅灰的,在夏天,那是骤雨欲来或者初歇的征兆，有时是洁白无瑕的，似广袤的田园里盛开的棉花和采摘到场院里堆起来的一个一个棉垛。在云开万朵的天地下，你从一个方块的尽头望过去，有时就望不到边际，远处的村庄在视线之外是一个很精微的点缀，那个时刻，你会感觉到广袤的大地和高天的流云一样，正从你的身边缓缓流过，内心会不由自主地发出与清照"天接云涛连晓雾，星河欲转千帆舞"一样的感慨——天接云涛，在无边无际的平原大地上望去是最直观的，视野开阔，没有障碍，那些云能够触手可及。不像人在崇山峻岭和激流岬角，一会看到云在天外，你伸出手去，她们躲在了耸立的山峰后边，和你来回捉着迷藏。星河是天地宇宙间最宏阔的写真和叙事，在平原和高原都能清晰看到的。

那天是岳母生日，岳母92岁高龄了，和90多岁的岳父相濡以沫，在静静的乡村安度着幸福的晚年。"执子之手，与子偕老"，每天在那个小院里，在院外的胡同，在村里的街口，两位老人都要牵着手，慢慢地走着，冬天的日子里晒晒暖暖的太阳，春暖花开了沐浴着温柔的春风，让太阳晒得满脸通红，让春风吹得一脸微笑，两位老人如返老还童，看上去既慈祥又可爱，只有那样，孩子们才能放下心来奋斗自己的事业。如此高龄的老人身体衰微，需要家里孩子照顾的很多，而岳父岳母自很多年前就一直相敬如宾，守望相偎着，健康是最大的福分和福报。有时两位老人会牵着手，走到村口凝神地望着那一片一望无垠的大地从他们脚下流淌而过，90多年，快一个世纪了，他们从一来到这个世界，自咿呀学语时，就与这片平原，这片大地朝夕相伴，他们亲历和见证了土地太多的传奇和故事，大地的烟火气息已经融入了他们流淌的血脉中。白天他们会想到那片大地，从这头去望无边的尽头,夜里他们会经常梦到大地从很远的尽头流淌到这头,触到了那根神经,他们就从梦里醒转来,像过电影一般想自己90多年与这片土地真实的故事。那些乡间的公路,在岁月的时光中向着无穷的远方延伸着,很像老人身上数不清的经络,在生命常青的树上向着身体的最深处挺进着,延展着。

回家的路不长,一个多小时车程,在省城堵车的高峰也就是从家里出门到单位上班的这段时间。但是思念很长。"离恨恰如春草,更行更远还生",这话除了形容恋人之间的离别和相思,用来思念故乡的亲人和亲情也是蛮适宜的。在匆匆回家的路上和车上,其实就是这样一份心境和心情。虽然年前刚刚回去看,离眼下的春暖花开也就是一两个月时间,但这份思念又如春草,在心里蔓生滋长了。妻开着车,我坐在她的旁边,回家的路上与她说着故乡平原和家里岳父岳母、妻妹和姐姐的话题。平原和土地从路的两边流淌而过,一个村庄、一个影像、一缕炊烟、一片葱绿,隔离护栏的一束小花,一闪,倏忽而过,在车的后视镜中渐行渐远。"门外若无南北路,人间应免别离愁",路是有的,别离的愁也是有的,路在行驶的车下,思念随着车的行进在心头集聚着、散开着,在我和妻子关于故乡、亲人的对话中越来越集中,越来越成为中心,说着道着就下了高速到了平原乡村的近旁。

"经冬复历春,近乡情更怯。"乡间的路上无数的农家三轮来回奔忙着。乡间的路不似国道那般宽敞,而是狭窄逼仄,妻减慢了车速,小心翼翼避让着。从张郭村到梨园村两边的地里到处都是忙春的农家人。去年冬天没有下过一场像样的大雪,所以大地上看不到春水融冰的景象。春寒过去,气温也已经飙升到了20多摄氏度,很多地块里的麦子都已经有一手掌高，漫漶的春绿早已把脚下的大地覆盖了。身边流淌而过的大地着了更多自然和生命的绿色，鲜亮着，在滚滚的春潮和明媚的春光里舞动着。"人还是忙起来有精气神"，地里那些忙碌的身影成了那会儿我和妻子话题的主角，他们有的弯腰在施肥，有的正在从地头的车上往下搬农具，有的正在地垄间扯开长长的黑色软管准备春灌。虽然很多地里都已经安装了喷灌设施，但是还有的地块是用传统的漫灌浇地，可能这些村民用着习惯了，习惯的改变需要的不仅仅是时间，还有观念，这也不是能一蹴而就的事情。路边的沟都挖过了，挺深，在一个地块到另一个地块之间用圆圆的水槽连通着，那些水槽是水泥浇筑的，雨大的时候能够通水，沟里能够存水，到时可以直接用来浇地。一直到岳父母家所在的梨园村，路边的沟都是这样长长的，连通伸展着，田间地头是熟悉和陌生的面孔过往晃动着。

中

村西的院子很大，很空阔。车在院子里停稳后，还没等我们下车，我就看到岳母推着辅助自己走路的轮椅小车在北屋的门口招呼着。从去年生过病之后，两位老人的身体明显不如以前了，岳母还摔倒过一次，岳父走多了路也是气喘吁吁。经历那场疫情的折磨，人们知道新冠病毒对身体的损蚀远非一般感冒那般轻描淡写，所以大家更加珍惜健康，珍爱亲情。岳父岳母虽然也在那段日子受了煎熬，但最终还是安然无恙地过来了，恢复以后，身体并无大碍，只是岳母因为摔过一跤，腿脚不那么灵便，不那么听使唤了，每天出来就得扶着个小的辅助轮椅，推着它一步一步往前走，岳父就跟在一边，两人耳朵虽然有些背，但都能听到彼此说的话，他们之间用心交流就如涓涓细流，和那片大地上的春水一般，流进彼此内心的田畴中，虽然润物无声，但那份守望和依赖依然能够清晰感知，这就是信任和爱的力量。在大地上，是麦苗对土地的情意，在你我之间，在岳父岳母之间，是对彼此那份相依相许的情意。

"快点到屋里来"，岳母颤颤巍巍地在门口迎着，苍苍的白发在温暖的春风中丝丝缕缕轻扬着，如那乡村的房舍上缕缕升腾的袅袅炊烟，一缕一缕在风中摇曳。岳母的头发已经很稀疏了，但是脸色红润，说话声音虽然很轻微，但精神头很足。我生怕她摔着，赶紧过去搀扶她。她腾出一只手拉着我，另一只手拉着妻，岳父忙不迭地也扶着她。在那一刻，几个人就这样拉着、扶着、望着。"此时无声胜有声"，妻子眼里潮润润的，那是对两位老人日复一日的牵挂、思念、惦记，是回到家，回到父母身旁，作为孩子的女儿在父母面前表现出来的不加掩饰的委屈和幸福。委屈可以诉说，幸福可以共享。也许都有吧！一家人坐下后，自然少不了家长里短的那些话题。我和大姐、小妹一起包水饺的间隙，妻子就收拾好了随身带的艾灸、拔罐的器具，给老人做上了艾灸。一时间，屋外春风荡漾，阳光灿烂，屋内艾草熏香，语笑喧阗，一家人在难得的时光里静静享受这亲情的温馨和幸福。亲情如甜甜的酒酿，那样的时光里，围坐在两位鹤发童颜的老人身边，亲情是甜蜜的，心情更是陶醉欣然。

"新年都未有芳华，二月初惊见草芽。"妻子和岳母她们话家常的那会儿，我站在空旷的院子里，沐浴着清浅的春风，在云淡风轻中随着思绪寻觅着春光的影子，亲近着大地在春日萌发中悦动的声息。院子里的桃树和杏树都长骨朵了，故乡的春气晚，比省城济南晚10多天的样子，那些桃树和杏树还没有开花。几垄葱叶子干蒉着，里面油绿油绿的，在告诉我春天已经渗透进生命的经络和脉象里了。两条狗在桃树下边的窝旁趴着，每次回去它们都在，熟悉了，彼此也就放松了警惕。偶尔它们也吠叫几声，那是外面路上过往的车辆惊扰了它们。我过去的时候，它们就趴在松软的土地上，眯着眼，懒洋洋地晒着温暖的阳光，一副很舒服的样子。西墙根处，是去年割过的韭菜畦，冬去春来了，土地湿润蓬松了，那些韭菜又萌芽了，还是紫根的，虽然很幼小微渺，但依然很顽强地在土地上展示生命的力量，和那些看似枯萎的树一样，春风一来，一个轻吻，便绽放开无边的花海和芬芳，让人内心充满敬意。这都是身边流淌的大地在春光里的无私馈赠，这些物像应该让我们对大地心存感恩和感激。

家人之间的话语自然离不了乡村、田园和土地。我在那片大地上出生、长大，又一直从事着与农业、农村、农民相关的职业，那些话题与我并不陌生。"等我退休后回村包一片地种吧！"我半开玩笑半认真地和家人们说。"你哪有种地的手，你可受不了这个罪。"大姐不相信我说的话是认真的。"我从小也是地里来地里去的，干活也是个好把式。年轻时候到咱家里割麦子，摁着一畦，头也不抬，汗也不擦，最快割到头。"这是真的，当年追妻子那会，为了好好表现，我到妻子家里帮忙，握了镰刀，腰上捆了草葽子，顶着火辣辣的太阳，真是一鼓作气割刀头，回头一望，长长的一畦麦子就整齐地躺倒在广袤的大地上了。所以，我的身上和心里一直就充盈着大地的气息和情结。

下

大地是我生命里不可或缺的元素，随着年岁的增长，我对大地有了更加深沉和醇厚的依恋和思念。我在很多的散文中都写到过与大地那份浓郁的情感。在《童年的金色水湾》中，我写到过童年在西崖那片土地上的放歌。在《鲁北平原的冬天》中，我详细述说了鲁北独有的风物和人情特色，那是我热爱那片土地的秘籍。在《列车前方到站徐家店》中，我热情讴歌了面海朝阳的海阳人、徐家店人和上马山人在那片热土上的踔厉奋发，想起来，我眼前都是飘香的瓜果和花草树海的万紫千红。不是邂逅，我曾经长时间和那些土地朝夕相伴，与那些满脸沧桑的乡亲栉风沐雨，同甘共苦。我是他们中的一员，我是大地烟火气息的一部分，说到乡村和大地的话题，我自然能够文思泉涌，思想自由奔放，根本用不着来回切换频道。

村北平原土地上的一条连村公路原来是土路，现在都用水泥硬化了。小妹说那条路一直连通到镇上的西外环，开车转过两个弯就到了。平时车少，到了晚上，不少村里的人都会沿着那条长长的路一直走到头，来回大约要两个小时。路虽然不长，倘若步行，再一边说着土地和田园的话题，一两个小时的时间倏忽也就过去了。小妹说开车带我顺着那条路去看看经冬的麦子，说去就去，我坐了小妹的车向着村外的大地和田野奔去。路边的地里很长的一片大棚正在搭着架子，那一根一根的柱子涂了白色的漆，在大地上显得既突兀又亮眼。顺着那条硬化的公路往东行，路的两侧扑面而来的就是大地上那些麦子和田里来往的农人了。有的地里架起了喷灌设备，在麦田里长长地连缀着。现在种地也省事了，浇地用喷灌，收割用机器，冬去春来今又是，换了人间，这几十年的时间，真是沧海桑田。

我听小妹告诉我，村里的很多地都包给种粮大户了，她们村里的地是邻村东柳一个大户包的，也都上了喷灌。有些人家的地舍不得包出去，依旧自己种着。大约还是春寒未尽吧，有的地里的麦子已经绿了，虽然还没有铺满大地，但正在换着绿色的春装，而有的地块里还是如冬天一样，荒寂干索，麦子很稀落，还看不出长势来。都到了二十四节气的惊蛰了，也该换装了，怎么还是这般了无生气呢！小妹告诉我，去年冬天没有雨雪，今年是春旱，有些地块提前浇过了，麦子自然长势喜人，还没有浇过的，一直在等待着春雨的滋润和喷灌，所以同样的地里就是两重景象。还有一个原因，就是有的地是自己家种着，所以很上心，有些包地的大户没有把所有的心思放到高产上，种地的同时还忙着其他的营生，那些麦田看上去就还如同没有从深冬的梦里醒来一般。不过也没事，麦子的生命力和自愈能力很顽强，再过一段日子，天气更暖和一些，再有一场春雨，那些麦子就会被一阵春风唤醒，天空和大地就是无边无际的碧蓝和深绿了。倘若做一个航拍节目，定会看不出是北国还是江南，那些绿、那些红、那些蓝、那些紫，那些姹紫嫣红和斑斓多姿是美丽中国，是我们身边流淌的大地的主色调。

回来的路上，我脑海中一直翻卷着土地的影像，就如行走在海边，看着那些浪涌一浪一浪在眼前和心中翻腾着。也是，每天，我们双脚行走在脚下的大地上，日子在我们每天的忙碌中匆遽而过，去了还来，回不来的是过往，迎着的是向前的曙光。大地在我们每个人的身边流淌，也是去了还来，去的是那些渐行渐远的沧桑，迎着的是每天都在变化的气象。那些变化在那片土地上有的是我们能看到的，比如那些喷灌，那些正在生长的麦子，那条硬化了的公路；有的是我们看不见的，比如我们，还有之前的那几代人和现在的孩子们对于大地的那份不同的情感和体验。我们对于乡土的情怀是根深蒂固的，走远了还想回来，老了更想叶落归根。很多的孩子最想的是离开乡土，到大城市闯荡，外面的世界虽然无奈，但外面的世界更加精彩。我们正在努力建设着美丽的家园和乡村，但能否真正成为催生新一代人回归田园和大地的动力，还不得而知。

小妹告诉我，村里那些种地的都是70岁左右的人，除了种地，别的也不会，他们也从来没有离开过那片土地，种地就是为了收麦子，收棒子，相较于钱，他们更愿意看那种丰收的景象，更愿意守着金黄的麦子和棒子甜甜地笑，"手里有粮，心里才不慌"。年轻的孩子们都到城里买房子了，留在村里的人越来越少了。从村里经过，我看到街头和街上走过的也正如小妹说的，都是一些白发苍苍的老人，他们坐在小广场的长廊上，晒着太阳，唠着嗑，每天做的最多的就是到村外的田埂上，望着守着身边流淌过的大地——那片我出生长大的土地。时光催人老，人都到耄耋之年了，那片土地依然那么执着地流淌着，流淌着，每天都在向着昨天和未来流淌着。

崔洪国

中国散文学会会员,山东省作家协会会员,山东省散文学会会员,山东写作学会散文评论委员会委员,济南市作家协会会员,《齐鲁晚报》"青未了"副刊签约作家,壹点号"风过林梢"被评为2022年十大壹点号之"年度新锐"。

本文荣获本届大赛三等奖,作者壹点号:风过林梢

烟火济南

● 殷艳丽

> 只有很深很深的缘分，才能在同一条路上走了又走，同一个地方去了又去……
>
> ——李叔同

走进老济南，如同打开一篇锦绣的诗文，诗意苍苍，烟火灼灼。

古街巷是一首平仄动听的格律诗，护城河是一阕婉约的词，老济南兼具豪放和婉约。既有北方的狂放，又有江南的柔情。

它无需刻意装扮自己，它的泉，它的湖，它的山，它的河，还有那烟火气十足的粉墙黛瓦，流水人家，想一想，都让你心醉。

走在古街巷，它典雅端庄，深藏着岁月和时光，静静地等待着你。让你的心，有一种归属感。

古巷人家每一个院落都是一幅画，一首诗，让你忍不住驻足。有的人家门口种一丛竹子，有的种几棵蔷薇，或者墙壁旁种凌霄花。凌霄花攀爬到灰色的瓦屋上，再沿着尖尖的房脊袅娜地伸展，恣肆地开放，像极了簪着花的古装女子。

每一个巷子都是青石板路,有的光亮如镜,有的狭窄幽深。路两旁的人家,有的在房顶上把竹竿搭到对面人家,葡萄藤就沿着竹竿攀爬过去了,人走在小巷里,幽幽的绿荫笼罩着你,惬意而凉爽。

有的四合院里还有泉,泉水流动时发出玉石般清脆的声音。院落主人把泉眼砌在一个八角形的石井中,周围再砌一个半圆形的小池子,池内养几株碗莲、睡莲。池旁筑假山石,再种几竿竹子,养些吊兰等花草,诗情画意全出,再现"泉声故自花间出,山色依然座上来"之妙趣。

八角石井里面冰着黄瓜、苹果、甜瓜等水果,白色的迎门墙上有砖雕的喜鹊登枝图案,旁边各悬挂一个红色的灯笼,满满一院子烟火气与古风雅韵。

若是晚上,灯火辉煌,店铺林立,古街巷光影灯光秀全亮起来了,美轮美奂,夺人眼目。

坐在这样的院落里,品品绿茶,听听泉声,是不是有一种超然之感?

如果是在曲水亭街临河而饮,那情景仿佛全是前世的印记,你会怀疑自己今世的迷离或许只因未到过这里。当眼前之景如梦似幻,灵魂定然会像舒展的蝶翼,飘飘然终有了依归。你会完全沉浸其中,陶醉忘归。

这些古巷人家多半都是茶社、菜馆,是对外开放的,你完全可以驻足、休憩,或者坐下来喝杯茶,感受满满的烟火气,老济南人每天都敞开着大门,无论你是谁,"进来坐坐吧""进来看看吧""进来休息一下吧",都给你以家的温暖。

这里有馨香的泉水茶,还有年轻人喜欢的各种奶茶,尤其有各种竹筒鲜茶：茶色芙蓉，荷塘月色，竹香龙井，抹茶乌龙……单单名字就让你醉了。

在这里还可以品尝老济南传统名吃油旋，它形似螺蛳，金黄油润，外皮酥脆，内瓤柔嫩，葱香透鼻。趁热吃油旋时如果再配一碗鸡丝馄饨，那真是美味无比。老济南人吃油旋格外讲究，在油旋成熟后捅一空洞，向里面磕入一个鸡蛋，再入炉烘烤一会，鸡蛋与油旋成为一体，食之更美。

还可以尝尝老济南菜煎饼，菜煎饼薄薄的皮儿，厚厚的馅儿，有胡萝卜丝儿、韭菜丁儿、小白菜叶儿、粉丝、豆腐块儿、小虾皮儿……每份儿菜煎饼里菜蔬众多，味道鲜美，吃得你停不下来……

如果您想吃一顿大餐，尽可以在这里品尝百年传统鲁菜：九转大肠、糖醋鲤鱼、爆炒腰花、葱烧蹄筋……

只要你走进古街巷，就可以尽情地享受人间烟火，还有满院的齐鲁文化。

这些四合院多半都是方方正正的，古街巷几乎也是笔直笔直的，老济南和"曲"字是无缘的，尽管有一个曲水亭街，但曲水一点也不曲，而是由南向北笔直地流淌着。护城河也不"曲"，几乎是方方正正地护卫着济南府。

这里是孔孟之乡，受儒家文化熏陶，最能体现"方正"二字。孔子曰："割不正不食，席不正不坐"，"人之生也直，罔之生也幸而免"。

"方正"一词烙印在老济南人的心中，成为他们的精神内核。他们的心思和秉性投射在外物上，一切都是方方正正、中规中矩，做人行事皆是如此。

老济南的历史中很少有那些艳情野史，没有名妓歌女的故事流传，没有浓浓的脂粉气，就像一股清纯的泉水，澄澈无比。

走出四合院，可以去护城河边走走，享受一下半郭半村半野趣，一茶一舫一碧溪的自然之趣，那里是老百姓自家的园子。

尤其初夏的护城河，更是纳凉圣地，"一溪清水引风凉"，走在河边，凉爽无比。窄窄的石头路，雕着花纹的石砌护栏，隐在绿柳中的绿色琉璃瓦翘角古亭，沿河岸怪石嶙峋的假山，一字摆开的画舫……清澈的水声，婉转的鸟鸣，凉爽的风吹来，能嗅到幽幽的青草香。

护城河妙就妙在三步一柳，十步一泉。

那横穿道路、儿童戏水其中的是汇波泉；长在护城河里仿佛五朵莲花盛开的是五莲泉；犹如仙人用手指轻轻拨了一下琴弦噼噼作响的是琵琶泉……

那深藏在石洞内的一虎泉，因水藻呈墨绿色而更显幽暗神秘，洞内水花翻涌，若是黑夜，想必洞中会卧一猛虎吧。

黑虎泉更是气象非凡，泉水从三个虎头里喷涌而出，白天听之犹如山泉飞瀑，夜晚听之犹如虎啸山谷。明晏璧有诗为证："石蟠水府色苍苍，深处浑如黑虎藏。半夜朔风吹石裂，一声清啸月无光。"

当然，也有仙气缭绕的九女泉，据说月明之夜，九仙女在泉边浣纱沐浴，且歌且舞，热闹非凡……

每一处泉，都有一个动听的名字，更有一个美妙的传说。

护城河边还有烟火气十足的泉水生活馆，里面有泉水简餐、泉水品茗、泉水啤酒、老物件展览……游人可坐下休憩，感受老济南浓浓的烟火气。

护城河边早已成为网红打卡地，每个到来的人都爱喝这里的泉水大碗茶，洛神花茶、茉莉花茶、玫瑰花茶、胎菊茶、绿茶任你挑选。

绿荫下，小河边，三两知己，一杯清茶，清风拂面，言笑晏晏，看河边如画，望天色如碧，听微风与柳叶在细语，人间清欢如许。

如果人间不如意事十之八九，那这八九之事早随着流水而去了。

老济南最美的烟火盛事要数泉城人家在护城河边打取泉水了，大大小小的塑料桶，彩色的，无色的，一字儿排开等待着取水，济南人依泉而生，因泉而兴，泉水滋养着一代又一代人。打泉水的画面每天都在上演，成为一道水气泱泱、永不衰败的风景。

如果是在东护城河，又恰是春天，你会看到在一棵花儿盛开的老海棠树下，老济南人赶趟儿似的取水，电动三轮车，简易手推车，应有尽有，也有徒手提水的，个个都是一兜子的劲儿。他们中有白发老人，也有稚气未脱的孩童。看到一位老者，他的电动三轮车上，左边放着水桶，右边坐着老伴，看了让人心头一暖，花儿不言，流水无声，好美的人间烟火……

沿着护城河走走吧，能见到没有重复的风景，石子路，石板路，大石块铺起来的路，木板路……单单道路就不一样，更不要说河岸上高低参差的树木了。有人在绿荫下打太极，有人拉二胡，有人吹笛子，有人画画写生，也有人着汉服拍视频，还有一帮老者在下象棋……

只有很深很深的缘分，才能在同一条路上走了又走，同一个地方去了又去……

大明湖，趵突泉，千佛山，更是自古有名。在大明湖畔趵突泉边，你能感受到老济南跳动的脉搏，在千佛山巅，你更会看到大济南一日千里的发展,这座老城日新月异,它正以最明媚的姿态,展现在世人面前,芬芳了一片圣地,璀璨了一方烟火……

——致我心中最美的济南。

❣ **殷艳丽**

笔名素年瑾时,中学语文高级教师。济南市作家协会会员,山东省散文学会会员,《齐鲁晚报》"青未了"副刊签约作家,中国林业生态写作协会会员。自2014年以来,先后在《齐鲁晚报》《联合日报》《大公报》《姑苏晚报》《台儿庄日报》《山东广播电视报》《中学生读写》《济南教育》等刊物发表文章若干。

❤ 本文荣获本届大赛三等奖,作者壹点号:素年瑾时

行走在岁月深处的麦子

❀ 钟光武

芒种时节近，布谷啼声响，南风催欲熟，夜来闻麦香。以前的这个季节，父亲在的时候，几乎每天都会头戴苇笠，顶着炙烤的烈日，到麦田里察看长势，翻滚的麦浪犹如波涛般从远处向他涌来，父亲微驼的背影如同一棵成熟的麦子般站成旗帜。他目光虔诚温暖，有舵手的坚定，更有收获者的喜悦与从容。他捋下一穗麦子于手掌，双手轻碾，仔细揉搓，吹一口气，将麦芒与那些凋零的岁月一起抖落。他把几粒嫩黄的鲜麦放入口中，细心品味，轻轻咀嚼，一种穿透岁月的淡淡的麦香，瞬间唤醒了存在于生命中的原始味蕾记忆，也点燃了父亲心中最柔软的那一部分，他手捧麦粒，感慨万千⋯⋯

麦子，被我们的祖先奉为五谷之一，入册江山社稷，亘古至今，与人们携手并肩一路相随。父亲曾说过，麦子领首的方向，捎着我们的祖先最早居住过的地方。打开厚重的《安丘朱子钟氏祖谱》，"陕右临洮是故乡"一语，让我心潮澎湃，热血沸腾。临洮是位于甘肃省中部紧临洮河的一座城池，明朝时属陕西布政司管辖区域，是我的祖先最早生活和居住过的地方。

公元 135 年的汉朝时期,在遥远的洮河畔,苍茫的陇西高原上,十万钟羌人在凉州刺史的感召下,终止了他们千百年来刀光剑影、血雨腥风的生活,他们铸剑为犁,马放南山,在气候温润、水草肥美的洮河流域安顿下来。也许,正是那丰盈多姿的麦子,让一个世代生活在马背上的民族,真切感悟到了土地带给他们的希冀与期望。就是在这样的时代背景下,完成了中国历史上又一次史诗般的民族大融合。

这些年来,有一种民族热情,叫做山西洪洞大槐树寻根祭祖。据传有 800 多个姓氏的祖先从那里先后迁出,广泛分布于华夏沃土上。而这些先人的祖先又是从哪里迁来的呢?根据最新的人类基因测序显示,生活在青藏高原上的古代羌人,就是这些先人的祖先。

正如一棵麦子的生长,人类的迁徙是一个很难左右和充满不确定性的过程。天灾、战乱、党争、罪罚,任何一种状况或理由,都会导致一个群体或个体,挈妇将雏,跋山涉水,远走他乡,去寻找新的家园或安身立命之地。活下去的决心会迸发出无穷的勇气与毅力,如同那些生长在同一条主干上的藤蔓,在经历过一场场暴风骤雨之后,便会各自向着可以遮蔽乱世的地方四散而去。

我常常在想,当年我的祖先自西向东艰难跋涉的时候,也许行色匆匆,也许纷乱仓皇,也许有生死别离,也许会黯然神伤,一切都有可能舍弃,唯有那一捧心心念念的麦子,定被揣在贴身的衣物里或者放进随身携带的包裹中,细心保管,不离不弃。我不知道,那时是否会有一阵风,拂过我祖先的脸庞,为他拭去满身的疲惫与忧伤,我不知道,那时是否会有一颗星,将他的夜路照亮,为他抚平心中的痛楚与迷茫。但我知道，正是那捧麦子，成了他心中永不磨灭的希望和诗与远方。秋去冬来，春归夏至，在将近 2000 年的漫长岁月里，从陇西高原到齐鲁大地，从洮河畔边到潍河两岸，凭着那一股滚烫的血脉，我的祖先与麦子一起，历经风雨，繁衍生息，世代相传。

那些年，年迈的父亲经常戴着老花镜，在铺开的旧报纸上一遍又一遍地临摹着"临洮钟羌"四个大字，字体苍劲浑厚，洒脱豪放，最后那高高挑起的一笔，似乎在指向遥远的某个地方。父亲小时候只上过小学，新中国成立后在铁木业社和生产队中当会计。他曾面色凝重地对我说："陕右临洮是故乡。"我点点头，心怀感慨地翻看那一摞摞厚重的族谱。在那些发黄的纸张上，一排排繁写的字，代表着一段段悠长久远、悲壮苍凉的历史。手捧厚重的族谱，轻拂岁月的尘埃，我忽然觉得那上面的文字在阳光下慢慢地跃动、鲜活起来，渐渐地与一颗颗籽粒饱满的麦子重叠结合，那一刻，我百感交集，思绪如潮，似乎读懂了几千年来祖辈们的风雨兼程，似乎听到了那种深入血脉的历史回音。

潍河两岸，昌潍大地，地势自南向北倾斜，山区、丘陵、平原交错分布，高低错落的农田，四季分明的季节，世代生活在这里的人们，日出而作，日落而息，勤奋耕耘，辛苦劳作，在播种与收获之间，沧桑着岁月的年轮。他们在困顿中挣扎，在逆境中奋起，让苦难开出希望的花。

芒种三日见麦茬。以前，每到榴花耀眼、芒种临近的时节，父亲总是会起早贪黑地早早地把镰刀磨好，挂在屋檐下。锃明瓦亮的镰刀日映朝霞，晚送星光，熠熠生辉，耀眼夺目。那时，我们这里的水浇地很少，大多数麦田只能广种薄收，靠天吃饭，即使逢上风调雨顺的年岁，麦子也不过一两三百斤的产量。乡亲们掌控不了它的丰歉，唯一可以掌控的就是披星戴月的劳作和对麦子丰收的期盼。

麦收时节，乡亲们头顶烈日，挥舞镰刀，将一垄垄麦子揽入怀中，随着"唰唰唰"的声响，一片片麦子便醉倒在乡亲们的面前。不一会儿，人们便汗流浃背，身上的衣衫更是挂满了一圈圈一层层的汗渍。太阳的炙烤似乎会让人们的每一滴汗水瞬间蒸发。人们用拧好的篓子将收割的麦子捆绑整齐，车拉人推，运往麦场。铡场、翻场、晒场、压场、扬场……麦收的辛劳，每个经历过的人，都会有难以磨灭的记忆，但为了要活下去，就会全力以赴。三夏大忙，虎口夺粮，这就是乡亲们在回报和打动每一粒麦子时，一年又一年重复着的生活场景。好在麦子的回馈也是丰厚的，它不但为人们的生存增加了能量和希望，更塑造和影响了潍河两岸老百姓的生活和禀赋，时时刻刻，事事处处。

那个时候，麦子的产量很低，乡亲们收获的小麦大部分都献给了国家，交了公粮。真正分到每户每人手中的小麦量很少，乡亲们一年到头，吃的基本上都是玉米地瓜等粗粮，只有在逢年过节的时候，才舍得吃一顿麦面做的饭。在上世纪70年代，我爷爷从酒厂退休回家，为了照顾好他的生活，我母亲每顿饭都会特意为他做上一两个馒头，我们兄弟四人那时还小，但很懂事，虽然垂涎欲滴，却从不舍得吃上一口白面馒头。

在我们这里的乡村，自古至今有入伏吃凉面的习俗。每到入伏这天，母亲就会把平常舍不得吃的麦面，擀成一张摊开的大饼，然后再一层层折叠在一起，用刀切成细细的面条，煮熟后放到早已准备好的凉开水中拔一拔，再盛到碗里，加上香椿蒜泥等佐料，淋上几滴香油。面对诱人好看，香气扑鼻的凉面，未曾张口，心里却早已按捺不住。母亲的手擀面吃到嘴里，既爽滑又筋道，肚子中似乎有无数双小手伸到嗓子眼里往里面扒，来不及细嚼，顾不得品味，顷刻之间，两大碗凉面下肚，我打着饱嗝，又盛了第三碗，还未曾吃上两口，便觉肚痛不已。

于是，某人的孩子因为吃面条而被撑得肚子痛的消息，不胫而走，一时传为笑谈，那年我8岁，上小学一年级。

似乎与生俱来的饥饿感贯穿了我的整个童年。许多年以后，我曾想努力忘却这段苦涩的记忆，但却始终无法做到。直到今日，每到吃饭的时候，我还是会情不自禁风卷残云。一位医生朋友曾告诫我，吃饭时还是细嚼慢咽为好，但我还是控制不住，我知道，这是小时候饿出来的毛病。

前些年，母亲还在的时候，每当说起那些曾经的过往，她老人家常常会因那时候没能给予我们兄弟几人更好的生活而感到无比的自责与愧疚。但我深知，在那样的年月里，能把我们养大成人，父母已经是尽了最大努力。

就在7年前的那个冬天，90岁的母亲和86岁的父亲在相隔不多的日子里，先后长眠在了黄公山前的向阳坡上。四周麦田层叠，年复一年，麦青麦黄，成熟满仓。在那里，他们头枕青山，俯瞰潍水，与日月同辉，庇佑子孙后代吉祥。

麦子的一生，如同人的一生，是很短暂的。还没来得及素裹秋霜，猛抬头，已是寒风凛冽，白雪皑皑。还没来得及轻拂春天的琴弦，转眼间就是南风灼灼，麦浪金黄。麦子，诚实守信，不曾停歇，经过漫长岁月的洗礼与磨砺，把它的执着与金黄，深深地根植于每一个华夏儿女的基因之上，最终成为我们身体的一部分，谱写成我们生命中最精彩的华章。

那夜，我做了一个梦，梦中的我，怀揣着一捧麦子，像当年我的祖先那样，长缨在手，铠甲金光，风雨兼程，心怀远方，策马驰骋于苍茫广袤的陇西高原上。但见洮河滔滔，长风猎猎，芃芃其麦，我行其野……

钟光武

笔名潍水晨钟。山东潍坊安丘（现峡山区）人。在各类纸质报刊和网络媒体发表作品200余篇。曾获首届山东省散文学会"当代散文"优秀作品奖、第二届青未了散文奖三等奖，为《齐鲁晚报》"青未了"副刊签约作家。

本文荣获本届大赛三等奖，作者壹点号：潍水晨钟（钟光武）

乡 事

◆ 朱卫军

一亩三分地当然是一个笼统的概念。其实,真正属于我的地,确切地说属于我家的地,是四亩二。几十年后,这个数字一直闪烁在我记忆的屏幕上,成为永远也挥之不去的影像。我与它相伴相随、相濡以沫整整4年。它既给我带来过痛苦、泪汗与沮丧,又给我凝聚一种温情和愉悦。我从开始对它的冷漠甚至仇视,到后来对它的钟情和热爱,以至于最后离开它时内心升腾出种种依依不舍——它已幻化成我的梦境。离开的那天,我把目光和心境都聚焦在那里,甚至脱掉上衣,浑身只穿了一件裤衩,在属于我的那几块地里逐一仰躺了足足十几分钟,目视的是毒毒的太阳,背部是热辣辣的泥土,但这一切都没能动摇我与它亲密接触的情愫,我只想与它们温暖地融为一体。

也许只有一个真正的农民,才有对土地的那种顶礼膜拜!

一

高考结束后我一直忐忑不安,按照平时的学习成绩,理应问题不大,但高考那几天我一直发烧,考试发挥得不理想。然而内心还是怀揣着希望的,期盼幸运之神不会与我擦肩而过。在回村劳动等待分数公布的日子里,我体会到了什么是煎熬。在生产队里干活的时候,我话语极少,乡亲们总是笑着对我说,"看你这小白脸就不是打庄户的人,准备准备上大学吧。"我只好笑笑不语,我没有信心回答他们。终于听到分数张榜的消息,李桐骑着自行车带着我往学校赶,但当我站到学校的分数榜前寻找到自己名字的时候,我立时愣住了:离分数线差1.5分!我仿佛从希望的山巅一下子跌入了绝望的深谷。李桐的成绩却在分数线以上。我知道那一刻我们两人脸上写着完全不同的表情。那一刻,我忽然想起乡亲们挂在嘴边的一句话:"工分工分,社员的命根。"而对一个学生而言,分数同样是命根。正如班主任老师常说的那句话:考上大学与考不上大学,是吃白面馒头与吃地瓜干的分水岭,是穿皮鞋与穿布鞋的分水岭。我知道此刻这一切都将被验证。我知道自己已经没有机会进入那梦寐以求的象牙塔,最终成为一个吃国库粮的公家人了,我知道命运让我从此将与父辈们一样,以土地为伍。

从学校出来,李桐一直在安慰我,而我一言不发。最后我说你先骑车走吧,我想自己走走。李桐说还是一块走吧,我突然发火,"叫你走你就走,啰唆什么?"李桐看看我,无奈地走了。我知道自己不冷静,该祝福他才对。看着他渐渐远去的背影,我立时感觉到我与他的距离远了。

从中学到村庄,只有短短的3里路,我却走了整整一上午。确切地说,我在村西柳溪边的小树林里,呜呜地哭了一上午。

父亲见我一脸沮丧的样子,就明白了是怎么回事,也可能他已从李桐那里听到了消息。"就那几本书,就是吃了还多大事?"父亲恨恨地说。我知道父亲对我是恨铁不成钢,他一直以为我考大学是没多大问题的,父亲曾把朱家所有的希望都寄托在我身上,希望我能有出息,给朱家光宗耀祖。但我却让父亲失望了,内心的纠痛让我站在父亲面前久久不语。但是我想对父亲说,要是把那几本书吃了就能考上大学,我宁愿吃上它几十本几百本。躺在病床上的母亲说:"他爹,你就别怨孩子了,他也想考上啊。"父亲就只连连叹气。

之后的日子,我就随生产队的社员到属于集体的地里干活。也许是心理因素使然,我发现乡亲们看我的眼神都变了,一次有个社员无意识的一句话刺激了我,我们争执起来,最后打在一起……

李桐对我说:"要不你再复读一年吧,你学习比我好,明年肯定没问题。"其实,说心里话我真是不甘心,真想再拼上一年。

但没几天,一个突然的变故,让我彻底打消了复读的念头——父亲被一辆车撞断了腿。母亲有病,妹妹又小,父亲住院全靠我。医生说,就是治好了,怕也是个瘸子。这就意味着,18岁的我要独自撑起这个家了。肇事者家里也是穷得叮当响,虽赔了点钱,但父亲的罪是受了。

不久的一天,大队干部在大喇叭上吆喝,让村民到小学的操场上开会。社员大会是极少开的,肯定有大事。躺在床上的母亲说让我去听听。去了才知道,要实行土地家庭联产承包责任制。这是个没有听说过的新词，开始弄得社员一头雾水，后来总算听明白了，其实就是分地种。

之后，生产队里再开会，集思广益，拿出个方案，将所有的土地按优劣远近分为三类，平均每人一亩，另外每家二分菜园。分配的形式，用中国最传统也最合理的方式：抓阄。

我家分到四亩二，共四块地："庙后"（地名）一亩八，"五亩八"一亩半，"东湖"七分，另村后菜园二分。

生产队的牛和犁耙等农具也分了，因户多，牛和农具少，所以每五家共用一头牛、一套农具、一辆独轮车，十家共用一辆地排车。这就意味着，耕耙土地的时候，人和牛要同时拉犁耙。

二

父亲虽出院了，但只能躺在床上。父亲让我跟着二叔赶集，买回一辆独轮车。父亲说，自家有车才踏实。已到秋收秋种的季节了，要往家里运生产队里分的农作物，还要往地里送土杂肥，没有车子不行。"等攒攒钱，再买辆地排车。"父亲说。

秋季作物的收割，还属于生产队集体的。但秋种的时候，就是各家种各家的了。我问父亲："那三块地都种麦子？"父亲说："都种，不留春茬地了。"过去土地属于集体的时候，生产队里都要留一部分春茬地，种植一季春季作物。但土地包到各户，估计都舍不得闲置了。

父亲对二叔说："老二,你看我和你嫂子这样,小军又不会理整庄稼,你多帮衬着点。"二叔说："哥您放心，咱两家的地一块种。"

秋种前的第一件事是往地里送土杂肥，"五亩八"那块地离村子最远，大约有 3 里地。我推着满满两敞筐土杂肥，约有 200 斤，往那块地里送。路上还好些，不太费力，最难的是进了地里以后。这块地长 200 米，从地这头要推到地的另一头，土地是松软的，车轮深深地陷进土里。我累得气喘吁吁，汗水沿着脸流下来，推几十步就歇一歇再往前推。我知道，我不能停下来，早晚是自己的活。那一刻，从脸上流下来的不仅仅是汗水，还有泪水。我第一次尝到做一个农民的艰辛。整整两天，我往这块地里送了 14 车土杂肥。然后，把这些土杂肥撒均匀。晚上，浑身像散了架似的。

生产队里深耕土地的时候，是两头牛拉犁的。但现在只有一头牛，二叔扶着犁，这只有他会。我和二婶两个人各搭了一根绳子，当一头牛使。耕一个来回歇一会，一亩半地整整耕了一天。然后还是和牛一起，把耕过的土地耙平。二叔说："这几天你累得够呛，我家的地耕耙你就不用去了，让你二婶和小花（二叔的女儿）拉犁就行，你把你家这块地畦埂打好，耩麦的时候我和你二婶再过来帮你。"我说："那怎么行，我要把你们家的地耕耙完再干自己的。"二叔疼爱地说，"你这个孩子呀，二叔不是怕你累着么。"最后二叔没说什么。等把他们家的地耕耙完，我又用半天的时间，打好了自己家这块地的畦埂。

"东湖"那七分地，也是这样耕耙的。

耩麦就快些了，三个人拉着耩子，半天就把我家和二叔家的两块地种上了。

只有"庙后"那一亩八分地是另一种种法，因为它是一块稻田。

这个我自己就能干了。先是在田里撒上种子和化肥，然后径直挖一条沟，将挖沟的土盖在种子上，然后用一个自己都能拉动的小耙耙平地就行了。

大约用了10天的时间，三块地种完了。我松了一口气。

与此同时，我在属于自己的那二分菜园里，也种上了几种蔬菜。为了浇水方便，还和周围的几家一起挖了一口井。

整个秋种期间，我像和谁赌气似的，没多少言语，只是拼命地干活。我对种地没有一丝好感，那些土地，在我眼里甚至就是魔鬼，以至于我常常在地里扬土，发泄着自己莫名的情绪。

田家芳是在一天晚上来我家的，我们两家是一个生产队的，她是我的同学，只不过她高中没考上就下学了。说实话，多少年来我一直也没怎么关注过她，我感觉我们是有距离的，我一直以为我会走出农村，走向一个更广阔的天地，而她就是一个纯粹的农民。她也一直与我保持着不远不近的距离，尽管两家只隔一条街，但她除了来我家借东西，很少来往。但最近我发现，她有事没事地和我找话说。邻居三婶曾偷偷对母亲说，家芳这孩子不错，老实又勤快，要是说给我，挺合适的，也能照顾照顾母亲。当母亲给我提起这事的时候，我说不要提这事，我不想找老婆。所以我对她一直冷冷的。

我听到母亲说："家芳来啦？"田家芳说："大娘，我来找小军借本书看。"母亲说："他在西屋里，你过去吧。"天还很热，门是敞着的，田家芳就走了进来。

我看了她一眼，没说话。这些日子，我郁闷、焦躁、失落，对谁都提不起热情，村里人暗地里都叫我"闷子"。屋里只有一只方凳，被我坐着看书。她看了看我，坐在床边上。

"我想借本书看看。"她开口道。

我指了指书桌上立的一排书："你自己找。"为了打发寂寞的日子，我到书店里买了几十本书。即使白天干活再累，晚上我也要看几个小时的书。

田家芳把头往前伸了伸，从书背上看书名，因为离得近，她的长发痒痒地撩着我，还闻道她身上有股清香的味道。但我有意地往后躲了躲。

她找了本张扬的《第二次握手》，开始翻看起来。

"你在这里看呀？"我问。听话听音，我想她该明白我的意思。

"你这是下逐客令呀？有你这么待客的吗？我就那么令你讨厌？"她一连来了三个疑问。

"不是，我看书的时候，喜欢清静。"我说。

她怔怔地看了我半天，说："小军，你不能这样生活。我知道，你没考上大学，心里难受，我理解。但没考上大学当农民的多了，难道就都不活了吗？"

我依旧不语。她叹了口气，走了。

秋收秋种结束后，等把粮食晒干入仓，再到粮管所交上公粮，就已到深秋初冬，地里没多少活了。只隔个几天，我就要到坡里看看那些已长出的麦苗。今年天不旱，十天半月的就下一场雨，麦子长得很好。还有一件值得欣慰的事，父亲的腿好了许多，拄着拐杖能走了。也许是心情使然，我看到那些青青的麦苗，就如同看到自己的孩子出生，忽有了一种小小的成就感。

三

冬天来临前,我把菜园里种的大白菜和萝卜收了。

冬天里没有多少农活,但寂寞的日子更是单调乏味。这样的日子里,我更多的时间是窝在家里看书,沉浸在书的意境中,在那些故事和章节里,我寻找自己的梦幻。忽然有一天,我萌生出想写小说的念头,而萌生这个想法的原因是因为田家芳。

这段时间,田家芳到我家来的次数更多了,借书还书是她的理由。其实我心里明白,她是有意和我接近。也许她认为,现在我俩都是农民了,我们没有那么远的距离和隔阂了。

一天晚上,她又来了。她在还书的同时,拿来了一沓稿纸。她说:"我写了一篇小说,你给看看,我知道你在学校里作文就很好,现在读书也多。"

我说:"你先放在这里吧,我看看。"说实在话,我并没有看得起她,一个只有初中文化程度的人,还想写小说,太不自量力了吧。

她说:"不长的,你给看看。"

不好再推托,我拿起稿子看,一看竟有些惊奇。尽管我不会写,但我看的小说不少,不能说她写得多好,但却像个小说的样子。小说的题目叫《月夜》,而小说中的故事,显然有她和我的影子。"不是抄别人的吧?"我有意问。她似乎有些不高兴,说:"你也太小看人了吧?就是我写的。""嗯,还真有点小说的味道。"我说。"真的吗?"受到了称赞,她似乎很高兴:"哎,你也写吧,咱们互相学习。""我怕写不了。"我说。"学嘛,哪个作家一开始就写得好了?"

后来我才知道,这是她为了与我接近,也是鼓励我对生活鼓起勇气,才想出的一招。

田家芳真的点燃了我的文学热情。那个冬天,我竟然一口气写了七八篇小说。田家芳也写了几篇。当然它们的命运可想而知。而这一爱好,却真的把我和田家芳拉近了。也许是生活太寂寞了,有田家芳的陪伴,生活似乎充实了些,我对她也渐渐有了些好感。当一天晚上我们在讨论小说的时候,当我闻到她身上再次飘来的芳香时,我一冲动,一把把她搂在了怀里。她似乎没有惊异,而是含情脉脉地看着我,轻轻地说:"小军小军,我等待这一天已经等得很久很久了。"

这年冬季和初春,天不作美,从农历十一月到第二年的三月初,整整4个多月,没下一滴雨,没飘一片雪。春季,本应是地里的麦苗返青的季节,但始终不见长,有的开始枯黄,如果再不浇水,就有旱死的危险。我们那个地方属于丘陵地带,大部分的庄稼基本上是靠天吃饭。有些人已经开始挑水浇麦了。说来容易,但做起来就难了。我家的地,离小河距离最近的是"庙后"那块,但也有半里地,本来这块地原是水稻地,有渠道,浇水是没有问题的,但可惜小河已经干涸了。"东湖"的那块离水源地最远,约有两里地。"五亩八"离汪塘约一里多地。但我知道,已经到了这个份上,别无选择。我先从"五亩八"那块地开始,那是一块沙土地,最旱。一大早,我用扁担挑着两个水桶,从近一里外的汪塘里打满水,一直挑到麦地里,两桶水大约能浇5米长地里的麦苗。几趟挑下来,汗水就湿了全身,肩膀就被压红了。我大体算了算,这一亩半地浇一遍大约需要3天,也就是说,我那四亩地要是全浇一遍,需要至少 8 天的时间。但这种轻描淡写的浇法只能缓解一时,不能从根本上解决问题。晚上回到家的时候,我已经浑身无力了。

这期间,因为争水,我还和老郭家打了一架。"东湖"那块地附近没有小河,只有到两里外的一个汪塘里挑水,但全村人都去挑,水越来越少。村里的人是比较讲规矩的,到那都是排队,但郭建国是个痞子,他觉得我好欺负,居然把水桶塞到了我的前面。我们开始先是争执谩骂,最后动了手,最后的结果是两败俱伤,两个人满脸都是血。

可能是我们的辛劳感动了老天爷,第 5 天的那天晚上,终于下了一场透地雨。听着外面哗哗的雨声,这 5 天的劳累我没有哭,但雨声中我哭了,我不清楚为什么哭,也许是为自己,也许是为土地里的庄稼。

雨后不几天,麦苗如吃饱喝足的少年,几天就长出一大截。

四

夏季很快就来临了。麦子小满的前夕,我已想好了秋季作物的种植:"庙后"那块地种水稻,以前生产队里也是这么种的。"五亩八"种一半玉米,一半地瓜。"东湖"那块,种花生。我把想法说给父亲,父亲说行。除了水稻和地瓜,玉米和花生是可以套种的,就是在小满前,在麦垄里点种上玉米、花生种子,等收麦子的时候,玉米、花生就已经长出青青的苗了,这就等于提前播种半个月。

这活不难,我到种子站买了玉米和花生种子。因为几天前又下了一场雨，墒情很好，不到两天，就把玉米和花生套种完了。

小满过后，麦子一天一个样，接着就到了芒种。听说江苏那边有收割机，但我们这里却没见，只有用镰刀割了。父亲说："要不我也去吧。"看到父亲一瘸一拐的样子，我说："您还是在家歇着吧，我自己能行。"

多年后，每每回忆起农活，我总会把割麦子列为最受罪的农活之首。天热、麦刺、腰酸、腿疼、手起泡，这些组合成为麦收过程中全部辛劳要素。好在，只有四亩地，我早出晚归，用了5天，把麦子全部收进了麦场里。等生产队里的脱粒机轮到我家用的时候，已经是3天以后的事了。这期间，我与二叔家也是互相帮忙，把麦子收完，直到晒干入仓。

接着是栽种地瓜和水稻。栽地瓜是简单的，扶好地瓜沟，栽植上地瓜秧，浇上水，就可以了，地瓜秧这种苗子，生命力特强，只要土地湿润，插上就活。也算巧了，等我挑好地瓜沟，刚买回来地瓜秧苗，又来了一场雨，等雨一停，我接着到地里把地瓜秧栽上了，省了我挑水的力气。

但栽植水稻就复杂了，提前近一个月，我就育好了秧苗。麦茬地闲出来之后，先是耕了一遍，打好地垄，形成一个又一个方块，然后大水浇灌，不但要让地吃透水，还要用水灌满地。接着用耙在田里来回耙，我们那地方管这活叫"和稻方"，这样做的目的是让泥在下面形成一个封层，水就不漏了。和好稻方，把培植好的稻秧插上，再撒上除草剂，算是完成了栽稻的任务。

这期间，田家芳不时地过来给我帮忙，当然我也给她家帮。也许在别人看来，我们是一对恋人了。在我忧郁苦闷的日子里，她给了我温暖和爱。田家芳是个好姑娘，如果娶了她，她会是一个好媳妇。但也许是心高使然，我却似乎没找到那种爱情愉悦和甜蜜的感觉，难道爱情就是这样的吗？为什么没有书上写得那么美好？我难道就这样娶了她，做一辈子农民？我找不到答案。许多时候，我在田头徘徊，望着远处广袤的田野发怔。天上飞过一群群的鸟儿，它们可知我的心事？

秋季作物种上了，接着是个相对清闲的时节。但我每天都要扛着工具到田里，到玉米、地瓜、花生地里除除草，三五天为水稻浇浇水。看着那些渐渐长大的庄稼，我的心里生出一种成就感。但更多的时候，我是躺在树荫下看书。

这年临夏的时候，家里发生了一件不幸的事，久病的母亲去世了。尽管我知道，母亲所得的病是没法医治好的，走是迟早的事，但当母亲真的走了，悲痛还是把我袭击得浑身无力。每天从地里干完活回到空荡荡的家里，眼泪便不住地流下来。父亲则始终沉默不语。田家芳这期间天天到我家里来，她知道我们难过，也不多说话，替我们家做饭。

秋收不久就来了，三秋大忙季节，忙着秋收秋种，劳作时间比三夏要长得多，但此时的我已经是一个有着一定经验的农民，一切都是那么井井有条地理整着我的那几亩地，直到粮归仓，秋种毕。

时光就这样在流逝。我在侍弄那些庄稼的同时，也在侍弄我的小说。但我想说的是，侍弄庄稼我算是成功了，但侍弄小说却是失败了。我写了那么多，没有一个字变成铅字，我知道，我可能不是写小说的料。但我却对那几块地越来越情有独钟了，几乎每天，有事没事地我都会扛着铁锨或锄头，到那几块地里转一圈，其实也没有多少事做，就是想看看它们，看看地里我那些亲爱的庄稼。

父亲的腿基本算是好了，尽管还是有点瘸，但干活是没问题了。

第三个年头，妹妹考上了大学。我在为妹妹高兴的同时，也在为自己沮丧。

妹妹入学的头天晚上，我做了四个菜，为妹妹送行。父亲到老社（门市部）里打了一斤酒，说："都喝点吧，小英这回考上大学，为朱家争了光。"我心里既为妹妹高兴，又在心里为自己隐隐地痛。大概妹妹看出我的心情，忽然说："哥，你看爹身体也好了，不如你再拼上一年，明年再考。"父亲也说："孩子，这几年你受了不少苦，要也想考，爹不拦你。"我没表态，只是说我想想。

那晚，我失眠了。母亲走了，妹妹考上大学，家里只有我和父亲。且听说秋季里地要调整，按规定，去世的和考上大学已经农转非的人就不能再包种土地了，也就是说我家只有两个人的地了，再说父亲也能下地干活了。思前想后，我决定还要考大学，我不能就这样过一辈子。

第二天，我骑着借来的自行车，把妹妹送到城里的车站，对她说了我的决定。小英高兴地说："哥，你明年也报考我们这所大学，我等着你！"

暑假后，我回到了学校复习。整整一年，我玩命似的学习。同时在周末，依旧去侍弄我的那几块地。说实话，这几年，我天天和它们在一起，真的有些离不开它们了。

周末回家的时候，田家芳都要来我家。父亲说，家芳一直在帮着家里干活。我说我知道。也许在外人看来，田家芳已经是我事实上的未婚妻了。尽管我们并没有明确那种关系，但3年多了，她的确给了我温暖和爱意，从道德上讲，我也不能辜负她。但我发现，自从我回校复习后，她在我面前说话明显地少了，有时候怔怔地看着我，却一言不发。我知道在她心里有了危机感。

五

第二年，当我走出考场的时候，我自信是没有问题的。

在等待成绩公布的日子里，我没有丝毫的不安和煎熬。果然，我的成绩超出一本线65分。看榜回来的那天晚上，田家芳来到我家，我知道她此时的心情，在那一刻，我作出一个决定，我要娶她。我说："家芳，明天我们去登记。"她怔怔地看了我足足有一分钟，说："小军，你觉得我们还有可能吗？即使你同意，我也不同意，我不能误了你。"她说完，转身默默地走了。走到门口，又停住了，回过头来说："哥，你能再抱抱我吗？"我走过去，紧紧地抱住她，我感觉肩膀上有股热乎乎的东西流下来。她说："哥，家芳是真心爱你的，但家芳知道现在是不可能了，哥，就让家芳做你的妹妹吧。"她挣脱了我，默默地走出我的家门。

我的心一阵绞痛。

按照和小英的约定，我也报考了山东大学，并被录取。也许生活中这样的例子不多，比哥哥小两岁的妹妹，居然比哥哥还高一届。

在入校前一天，我走进了属于我的那些地，于是就出现了开头那一幕。我知道，随着我考上大学，我家的地又会少一个人的，但在心里那几块地它们永远属于我。

我上大学不久，就听说田家芳结婚了，她找了个村里的大龄青年，两个人都时常帮着我父亲干活。后来我才知道，她之所以找个本村的，就是为帮我家方便。多年后，当我每每听到那个叫李春波的歌手唱《小芳》的时候，都会激起我的心澜，我就想起她，想起属于我的那片土地。

❥ 朱卫军

中国作家协会会员，临沂市文学院副院长，临沂市作家协会第三届副主席。著有散文集《故土的馈赠》《乡城》《夜潮地》，诗集《故土的情韵》，合著有长篇报告文学《辉瑞梦，兰陵情》，另有部分中短篇小说见于报刊，作品获山东省长篇文学征文奖、齐鲁散文奖、吴伯箫散文奖、沂蒙文艺奖等文学奖。

❥ 本文荣获本届大赛三等奖，作者壹点号：朱卫军

那片海

● 宋亮

一

在栈桥及两侧的海湾,有属于青岛冬日独特的浪漫。

海鸥,是从西伯利亚来的远客,每年也就停留那点儿时日,所以与海鸥相遇就显得格外难得。万千海鸥集结在这里,万千游客也慕名前来。他们大多准备海鸥爱吃的食物,只等着海鸥飞过来时用力一抛,海鸥在空中稍做悬停,将食物叼住。一个愿施,一个愿取,此间趣味,应是皆大欢喜。

海鸥并不是盲目追那些观光客,你空手而来,它们就会视若无睹,连往你跟前飞的意愿都没有。你要是投出石子等杂物,它们也能很快识别,径直飞去。看到你手中有食物,它们才成群聚拢过来,上下翻飞,甚至还"呕呕"叫唤,似在提醒:做人不能太抠,该出手时就出手吧!

有些海鸥,就喜欢捡漏。它们懒得飞,只游荡在沙滩或者海面上,只要有遗漏的食物,它们会迅速跟进争抢。有几只海鸥看起来挺霸道,要是哪个不识趣的海鸥多抢几口，就会引来群殴，抢食者惨遭驱逐，只好另寻他处。食物再多，总还有个公平合理吧！看来，它们也遵循某些约定俗成的规则。海鸥要是吃饱喝足，也就不再黏人，甚至连多搭理你一眼都不屑。它们漂在远处海面上，随着海浪荡漾。可见，真是一群精灵鬼。

海鸥年年来，喂海鸥者也是换了一批又一批。这栈桥就是它们的道场，热热闹闹，来来回回，并不是栈桥海鸥天生讨人喜欢，也不是游客善于交付爱心。一切都是围绕着食物而展开，卑微而又平常，虚伪而又现实。

二

夜晚海边，潮水涨起，总有夜不能眠者，在惦记着随海流而来的鱼汛。

开凌梭，正是这天气乍暖还寒，凌水似开未开之际的一道美味。经过一冬休整，梭鱼鱼体最干净，也最肥美。

一群人在夜色中捕捉梭鱼，头上的探照灯明晃刺眼，有梭鱼被灯光吸引，游过来，网罾从天而降，梭鱼束手被擒。刚出水的梭鱼通体皎白，瞪着圆溜溜的大眼睛，宽圆的嘴翕张着，尾巴不时甩打几下。网子再次入水，所有人都被吸引过去，只见捕鱼人慢慢收拢，仿佛从海水里抽出筋骨。灯光下，果然又有鱼被拉出水，众人少见多怪，就兴奋地叫起来："快看，大鱼呀。"捕鱼人奋力将网提到石台上，从容撒开，鱼就从网里掉出，有几条还藏在深处，就不得不翻开湿淋淋的网子摘下来。收在桶里的鱼欢蹦着，"噗噗"拍打着桶壁，做垂死的挣扎，岂不知，败局已定。

梭鱼个头不大，捕鱼人说，这是一斤梭，也很鲜美。

一方水土养一方物。中国人骨子里对时间的把握是非常精准的。时鲜，最讲求一个"时"字，只有牢牢掌控这个季节跳动的脉搏，"鲜"的品质也就得到保障，岂不美哉！

三

无月，海跟天空完全是一片不分彼此的墨色。

夜风单刀直入，就像毫无修饰的语句。总是想着去看海，看海能看到什么呢——是平展展浩瀚无边的蔚蓝吗？是日夜来去狂放不息的潮汐吗？是礁石对海浪无休无止的情话吗？还是那些让你无比怀念的曾经的日子？

不管你身处多么热闹的地方、位置、场所，有那么一些时候，会不想跟任何人遇见，不想跟任何人讲话，也不想听任何人的八卦。低调、平淡、自闭，你只想活在自己的世界里，墨守一潭死水。

去看海吧！只有海知道你经的磨难，你承载的落寞，也只有海能给你想要的自由。夜晚的海雾漫漫，像在给你久违的拥抱；夜晚的海风飒飒，像在给你深情的陪伴；夜晚的涛声阵阵，像在给你连绵的倾诉。在海边，打开心扉，把所有委屈和不甘，一并讲给大海，海，就是我们疗伤的药剂。

原来,每一滴眼泪都是小小的海。独步海边的男孩,永远都不会明白,海就是我们丢失的那些单纯。

四

曾经的海,那些不羁的浪花在礁石间奔突冲撞,粉身碎骨。冲上沙滩,仿佛野马脱缰,任性释放能撕毁一切的力量。狂卷岸边的一切,仿佛要吞没这看不顺眼的世界。

海疯了!

独自走在海边,夜色沉静,比夜色更深沉的是海。今晚的海竟是如此的安闲,连一丝波纹都懒得生成,就那样平展展地躺着,像一片光洁柔情的镜。雾慢慢升起,星光隐退,黑暗与黑暗握手言和。海总归是没了脾性,它倦了,它看破红尘,它坦然于一种置身事外的不闻不问。沉默,并非懦弱,而是一种理性的退让,是一种体面的回避。有些话,无需多说,止于唇齿,深藏于心。这是一种柔软,是成熟。就像这失去脾性的海,收敛他的暴躁,展示它的矜持,同样给人以力量,给予我以安慰。

夜风易冷,只我一人,在这里与海对视。总以为纤纤红尘不再奈我何,总以为在尽力之后心安理得接受命运的宣判,总以为那些迷雾过后,最终能等到想要的答案。艳阳高照的清早,又去往海边,却看到海水退去后裸露的海床。淤泥、沙砾、礁石、海草,空空如也。

这就是昨晚那片海?

海也有它的无奈,也有他的彷徨,也有它的忧伤。

原来,谁都无法给谁以依靠,谁都不是谁的慰藉。向海的奔赴就是一场难以诉说的寻找。漫长的孤独,才是每个人与生俱来的宿命。

五

什么?"梧桐花炒鸡蛋"?是"乌桶花炒鸡蛋"?好特别的名字,就吃它。

不久,这神秘的菜就端上桌来。原来是鲜乌贼炒蛋。将乌贼透明的骨抽掉,拿刀切成段,将笨鸡蛋调匀,下油锅炒至半熟,再将乌贼倒进去,快速翻炒,加韭菜出锅。这菜特点就是鲜嫩。

靠山吃山,靠海吃海。海鲜,要保持它的"鲜"可不是容易的事,这需要追赶大海的潮汐。海边清早的鱼市,刚靠岸的海鲜,带着海水清润的光泽,虾是跳脚的,鱼是甩尾的,贝吐着舌头,就连这些乌贼,也还在翻着眼皮。此时,购买者看上眼的货,是不讲价的,时间金贵。也怕一不留神,货就落入别人手中。优质食材是招牌菜品质的保障,外地人来这海滨小城,就是追着这份鲜美而来。

海鲜要保持"嫩",那更需要技巧,火候,就属于火尖上的舞蹈。海鲜原始的风味被最大限度保留,做得恰到好处,这很考验一个厨师的水准。这海滨城市,厨师拿手好戏就是烹制海鲜,现实摆在那里,无法回避。

乌桶花炒鸡蛋，记住这个名字，记住这道菜，也就记住一座城！

六

鱼市今天上的鲜货不多，一条船靠岸，也就有几十斤货，七七八八堆着。

刚上岸的鱼是抢手货，买鱼者追着跑，卖鱼者是边分拣边卖，买了卖了，双方都认可的是那点鲜活。各种各样的鱼，以质论价，买者遇到可心可意的货，也顾不上讲价，只一味往手底下划拉，生怕一松念头，货就易了主人。买卖双方是一场彻头彻尾的"明枪"，一方要价，另一方当然要挑点毛病，目的就是价格上再优惠些。买主和买主间的较量就是"暗箭"，你一松懈，别人借机抢走，奇货可居，也就是过了这村，再没这店。

好货瞬间售空，那些中游货色，此时成为新的焦点。总有人要动手，翻翻拣拣，挑挑选选，再压压价，再合计一下，最终也被瓜分殆尽。只剩点尾货，通常是些小崽儿，破头烂腚的不受人待见的孬品，孤零零躺在那里。卖主就开始再一轮分拣，人群也不像开始那样躁动，偷偷看看，就转到其他有新货的摊位去。问价者多，坚持不多时，卖主就论堆定价，自然有人愿意将这些货买走，再次的海鲜，滋味也比青菜美些。

这海边鱼市，人群来来散散，就像大海的潮汐。只是这鱼并没有多少，此时的大海疲惫着，准备休养生息。大海会永远慷慨吗？谁又会知道呢。

人们只是想知道明天还会有什么鲜品来到这码头。

七

下午窝在沙发里煲了个透觉,算是对这几日辛苦劳累的补偿。想想都快知天命之人,那些饱满的精力好像不再眷顾这具老去的肉身。

听歌,船长的《深海》。每次听,总被这首满布沧桑的歌曲打动,令人想起那些流逝而去的日子。20岁时的懵懂与肤浅,30岁时的无奈与仓皇,40岁的不甘与迷茫,一程有一程的风景,一程有一程的故事。即将来临的50岁又会是怎样的一种状态?可能会是通脱与释然。身体上的衰退,不允许再去意气风发,疲惫与老态逼迫你承认自己的平凡。所有的落寞,都如花事纷繁之后的叹息,你不得不看淡,释然面对。

歌声里,深海那冰澈的蔚蓝,正如这份无法倾诉的失落,令人有点忧伤,却又如此慰藉。总有人在平凡的生活之上,企图做些什么,留下些什么,若是没有人将这份感动留住,这世界,仿佛我们都没有来过。

❣ 宋亮

生于70年代,文学爱好者,有作品散见于报刊。

♥ 本文荣获本届大赛三等奖,作者壹点号:看海的人

父亲的年味

● 白祖民

进入腊月后下了一场大雪，飘飘洒洒的雪花像是在天地间徐徐拉开的帷幕，又快过年了。倘若你仔细嗅一下，生活中已经有了些许过年的气息。随着家家户户的不断忙碌，年的脚步也就越来越近了，年味也就越来越浓了。

每到这时，我都会想起"父亲的年味"。

很多家庭的年味都是由母亲操持生成的，那诱人的和让儿女们难以忘怀的过年时的美味佳肴，都是在母亲的忙碌中做出来的，而我们家的年味却是由父亲操持生成的。

父亲是铁路大食堂里一个单独灶间的掌勺大厨。母亲单位很远，几乎是顶着两头星星上下班，根本没有做饭的时间。所以，我们家的厨房一直都是父亲把持的地盘。

作为厨师的父亲，把炉火的大小和急缓看作是做出美味佳肴的第一要素，什么食材做什么菜，用什么"火头"那是不同的，而不同炉火的大小和急缓就需要不同的炉灶来实现，这就是父亲忙年从"盘炉灶"

开始的原因。

炉灶对于烹饪的重要性可能不是厨师的人都不曾重视，我也是从父亲的操持中才体会到的。现在虽然有了可用旋钮开关控制火头大小的燃气灶，可我总觉得那火太硬、太直、太冲，达不到不同食材所需要的不同炉火要求。

由于我们家住的是一排平房的最里头，正好有"盘炉灶"的用武之地。我的记忆中，最多时父亲曾经为过年准备了六个不同的炉灶：有带风箱的方形炉灶，有用泥巴糊的三角腿炉灶，有烧大块煤和钢焦的炉灶，有用砖支的简易炉灶，加上平时常用的蜂窝煤炉灶和钢架煤气炉。

炉灶虽多，但各有各的用途，那是不能混淆的。

泥巴炉灶干透了，大约就到了小年，父亲也就正式开始了忙年的重头戏。

炖牛肉是父亲忙年的起手式，那是很有讲究的，牛肉要用老家送来的新鲜干松肉质的，炖之前先要经过清水浸泡和用手搓摩两个过程。

清水浸泡是把宰牛时残留在牛体内的血尽量浸泡出来，这样炖出来的牛肉才没有血腥味，才更有纯正的牛肉香味。用手搓摩则是将紧绷的牛肉变得疏松柔软，一是让炖制时的各种香料味道更容易渗入肉的内部，二是增加享用时"熟烂好嚼"的口感。

放入清水大锅中的牛肉，先用大火炖制，出沫后撇出沫来，然后将八角、大料、花椒等各种香料和盐放入锅中改小火慢炖。这时的火一定得是小火，而且炖的时间也是很长的，有时需要近一夜的时间，其间还要不时翻动和察看火与水的多少，不时地加水添柴。

牛肉汤的上下翻滚和着锅中咕嘟咕嘟的响声,那馋人的味道直接从锅中尽情地散发出来,先是在锅台附近,很快就弥漫了整个院子,再后来,那诱人的香味就翻过围墙飘向了院外。

随着炖牛肉香味的飘散,家中的年味达到了一个小小的高潮,也吊起了我们兄妹几人的味觉器官,让我们恨不得不等肉凉好就拿起来"试吃",那诱人的香味和口感,直到20多年后的今天,还在脑海和心田里久久地荡漾回味着。

父亲忙年的第二个重头戏,就是炸制各种食物,有炸藕盒、炸鱼、炸豆腐等10多种美味,直馋得我们兄妹几个老是在父亲忙碌的各个炉灶间转悠,不时地偷袭各种刚出锅的炸货,趁热吃的炸货和稍凉的炸货比起来,那是有很大差别的。

我最喜欢吃的是炸藕盒。

父亲炸的藕盒绝对是一流的,到现在我在各个饭店里吃过的炸藕盒都没有超过父亲炸的藕盒的美味和耐吃。父亲做的藕盒的两片藕是很薄的,中间夹的馅不算太多,但要填得饱满。馅中的羊肉要剁得很细,以便下锅后很快就熟。藕盒裹挟的面糊要尽量少一点,只需薄薄的刚好把藕盒包起来就行。面糊多了少了都会影响藕盒的品相、美味和耐吃性。

藕盒放入油锅后要不停地翻动,这时的炉火不能太旺,油温不能太高,油在锅中稍微翻滚起花就行。藕盒不能炸得太透,要保持藕的鲜嫩和脆性,一般表面炸至比浅黄色稍深一点即可取出。

随着锅中翻滚的热油,炸制中的各色食材发着滋滋的响声,那馋人的香味也飘散出来,弥漫充斥在整个院子里。这时,我们兄妹几人便不约而同地凑向炸锅旁的编筐和盆子,趁父亲不注意的空当,挑各自喜欢的炸货品尝。那一刻感觉太美太幸福了!父亲看到后不时地"呵斥"着我们,但那"呵斥"声里更多的却是父亲的欢喜。

回想起当时的情景,味觉器官和脑海里还有一股浓浓的美味和无法言语的幸福感觉:灶膛里闪闪窜出的火苗和噼啪作响的烧柴声,炸锅里微微翻滚的油花和溢出锅面的油气香,还有那白翠藕瓜包裹着羊肉馅,在热油中华丽转身后的诱人美味。

直到这时,掺和着各种香料炖出来的牛肉香味,滚烫的油锅里炸制出的各种食物的味道等,混合组成了浓浓的无比诱人的年的味道,这味道充斥了家里的每个角落,从年二十三延续到正月十五左右,才逐渐随着过年的结束而消失。

倘若这时天空中飘着一丝若有若无的雪花,炉灶里往外冒着缈渺的炊烟,空气中弥漫着诱人的香味,试想一下,这绝对是一幅平常百姓家无比幸福的生活场景。这一画面,深深地定格在了我的脑海里,成了我对父亲永远的怀念。

这就是我们家经父亲的双手操持出来的"年味"。这飘香的年味里有父亲对家庭的操劳和责任,也有父亲对儿女们的热爱和对美好生活的憧憬。

父亲虽然已经去世 20 年了,每到过年,那经父亲操持出来的飘香的年味,却还在我的口中回味着,在我的脑海里浮现着,久久地萦绕在我的心头——

❗ 白祖民

济南人，1961年出生，回族，中共党员，大专文化，济南市劳动模范，济南鲁联集团退休工程师，山东省散文学会会员，山东省写作学会会员。

❤ 本文荣获本届大赛三等奖，作者壹点号：柳树荫荫

地瓜是热的

● 满长杰

一天深夜,我忽然想起了地瓜。这不奇怪。我,大哥,还有三弟都是吃着地瓜长大的。这种其貌不扬的作物,把我们兄弟一一养大。我觉得我的胃里、肠里至今还有地瓜的温热,血里也有地瓜化作的精血在流淌。

我生长的鲁西南平原,那时遍野遍地全是地瓜。夏收过后,将土地随便翻一翻,打好垄,把自家培育的地瓜苗插进土里,浇点水,地瓜便蓬勃地生长起来。种地瓜的季节,农人最盼的是下雨。在蒙蒙细雨中,农人披着塑料布,或者什么也不披,拿几把地瓜苗,轻轻地嵌入湿土里。

地瓜极易养活,随便一点水,随便一点肥,枝叶便一节节、一片片铺展开了,把土地盖个严严实实。这一点极像我们农村的孩子。因为卑微,便无所奢求,山溪的水、树上的果就能填饱肚子。然后,骨头拔节、四肢伸展,不出几年,竟长大了。

地瓜覆盖着大地,像是编织给大地的一件绿衣裳。这是怎样庞大的家族啊。青绿的地瓜秧枝连着枝、叶连着叶,一直向遥远的远方铺去。它们亲密地匍匐在地上,是在聆听大地的心跳呢,还是感受大地的轻抚?父亲经常去田里,翻秧、拔草,我去田里则是去听地瓜秧的拔节声。那声音是清脆的,我仿佛还能听得见这声音在动,一下一下,敲着我的耳膜和心。这真是奇怪啊,假如满世界都栽满了地瓜,那这地球该多么清纯?

进入秋天,地瓜就要收获了。肥硕的地瓜在地下疯长,将地皮都拱裂了。父亲在院里的枣树下,收拾刨地瓜用的爪钩、将地瓜切成一片片的擦子。爪钩类似于猪八戒用的九齿钉耙,只不过稍长些。擦子则像镰刀,钉在木板上用的。前年回老家,我没见到这些农具了,因为家乡不再种地瓜,即使种,也是一小块地,是作为"保健食品"上餐桌的。

刨地瓜了,农人的心里乐开了花。天不亮就起床,星星亮了才回家。中午饿了,我们小孩子就用双手挖出一个坑,将土烧热,待火熄灭了,拣几个大的地瓜丢进去,埋上个把钟头后扒开土,熟透的地瓜香喷喷的,有一股绵长的土地的味道,面面的、甜甜的,只觉得此时的世上,再也没有什么比地瓜更好吃的东西了。

农人们在地瓜田里摆开了战场。一爪钩下去,滚圆的地瓜一串串跳出来。一会儿,地瓜就堆成了山。不久,农人们手上起了血泡,胳膊累得几乎拿不起爪钩,腰弯成一个大句号叩问大地,也许是大地的产物太诱人了,腰都不能也不愿直起来了。然而,地瓜地依然无际。

刨地瓜累人,擦地瓜亦累人。这两样活一般由父亲及大哥做。大哥是擦地瓜的能手,浑圆的地瓜在擦子上来回奔跑,地瓜被擦成瓦片状纷纷落地。这瓦片不厚不薄,经太阳晒干,即为俗称的地瓜干。老人和小孩挎个篮子,将擦好的地瓜片一片片摆晒在地上。老人稀疏的白发被深秋的风撕着、扯着,一片片白茫茫的地瓜片,像是人们祭奠大地的贡品。老人腿疼,经不住长时间的蹲着,他们就坐在地上摆,脚下摆满了,就两手撑着挪个地方再摆,直到摆满了山山坡坡。地瓜啊地瓜,我们的口粮,就这样一片片摆在地上,像一望无际的雪,是当年广袤的山东大地上最壮观、最普遍的景观。

其实,这还不算收获。地瓜片晒成地瓜干,装进了家里的屯子,一年的收成才算画上句号。地瓜固然卑微,但从种到收,程序一点也不简单。即便地瓜晒干了,总也要拾起、装好、运走、入库。然而深秋的天总是变数多,白天太阳明明晃晃的,入夜却淋起了小雨。地瓜擦成片之后淋了雨,会发霉,喂猪都不吃,所有的辛苦都会付诸东流。因此,每在雨夜来临,各家各户男女老少,一齐奔向地里,抢拾地瓜干。深秋的雨夜并不如诗,冻僵的大地微微喘息着,我们俯视大地,却没有感觉到一丝热气。手冻僵了,耳朵冻僵了,脚也冻僵了,我们苦苦地、一片片地将地瓜干拾进篮子里。一片片,一片片……直到雨大起来,农人们才恋恋不舍跑回家,任一地的地瓜干兀自躺在田里,带着一脸的忧伤和遗憾,被雨吞没。老人们哭了,汉子们伤心地蹲在家门口抽着烟,诅咒着那不怜悯人的老天爷。我们小孩子湿着衣服睡着了,梦里是一片白花花的地瓜干。

这样的夜晚我经历过多回。与老天争夺口粮的记忆刻骨铭心。丰收的喜悦被雨浇散,人们夹着爪钩,背个粪箕子,又来到地瓜地里刨找遗落在泥土里的地瓜。这种行为当地人称为"乱"。因为地瓜是埋在土里的，不知遗于何处，乱刨乱挖，方可得之。经过农人们细细刨过的地瓜地，柔软而富有质感，像分娩过后的母亲，有一种懒洋洋的慈祥。我也夹在一群小孩子中间，和几个大人一起，从一片地瓜地走向另一片地瓜地，走遍了本村和邻近几个村子的土地。在洼北的一块地里，我的小伙伴三子在挖刨中发现了地瓜的根根，我惊喜地伸过头去。三子显然也处于惊喜之中，爪钩继续挥舞，爪钩落在了我的头上，鲜血直冒出来。幸好三子力气小，否则，我将不再有机会写作本文，以怀念养我长大的地瓜。

还有一次颇为惊险的经历与地瓜有关。地瓜收获后，部分被擦了晒成地瓜干，部分贮藏在窖里。农人们的地瓜窖如井，深七八米，底下宽阔。地瓜一筐筐被运下，能贮藏到来春，然后做种育苗。一次我去地里拔草，草的枝蔓像太阳光一样疯长，将窖口都遮严实了。我一脚踏空，坠入窖里。刹那间的滑翔之后，我一屁股蹲在窖底。心仿佛被颠出来了，好半天喊不出声。我奇怪自己此时并不惊惧，神闲气定，我嗅到一种地瓜的香味，窖底的细土上，还有蛇、老鼠等一些生命的痕迹。我从窖里掏出一个地瓜，用手擦了擦土，"咔嚓"吃一口，然后掖在腰带上，爬出窖外。外面，太阳明晃晃的，像荒草一样将万物绕缠。

地瓜粗憨粗憨的，像庄稼人似的，咋看也都不精灵。在吃不饱的年月，地瓜是庄稼人维持生命的主要依靠，地瓜的血脉化为庄稼人的血脉，庄稼人与地瓜也就共有了一种品质，那就是卑微、朴实、憨厚、热情。

我在农村生活了十几年，也吃了十几年的地瓜，有蒸的、煮的、烤的、炒的,有磨成面做成的窝窝头。小时候我还养了一条狗,这条狗与我一样吃地瓜长大,我吃一口,它吃一口。即使家里偶尔吃一两顿白面馍,我也偷偷地喂它一半。狗与我形影不离,就像我的兄弟。然而,有一天,为了我的学费,父亲却将狗卖了。狗在屠夫的筐里哀鸣,两只眼睛泪汪汪地望着我。我哭着追过去,然而,屠夫背着狗远去了……吃地瓜长大的狗用自己的生命换我上了中学。

农村人吃饭最爱端到街上吃,一手拿两窝头,窝头里装满咸菜,一手端着"糊涂汤"。糊涂汤也是地瓜面熬成的,这幽默的名称最令人想起郑板桥的"难得糊涂"。然而,读书人糊涂,庄稼人又糊涂个啥呀?也许是:只许读书别做官,只吃地瓜心亦甘。孔子曰"吃而不语"。村人则将这吃饭时光当了故事会,什么秦琼秦叔宝,什么及时雨宋江,一段故事讲完,两个窝窝头也吃完了,一碗糊涂汤也喝净了。拍拍屁股上的土,背着手心满意足回到家,放下碗,下地去了。

据有关专家说,地瓜是热性的。其实,不仅如此,依我说,地瓜全身都是燃烧的,在那饥寒的岁月,燃烧的地瓜支撑起庄稼人的尊严,庄稼人啃着窝窝头与地斗、与天斗。即便是滴水成冰的腊月,喝一碗地瓜糊涂汤,浑身也有了挥洒不尽的热乎劲。我之所以执拗地想着地瓜,爱着地瓜,缘于这种刻骨铭心的热乎劲,缘于地瓜与生俱来与庄稼人的生活息息相关,缘于我对父母、大哥等庄稼人血脉相连的爱。可如今,当人们普遍将地瓜遗忘了时,父亲病逝了,大哥也日渐衰老,村外的地瓜窖成为遗址,唯有地瓜化作的血液依旧在我的血管热热地流淌……

❣ 满长杰

笔名路人，山东菏泽人，云南红河州融媒体中心高级记者，红河学院客座教授，先后发表小说、散文、随笔若干。出版长篇小说《万氏嫘传奇》等8部。红河州州管专家、云南省出版物审读专家，获首届"云南省优秀新闻工作者""中国报业先进工作者"等荣誉。

❤ 本文荣获本届大赛三等奖，作者壹点号：路人

代后记

专家眼中的好散文是怎样的?

专家评审团认为,好的散文,是有"情"欲"表"、有"意"欲"达"的。

刘玉栋认为,如果跟一篇优秀的小说相比,一篇优秀的散文,不论是叙事,还是抒情,除了语言好之外,也要讲究整体的结构、布局、视角等的协调、准确、自然;情感无论是饱满的充沛的,还是委婉的含蓄的,也要懂得节制,要控制好,不可漫延、直露;也要从小处入手,避免大而无当,要尽量使情感升华为一种普遍性和永恒性。还有就是要注重细节的准确运用,好的语言使散文晶莹剔透,好的情感使散文具有直抵人心的力量,令人内心五味杂陈,而好的细节使散文回味无穷;还要处理好大与小、轻与重、柔与刚、感性与理性之间微妙的关系,所以,一篇好散文并不容易写。

韩品玉认为，好的散文是真和真的结晶的呈现。

散文的求真是其审美价值得以成立的基础。散文的真建立在生活真实的基础上，也可介入内蕴的真实。散文的真不同于诗歌的真，否则散文的真就无法打开。散文的真也不同于小说的真，否则虚构化便会在散文的园子里恣意丛生。

好的散文是情思和情思涌泉的倾泻。写，旧时民间俗体也作"泻"，指大量的水从高处一倾而下。这告诉我们，"写"或者"写作"，原本便与强烈的表达诉求、奔腾的情感有着天然的关联。韩愈说："有不得已者而后言。"巴金说："我必须有话要说，有感情要吐露，才能顺利下笔。"在我们的散文创作中，又怎能摆脱得了情意在作品上的扎根生长呢！我们注意到，此次青未了散文奖的好文章，大抵是有"情"欲"表"、有"意"欲"达"的。器大者声必闳，志高者意必远。怎样涵养自己的情意呢？历代著作者共通的一个指向认为，应该从修身养性入手，修为自己，以陶铸出写作主体高洁的品德、宽厚的襟抱、深博的学识和丰富的见闻，而不应孜孜矻矻于章句之间。

好的散文是生命和生命意识的沉淀。没有个体的生命体验，难以写出富于质感和生命厚度的文字。

何慧颖认为，好散文，可以是你内心喷涌而出的温泉，也可以是急风暴雨，但它洒进读者心里，都能滋润他们的心田。

刘君认为，散文作家必须目中有人，如同绘画中要求画家胸中有丘壑一样，贴近世界万千的生命，你才能把自己变得不一样。目中有人，不是有人的形貌和故事，而是要有一份深厚的人间情怀，懂得爱、慈悲、怜惜、敬畏，面对自然和日常生活，有一份独特的深情在里面。英国诗人华兹华斯说过："一朵微小的花对我而言，能够唤起用眼泪也表达不出的那样深的感情。"你只有平等甚至更低微地去面对你的写作对象，它才会向你缓慢地开放那些对他人隐藏的秘密。因为散文作家目中有人，所以，再微小的事物，在其笔下也可以得到烛照，并闻见其辉光。

第三届青未了散文奖终评委员会专家名单

（排名不分先后）

丁建元　山东省散文学会会长

李掖平　第十三届全国政协委员，中国作家协会全国委员会委员，
　　　　山东省作家协会原副主席，山东师范大学教授、博导

刘玉栋　山东省作家协会副主席，《山东文学》主编

韩品玉　山东师范大学教授，山东省写作学会会长

何慧颖　山东友谊出版社社长

廖鲁川　大众报业集团编委，齐鲁晚报·齐鲁壹点总编辑

刘　君　《大众日报》"丰收"副刊主编，山东省报告文学学会秘书长，
　　　　山东女散文家沙龙主席

李康宁　《齐鲁晚报》"青未了"副刊主编

代后记

! 满长杰

笔名路人，山东菏泽人，云南红河州融媒体中心高级记者，红河学院客座教授，先后发表小说、散文、随笔若干。出版长篇小说《万氏嬛传奇》等8部。红河州州管专家、云南省出版物审读专家，获首届"云南省优秀新闻工作者""中国报业先进工作者"等荣誉。

♥ 本文荣获本届大赛三等奖，作者壹点号：路人